EL ENIGMA PICASSO

Maurilio de Miguel

EL ENIGMA PICASSO

mr · ediciones

Primera edición: septiembre de 2006

• © 2006, Maurilio de Miguel
© 2006, Ediciones Martínez Roca, S.A.
Paseo de Recoletos, 4. 28001 Madrid
www.mrediciones.com
ISBN-13: 978-84-270-3299-6
ISBN-10: 84-270-3299-4
Depósito legal: M. 30.297-2006
Fotocomposición: EFCA, S. A.
Impresión: Brosmac, S.L.

Impreso en España-Printed in Spain

1

SECRETOS DE ALCOBA

Todo puerto de mar tiene sus tabernas para que naufraguen los marineros en tierra. Pero Barcelona, además, era un buen lugar para ahogar penas en las propias lágrimas, fueran de llanto, rabia o gozo rabioso. Se recorría la historia de la ciudad al menor mal paso que uno diera, desde el barrio gótico al chino. Las putas hacían allí la carrera para redimir a la soldadesca llegada de Cuba, esquilmar al charnego con ahorrillos en el refajo y sostener la doble moral de los patronos de la industria textil engolfados. Coser y cantar, Carrer d'Avinyó arriba y abajo... Además, en el burdel, el cabaré o el *meublé*, las chicas de vida alegre iniciaban en las artes plásticas del verbo «pecar» a los estudiantes. Faros para el marinero sediento parecían sus tugurios, bajo candilejas, sobre las que caía la ropa tendida de las comadres, como vestuario de fantasma azuzado por la tramontana. Los pasos del pecador embozado resonaban sobre los adoquines del barrio chino, para acabar siempre en alguna madriguera donde las risotadas descorchaban botellas de champán. No habría allí para cambiarle los pañales a los hijos del pecado, pero para champán... Y se gritaba «¡agua va!», derramando baldes de fregar a la calzada, a falta de alcantarillado. Allí dabas palmas de madrugada y no acudían serenos, sino coimas, meretrices, mantenidas y coristas de voz aguardentosa. Los serenos no tenían por aquellas latitudes puertas que abrir, porque todas estaban abiertas. Los guardias de la Benemérita tampoco las cerraban. Bastante ocupados estaban trasegando de gratis, perdiendo el alma y la placa en el Carrer d'Avinyó...

—Suavecito, campeón. No te pienses que andas abriendo trocha en una selva...

—Señora, a mí lo que me dicen los amigos con experiencia: «Tú empuja».

—Pero con cuidado, que la samaritana salió hace poco del mal de madre y está *resentía*.

—Usted dirá —repuso el aprendiz de pintor, deteniendo en seco sus embestidas.

Otras veces le valía a la samaritana con llevarse a la vagina los dedos húmedos de saliva, para dejarse penetrar sin fricciones. A falta de labios inferiores mojados por el deseo, los superiores podían escupir y lubricar, haciendo llevadera la faena. Es más, solían caerle ya empapados los machos jóvenes que se echaba encima, a punto de la eyaculación precoz, facilitándole el trago. Pero éste no era el caso. Lo que no se conseguía con caricias, de esas que también contaban las amigas que algunos hombres daban... En fin, ya había llovido mucho esperma, como para fantasear con lindezas de folletín. Así que escupir era siempre mejor que tragar, a la hora del sexo urgente y brutal, pensaba la mujer... El beso negro y el francés tenían otras tarifas, tanto en Barcelona como en la Conchinchina.

—Venga, chaval, que el tiempo se nos agota —tomó la palabra de nuevo, reajustándose el miembro viril del chico entre las piernas.

–Ahí vamos, señora, se hace lo que se puede...

–La cosa dura hasta que se apague el cigarrillo que encendí nada más llegar al cuarto. Así son las reglas en esta casa, *mon amour.*

–La cosa es dura. La cosa está dura, incluso –bromeó el chico tomándole el pie escénico.

–Mira que el pitillo se nos consume en el cenicero, te quedas sin *meter* y me pagas igual... No te me despistes, nene –le advirtió la mujer, viendo que hacía ostentación de verga, jugando con ella a la intemperie–. ¿Demasiado champán en el cuerpo como para aparearse ahora? –El desafío encendió al chico, que en ese momento apretó los dientes, sintiéndose en un ring, a punto de perder el combate a los puntos. Sólo podía ganarlo ya por KO... Entonces, empezó a revolverse sobre la samaritana, neutralizó el movimiento de caderas con que sus clientes se le vaciaban a la de tres e impuso su propio ritmo de amartelamiento: animoso, acelerado, frenético, desconocido a la postre hasta para sí mismo...

–¡Así se cargan los cañones en Cuba, chaval! –aplaudió con las manos detrás de su cabeza la samaritana, dejándose hacer y llevar. «Huelga de brazos caídos –se dijo a sí misma–; al menos, no me hace trabajar más de la cuenta y puedo darme a mis cábalas, mientras se me derrama.» Que si esta Nochebuena habría que desplumar un pavo para la abuela, que si su Jordi andaba a punto de estragar el hígado tanto como bebía con los amigos en el tajo...

–Sigue empujando, niño. Sigue, sigue. Más, más...

–En eso estamos, señora...

Será que los problemas en la corrala y la cesta de la compra la tenían a otra cosa, esperando efectivamente la eyaculación precoz de turno. Será que no andaba la samaritana concentrada en resolver pronto, suponiendo que el chico acabaría desinflado y tratando de masturbarse delante de ella... Lo cierto es que el empeño viril del joven pintor la terminó pillando con la guardia baja y, sin saber por qué, agitó su respiración no sólo dejándose llevar sin más, sino acompasando con reflejos de pelvis el ritmo de envite erótico que se le imponía. Así comenzó a sudar la samaritana, como años ha no había sudado, en aquella tórrida tarde de julio. Y creyó ver que las cortinas de la alcoba levantaban de pronto el aire, aliviándola del calor pegajoso que la embadurnaba. Y la moqueta de la alcoba le pareció más roja que de costumbre. Y, cuando se quiso dar cuenta, la cama había perdido su posición original, entre las dos mesas camilla con velador que la flanqueaban, desplazándose hasta el centro de la pieza, como un barco en alta mar. Ya no tenía cabecero al que agarrarse y sus manos retorcían con furia las sábanas, a ambos lados de sus nalgas, como negándose a sentir lo que estaba sintiendo, por pura dignidad profesional... Sin embargo, era tarde para reaccionar. Andaba emocionalmente a la deriva, como el lecho ambulante sobre el que yacía montada, con sus patas de madera amenazando derrumbe.

–¡No te pares! –le dijo entonces la mujer a su cliente, más que aliviada por no tener que trabajarse la fornicación.

–¿Mande? ¿Qué quiere usted, señora?

–¡Que no te pares, coño! ¡Y que no preguntes tanto! Tú, a lo tuyo...

–Dígame cómo le gusta que se lo haga, que esta vez invito yo... –preguntó el chico sacando pecho.

–Me hubiera gustado rapidito, guapo, pero ya que estás... ¡Ay, sigue así!

–¡Descuide!

–Calla y sigue, que pierdo la cabeza, imbécil.

–¿Qué?

–Más, más, más...

–¡Lo que usted diga!

–¡Soy tuya, *meu rei*! Apriétame las nalgas. Acaricia mi pechuga. ¡Párteme en dos, bribón, si es lo que quieres! ¡Ay, Dios mío!

–¡Adelante, mamita! Ay, señora, que ya me derramo...

–¡Qué me das, golfo, qué me das para volverme loca!

–Manteca, señora, para el engorde, que dice mi abuela...

–Ladrón, si quieres de verdad quitarme años de encima, ponte ahora tú debajo...

En ese momento, sin esperar reacción alguna, la samaritana se zafó con dos empellones de su jinete, dispuesta a terminar la faena cabalgando, caliente como se veía. Vislumbraba un inesperado orgasmo, que no podía alcanzar sino sintiendo la verga del chico taladrándola de abajo arriba.

–¡Que me robas el *sentío*, ladrón! ¡Mírame ahora con los pechos bien puestos! –exclamó cuando su turgencia rememoraba inesperadamente la carne joven que también ella tuvo un día. No hallaba palabras para explicárselo a su cliente, pero así había sido y volvía a ser como por ensalmo.

–¡Eres un diablo!

–Seguro que síííííííí, señora –asintió el chico con la voz entrecortada por el trance y asustado de ver, dos segundos más tarde, que la samaritana ponía los ojos en blanco.

–¡*Guay* de mí!

–¡Señoraaaaa!

–¡Ay, ay, ay...! ¡Calla, diablo, que de veras podías ser mi hijo! ¡No me hagas vieja! ¡Soy tuya!

Y, de pronto, a poco de recomponer posiciones en el ovillo amatorio que a samaritana y cliente les había hecho rodar por la cama, sin desengancharse, llegaron las emulsiones de semen.

Poco habían retozado antes de dar cumplida cuenta de su contrato. A pesar de ello, acabaron fundidos en un abrazo, mientras alcanzaban el éxtasis a la vez. Y, para sorpresa de la samaritana, tras unos segundos en el séptimo cielo, su pareja de baile horizontal rompió el silencio *post coitum* apartándose de ella a besos... Siguió a la fiesta del orgasmo y el relajo un montón de arrumacos y carantoñas por parte del estudiante de pintura. Alguien que en absoluto se sentía repentinamente pecador, como tantos de su especie. «¿Por qué la besaba en ese momento y no la había besado antes, durante el cortejo, cuando el deseo la llevaba a ser mordisqueada por la mayoría de sus clientes?», se preguntó la mujer. De cualquier manera, la samaritana se dejó hacer, aún desubicada por el orgasmo y ebria por la quemazón del esperma sentida, que le ardía en las entrañas como ascua de brasero. «Algo parecido deben de llevarse al cuerpo las mesas camilla, cuando las calentamos debajo de las faldas», le dio por fantasear. «Con las caderas y el culo que he terminado echando, no otra cosa que mesa camilla parezco»... De ahí que, aún desnuda, sentada sobre el catre a horcajadas, viera conmovida cómo se le posaban unos labios juveniles en el bajo vientre, lo mismo que gorriones. Y que ascendían lentamente a través del ombligo y el canal de las mamas con estrías, hasta el cuello, buscándole la boca. Negar que la hicieron sentirse adorada y hermosa sería mentir. Pero ofrecer la lengua a un extraño nada se asemejaba a dejarse penetrar, rolliza ella, cerca de donde se orina... Esa lengua que igual valía para blasfemar como verdulera que para mentirle zalamerías al más *pintao*... ¿Cómo iba a sorberle nadie ya el seso, a sus años? Así que, toda pudor y celosa de su intimidad, lo mismo que otras comadres del barrio chino, la samaritana evitó el contacto bucal con el joven. Bien podía valerle la lengua para hablar, en tal tesitura, no fuese que se le hubiera enamorado de verdad...

–Mira, encanto, ten este pañuelo que hace años me dio otro de tu cuerda –le dijo al estudiante, sacándolo de la cómoda que la alcoba poseía por principal mobiliario–. No te puedo enseñar a besar, que yo sólo me beso con el Jordi, mi marido... De todas maneras, te llevas de aquí un regalo, para que te acuerdes de la samaritana, ea...

–¿No será el pañuelo que usan las de su profesión para contener la lechada que los clientes les meten dentro?

–Imbécil, ése lo tiré al balde con la tuya y tú ni te enteraste.

–O sea, que éste está limpio... ¿Quiere que me seque las lágrimas del corazón roto que me deja?

–No me seas galán barato. Seguro que a la vuelta de la esquina corres tras la primera falda de chacha que encuentres. Como si lo viera... No es que puedas presumir de buena, buenísima planta, pero te sobra empuje y labia. Sobre todo, empuje. Vaya que sí.

–¿Pero qué tiene de especial este pañuelo, señora? –indagó curioso el joven, con el obsequio ya entre las manos, al tiempo que plegaba velas como donjuán.

–¿No lo ves, alelao? Te estoy regalando una tela de color bien bonita. Un pañuelo donde se me pidió que pusiera cómo me llamo, precisamente a mí, que no sé leer ni escribir. En fin, junto a todos los nombres que ahí ves, la *madame* me vino a bordar de favor el apodo que llevo con la cabeza bien alta: *samaritana*. La misma *madame* que ahora me llama para avisarme de que otros clientes me esperan en el zaguán –acabó diciendo la mujer, al oír que unos nudillos golpeaban la puerta con premura.

–Me gustaría ver cómo le queda a usted el pañuelo, antes de aceptarlo...

–Tiene su gracia al cuello –dijo la samaritana tomando la prenda, para anudársela, pero sin preocuparse después de comprobar frente al espejo cómo le quedaba–. ¿Qué tal?

—Está usted de cinematógrafo. Qué digo yo, parece una venus de museo... Le pintaría el busto, ahora mismo, si tuviera con qué a mano —respondió el chico, haciendo ademán enseguida de buscar alguna punta de carboncillo en el bolsillo de su chaqueta—. Espere un momento con el pañuelo puesto, que igual puedo corresponder a su regalo improvisando un boceto sobre el mismo papel de estraza que lo envolvía.

—Déjalo. No sé si pintas bien o mal. De todas formas, tampoco te valdrá el garabato que hagas para pagar a la *madame* el tiempo extra que llevamos ya de charla. Y no creo que tu amigo sea partidario de soltar más pesetas, una vez los dos os habéis desahogado —sentenció la samaritana, que de ningún modo podía saber el valor del garabato y el manchurrón en el arte finisecular del momento... De hecho, el chico tampoco hubiera sido capaz de decírselo entonces.

—Vincent van Gogh, Sarah Bernhardt, André Gide, la Goulue, Toulouse-Lautrec, la Bella Otero, Germaine Gargallo... Actrices, pintores, modelos y bailarinas de cancán. Dígame al menos qué tiene que ver con usted toda esta gente consignada en el pañuelo.

—Nada, que yo sepa. Ninguno es familia. Son gente extranjera que tampoco me importa mayormente. *Franchutes...* —contestó la samaritana subiéndose hasta los muslos el liguero y echando mano al corpiño que, minutos antes, había colgado de una percha—. Anda, vístete ya.

—¿Pasó alguna vez por aquí el pintor Toulouse-Lautrec, hombre bajito, algo contrahecho y cojo? ¿Lo recuerda?

—¿Quién? ¿Aquel francés relamido al que llamaban conde? Claro que sí... Pero no fue quien me dio el pañuelo. Al conde, mi alma, únicamente lo tuve encima jadeando, hace ya años.

—¿Te lo llevaste a esta misma cama? —quiso saber boquiabierto el chico—. ¿En serio me lo dices?

–Mira, lagarto, qué más da militares con galón que artistas, clérigos, tiralevitas, estudiantes como tú, marineritos, industriales o bravos de germanía. Todos los hombres cojeáis de la pierna más corta, entre las sábanas –sentenció con suficiencia la samaritana–. Bueno, el conde, con todos mis respetos, parecía cojo de profesión, que no dibujante. Recuerdo que me llegó agarrado a una botella de ajenjo, balanceándose como un muñeco de feria, sobre su bastón. Pobre infeliz... ¡Venga, apúrate y vete, que me esperan!

–Dime, ¿por qué me obsequias con este pañuelo? –insistió en preguntar el joven a la samaritana, mientras ambos terminaban de vestirse.

–A saber. Un capricho que me permito contigo... En realidad, cumplo con la palabra dada, que una es muy mirada para esas cosas... El pañuelo cayó en mis manos como presente de quien parecía gentilhombre y un buen día quiso hasta ponerme barraca de amante. Poco importa ya aquella historia, que pudo retirarme del burdel... ¡Ay, qué tiempos! El caballero moría por mis huesitos, pero ya una era tan puta como fiel a su Jordi. El caso es que, despechado aquel *dandy*, todo lo apuesto y buen mozo que era, me pidió que conservara el pañuelo perfumado hasta el día en que se cruzase por mi camino alguien como tú, que me traería suerte. Un tipo que me hiciera decir bobadas e insensateces como las que a ti te he soltado hoy: que si «soy tuya», que si *meu rei*... Coño, conseguiste hasta sacar de mí a la gallega que llevo en las tripas, pedazo de truhán... Menos mal que una ya no cree en más milagros que los del esfuerzo y se conforma con que la blusa no se le destiña con los sudores de un calentón...

–¿Y qué hago yo con esta prenda? ¿Me valdrá para conseguir descuento la próxima vez que quiera acostarme contigo?

–Tanto te da, bribón, si como hoy paga el revolcón tu compadre de aventuras, don Carles Casagemas...

–¿Pongo también mi nombre en el pañuelo?

–Tú verás... Haz lo que yo, si te parece que tiene su gracia esta tela correveidile... Y, ahora, largo, que aún debo cambiar las sábanas de la cama y ventilarla para el siguiente semental –espetó la samaritana al chico, abriendo la puerta de la alcoba y empujándole fuera–. Por cierto, ¿cómo me dijiste que te llamabas?

–Soy Pablo Nepomuceno Ruiz, para servirle... Pa' tus oídos, Pablo, a secas, ea...

Al estudiante de pintura le tenían dicho en casa que era malo comer con los ojos, que provocaba indigestión y vomitona, dejándole a uno finalmente insatisfecho... ¿Y fornicar con los ojos? ¿No dejaba más insatisfecho todavía a los dieciocho años? Por eso se había dirigido con Carles Casagemas hasta aquel lupanar del Carrer d'Avinyó. Y la rubia oxigenada que atendía por samaritana acababa de dar la razón a los mentideros: nada mejor para cualquier imberbe que iniciarse en el amor con una profesional, aliando su fuerza bruta a la experiencia femenina y madura. Madre, esposa, amante, hermana... Mujer de profesión, al fin y al cabo, para lo que fuera menester. Mujer cuarentona, solazada con chico de dieciocho... No estaba inventada mejor pareja biológica que la que acababa de firmar el coito en aquel burdel, con veladores, olor a desinfectante y goteras en el techo amenazando lluvia.

–¡Niñas, al salón! –requería la *madame* con palmas, cuando le llegaban clientes al local.

–Vosotros, los jóvenes, debéis aguantar botella y mujeres, no importa el orden con que os surjan. Que para vejestorios rijosos, sin sentido del ridículo, ya me pasan muchos entre las nalgas cada semana –le había comenzado diciendo la samaritana, nada más verle entrar, para animarle a consumir. Unas copas de espumoso, entonces, nunca parecían suficientes para desinhibir al animal hambriento que había en Pablo, proclive a devorar cuanto pintaba o veía sin tiempo para pintarlo. Lo sabía por las otras veces que la billetera de su amigo Carles, benjamín de familia acaudalada, había subvencionado desenfrenos que no acababan en el somier. Carles Casagemas, a quien trataban de libertario a libertino por su militancia política más que catalanista y sus excesos con el alcohol, también conocía los deleites de la morfina, el juego con armas de fuego y las correrías de faldas... Correrías de seductor en las que nunca faltaban burbujas de champán, boquilla de plata en boca de vampiresa y sábanas de seda para un lecho de pasión con baldaquino, según pregonaba, hasta dejar fuera de sí, asombrados, a quienes le oían sin haber sido nunca invitados a la fiesta. Por algo le llamaban las putas «el deseado» y su fama le precedía allí por donde pasaba, lupanar o taberna. La fama por delante, por detrás la estela y la sombra... Buen séquito llevaba consigo el crápula más famoso del lugar, que a menudo iba además armado, para tranquilidad de Pablo, pues se llegaba a mascar el peligro en algunas de sus peripecias... Por lo demás, no faltaba quien acusaba a Carles de proxeneta, dadas las maneras de *dandy* que se gastaba. Alguna vez se le había oído decir que su sobrina le inspiraba cuanto amor platónico latía bajo su chaqueta, a menudo distinguida con flor en la solapa...

En fin, poco parecía tener de sentimental la hora de la verdad por los bajos fondos de Barcelona, en cuya escuela de Bellas Artes llevaba estudiando Pablo desde los quince años. No era la primera vez que acudía invitado a mesa puesta de burdel, según queda dicho. Aun así, le costaba acostumbrarse al coito en frío, por más champán o ajenjo que quemase su garganta en el momento de besar. Por muy verraco, incluso, que llegara al bar de sus pecados... ¿Le habría tocado el corazón a la samaritana? ¿Tendría un libro de oro donde consignar a sus mejores clientes aquel burdel, igual que lo tenían los buenos hoteles? ¿Por qué la samaritana le había regalado un pañuelo amarillo y blanco con tanto rimbombante nombre garabateado? ¿Por qué se habría desprendido de él coleccionista tan paciente de autógrafos? Cuestiones tales se acabó preguntando aquella noche Pablo, con las manos en los bolsillos, mientras volvía a casa por las calles empedradas del barrio chino.

–¿Qué tal fue el revolcón? Tardaste más de la cuenta en salir de la madriguera, chaval... –le comentó su amigo Carles, llegando a la farola donde solían despedirse.

–¿Y el tuyo? –respondió el chico.

–Un caballero de mundo nunca comenta en público sus conquistas amorosas...

–Estoy de acuerdo.

–¡Ay, lo que le gustan a mi niño las putas del Carrer d'Avinyó!

–Llámalas señoritas d'Avinyó. Suena mejor –lo corrigió Pablo. ¿Le iba a confiar, en ese momento, que algún día tenía intención de pintar a la samaritana, todo lo oronda y baqueteada que se le había mostrado desnuda? No sabía entonces el aprendiz de pintor que existen amazonas imposibles de poseer, aunque se le anuncien a uno de vida alegre. Modelos de modelo, a las que nunca podría contratar para un posado, por más inmediato y fácil que resultase costearse el placer con ellas. Aves de paso que nunca ajustarían precio por permanecer horas muertas frente a un lienzo, no importa los quilates de maquillaje o belleza natural que se les haga exhibir. Bellas o no, mujeres que desaparecen del mapa una vez las has conocido, dispuestas a vivir únicamente dentro de ti... Hembras maduras que no piden que las comprenda plástica o emocionalmente el semental. Criaturas en celo para el macho, que harían de su cinturón de castidad el mejor látigo, con tal de no ser tomadas por vírgenes del pecado. Lobas capaces de peinarse el alma, cuando no les quedan ya ni pelos en la lengua. Diosas de carne y hueso cuya coquetería no admite retratos, ni cárceles de oro. Mujeres poliédricas que miran con cien pupilas, porque se acostumbraron a dejarse mirar por otras tantas, piadosas, salvajes, huidizas, calculadoras, libidinosas, románticas, perdonavidas... Damas del arroyo capaces de estar a todas, ojo avizor, soñadoras y severas, displicentes, risueñas y ensimismadas. Mujeres con dote para convertir a don Juan en marido celoso. Evas originales con trazas de Lilith, ibéricas, primitivas, carpetovetónicas... Mujeres de geometría imposible que pedían a gritos que se inventara el cubismo, para explicar quiénes y cómo eran.

2

PLANES DE FUTURO CON EL PASADO
A CUESTAS

De haber imaginado Pablo lo que llegaría a averiguar sobre el pañuelo de la samaritana, tal vez no lo hubiera distraído momentáneamente entre los trapos con que limpiaba sus óleos. Otros asuntos, sin embargo, le ocupaban en esos días la cabeza. Ventilaba cuanta habitación amenazaba con hacer del aire algo irrespirable. Necesitaba abrir ventanas allí donde ni siquiera había tabiques. Pellizcarle el culo a la vida, saborear, emprender, moverse, intentarlo todo y poder contarlo...

–Me voy a Londres con Carles. No tengo tiempo que perder. Queremos ver mundo a cualquier precio y resulta que él dispone de dinero fresco para pagarlo, Manuel.

–¡Qué me dices! –se asombró otro de los compinches que acostumbraba a secundar las andanzas de Pablo, aquel que atendía por el nombre de Manuel Pallarés–. Yo pensaba que, antes de nada, te interesaba conocer el París de los impresionistas, de Toulouse-Lautrec, de Van Gogh...

–Pasaremos por allí camino de la capital inglesa. Sin mujer en el pensamiento no hay pintor que pinte y un clavo saca otro clavo. Tengo que quitarme como sea de la cabeza a la samari-

tana. Carles me tiene dicho que no la corteje, que se me pone
cara de payaso cada vez que salgo de su burdel. Y que no va a
robarle el corazón para mí con violetas o joyería de tres al cuarto. Así que no se me ocurre mejor manera de sobrevivir que
poner tierra de por medio.

–No exageres, que sólo es una prostituta...

–Vale, pero ejerce el oficio más viejo del mundo, aquel que
le obliga a ser feliz con gente como yo, aunque no quiera, hacién-
dome de paso dichoso... Hace miles de años trabajar debía de
consistir en eso, en esforzarse por ser feliz, cuando a uno no le
venía ocasión de serlo espontáneamente.

–Bonita manera de explicar la fornicación a calzón quita-
do, hermano.

–Una fornicación tras otra, Manuel, que ya me conozco su
cuerpo como la palma de la mano y la geografía de mi perdición. Llegando del paseo de la Gracia, con que me dice «ven»,
atravieso la plaza de Cataluña sin hallar mejor hembra en todo
el País Català. Entonces siento que su boca me sigue llamando
desde el mercado de la Boquería, bajo las Ramblas, me interno
en el barrio chino y...

–¡Pare, pare, cochero, que me bajo antes, que ya me parece oír los cantos de sirena desde el Liceo!...

–Manuel, que como no me vaya de aquí, acabo bebiendo
con su marido para olvidar las penas...

–O de chulo... Dime que Barcelona se te queda pequeña,
que no quieres ser tuerto en el país de los ciegos... Dime que ya
lo has aprendido todo de los pintores mayores con que nos
emborrachamos en El Quatre Gats, caso de Ramón Casas.
Entonces, te creeré.

–Precisamente por él supe de artistas franceses como Steinlen
y Toulouse-Lautrec. Por él y por las revistas *Gil Blas, Studio,*

L'Assiette au beurre y *La Rire et le Simplicissimus,* vaya. Acuérdate cuando las hojeábamos juntos... Me voy a poner pedante contigo, Manuel. Mi admiración por Burne-Jones y los prerrafaelistas británicos surgió por otro lado. Y qué más puedo decirte... Sabes que a Ramón Casas le tengo ley, pero, si se hace necesario, no rehúyo batirme en duelo de pinceles con él.

–Por eso, para acabar de estar a su altura intelectual, que tonto no es, deberías quedarte en París una buena temporada, antes de ir a Londres. ¿Qué se te ha perdido allí? ¿Es el cariño que tu padre le tiene a los muebles victorianos?

–Te lo explico de otra forma... Viviendo en La Coruña con la familia, visité por azar la tumba de sir John Moore, un militar que había muerto pronunciando el nombre de lady Hoster Stanhope, su amada. Conmovedor, ¿no?... Podía haberse acordado, en ese momento, de pedir siquiera vino de iglesia para pasar el mal trago con otro mejor... Me leí luego la biografía de la dama y resultó ser también la mujer de mis sueños. Una hembra dueña de su libertad y del corazón de cuanto hombre había conocido... Cómo no acudir a recorrer, pues, un país capaz de criar tamaña raza femenina. Coraje, belleza y carácter... De eso están hechas las mujeres inglesas.

–¡Venga ya!

–En poca estima tienes mis dotes para el amor cortés.

–No me merecen ningún respeto, farsante... ¿Te acordarás por ahí del verano que pasamos en Horta de San Juan, pintando y riendo?

–Pues claro, chico. Hey..., pero que no me voy para siempre a Londres.

–Se oye que vuelve la gente de París, pero no de Londres...

–La esperanza es lo último que se pierde, amigo.

–En este caso la experiencia, pedazo de cabrón... Que te quiten lo bailao y *cardao*. ¡Chaval, tú a triunfar!

¿Qué sería de la historia del arte, con mayúsculas, si el aprendiz de pintor cumple sus «amenazas» y, llegado a París, aquel otoño de 1900, pasa de largo con destino a Londres? ¿Qué hubiera sido de Pablo entre las brumas del Támesis? Habría aprendido a chapurrear en inglés, casado con una lady más o menos parecida a la mujer que sólo concebía idealmente, en el mejor de los casos. Una señorita sin carne y hueso sobre la que sollozar, sentirse varón y caballero andante, generoso, mezquino y racial a un tiempo.

Pablo desplegó aquel mapa de los sueños frente a Manuel no ya en un lupanar, sino en el cabaré Els Quatre Gats de Barcelona. Planes de futuro inmediato que dividían años de crecimiento entre lo bueno, bonito y barato conocido y lo malo por conocer... Tales proyectos, en todo caso, ejercieron como pistoletazo de salida para su necesidad de volar. Necesitaba Pablo salirse del tiesto, sustraerse a la tutela familiar, donde su padre ejercía, además, como profesor de pintura. Poco más podía hacer por él, sino alimentarle y retenerle consigo, aprovechando la querencia de chiquero que profesaba hacia los suyos, su docilidad a prueba de calaveradas y ansias de libertad. Poco más le prometía también a Pablo la Ciudad Condal, sus pintores de vanguardia y prostitutas, por mucho pañuelo en prenda que la samaritana le hubiera dado. La gente que podía aplaudirle sin manos estaba en otra parte: su público, la inmensa mayoría silenciosa que debía valorar sus cuadros... Ya no quería Pablo más relaciones en los círculos artísticos, sino gentes de a pie que le admirasen sin pedir a cambio ser admirados. Buscaba el mundanal ruido que bendice al gran artista cotizando únicamente su firma. Porque, para qué negarlo, el chico se sentía llamado a

los más altos destinos. Se pensaba con una misión encomendada de por vida... Carecía la familia de posibles para financiarle
peripecias por el extranjero, pero ensoñaciones tales, delirios de
grandeza como aquéllos le ayudaron a tomar impulso. Confiaba
Pablo en su estrella y en la buena ventura que le había echado,
un buen día de vacaciones en los Pirineos, precisamente con
Manuel, el primer gitano que se cruzó... Y, ahora, frente a sí mismo creía tener la excitación de lo nunca visto, el exilio definitivo de quien nada había hecho aún para que le condenaran a
exiliarse... «Llámalo "pasarlo bien conociendo mundo"», le
aconsejaba Carles Casagemas... «¿A qué hacerte más calentu-
ras mentales?»

–Me voy a Londres con Carles... Queremos ver mundo a
cualquier precio y resulta que él dispone de dinero fresco para
pagarlo, Manuel –le había comenzado a decir aquel picaflor de
prostíbulo a su amigo Pallarés, en Els Quatre Gats. Y, al anun-
ciárselo, le ocultó que había sudado para convencer a los padres
de Carles sobre lo mucho que podía atemperar el carácter extravagante de su hijo un viaje al extranjero. Y también se abstuvo
de contar que, como a cualquier colegial, sus propios padres le
acompañarían al tren que primeramente le llevaría a París, sin
ahorrarse advertencias, el requerimiento de que escribiera al llegar y el sufrido dinero que podían darle, escondido en un refajo, para que no dependiera cien por cien de Carles. Poco dinero, pero el suficiente como para desequilibrar su economía de
subsistencia familiar a golpe de salario. Aunque a nadie se lo
dijo, Pablo sabía que los suyos pasarían apuros para acabar
ese mes comiendo a diario, ya que no podían evitar que su vástago se marchara a correrla...

Por aquellos días Els Quatre Gats era mirador del modernismo, con capital peninsular en Barcelona. Su epicentro de con-

tertulios más emblemático, todo espejos y mosaicos, tal cual se ha conservado hasta la fecha. Un café cantante frecuentado por comerciantes y liberales separatistas de buen ver entre la burguesía catalana, antes de que surgiera el *noucentisme* de Eugenio d'Ors. Y diletantes con verbo ampuloso y grandilocuente, al hablar entre volutas de habano sobre los estrenos teatrales de Ibsen y las sinfonías de Wagner que su ciudad, y no otra, traía a la piel de toro ibérica. Un lugar que, además, daba mesa diaria de tertulia a los pintores Santiago Rusiñol y Ramón Casas, Isidre Nonell, Ricard Canals y Miguel Utrillo. Según se comentaba, Barcelona tenía línea directa con la vanguardia europea, lo mismo que con la cultura académica de los mejores salones. Prueba de ello era que, a cada tanto, mandaba estudiantes de su escuela de Bellas Artes a París... ¿Por qué no, pues, también al hijo de don José?

—Mamá, dame eso.

—¿Qué quieres, hijo mío? —preguntó la madre al niño.

—¡Eso de ahí, una manzana!

—Espera, María —ordenó don José—. Pablo, escribe lo que quieres en el papel, como te enseñó la maestra. Fíjate en las letras de la cartilla.

—No sé. ¡Dámelo! Dile que me lo dé, mamá.

—¿Cómo se escribe? —le invitó a deletrearlo ella—. La eme con la a...

—Tengo hambre —insistió el niño nervioso.

—Dibújala, si no sabes escribir su nombre —le pidieron a dúo papá y mamá.

—Vale —decidió el pequeño, lápiz en mano, trazando con agilidad su silueta en una cuartilla y dándole color, acto seguido.

—¿No te apetece más comerte la manzana que dibujaste? —le volvió a interrogar su madre.

Es curioso que cuando Pablo decidió empuñar los pinceles en serio su padre los dejara por imposibles para él. Si alguna vez había albergado esperanzas como pintor, a la vista de la habilidad plástica que bendecía a su hijo, don José renunció a tal vocación de la noche a la mañana. ¿Para qué pintar mal en un día lo que Pablo pintaba bien en cinco minutos? José era muy consciente de lo que hacía y aceptaba la derrota de una rivalidad nunca explícita con su vástago.

Hacía nada que don José Ruiz Blasco cambiaba destino docente en La Coruña por Barcelona, apenas un lustro, y ya su Pablo apuntaba maneras de pintor en ciernes; no de profesor de pintura como él, sino de pintor, ojo. Y pensar que se lo había traído a la Ciudad Condal con catorce años y orejas de soplillo provinciano asomándole bajo el sombrero... «Parece mentira, pero el chico se ha espabilado mucho, frecuentando a catalanes de pura cepa, como Manuel Pallarés y Carles Casagemas. Compañeros de facultad con más edad, que acaso le ayuden pronto a mantener la cabeza sobre los hombros –creía en su fuero interno don José–. Si el chaval anda con amigos maduros y cabales, aprovechará sus dotes para la pintura. Porque dotes para el pincel tiene. ¡Vaya si tiene!» Por algo, sin cumplir aún los quince años, había podido matricularse en la escuela superior de Bellas Artes Llotja, recomendación por delante, eso sí, dado que todavía no era más que un pipiolo. Pero el chico valía, y mucho. Así que dejó bien alto el pabellón de la saga Ruiz frente al claustro de profesores, aprobando con nota el examen de acceso a la escuela sobre Antigüedad, Naturaleza, Modelo Viviente y Pintura. Sacándolo en un solo día de trabajo, cuando otros aspirantes mayores que él se demoraban hasta un mes para acabar las láminas que requería.

«El chico vale, y mucho», se decía don José, aunque apenas levantara dos palmos del suelo, fuera por momentos insolente y hubiera escrito en su diario «soy un pirata, soy un pillo», según había podido leer a hurtadillas. Sólo hacía falta que sentara la cabeza del todo, para hacer carrera de él. Le haría concurrir a exposiciones oficiales, buscándole prestigio desde la docencia. Y, una vez alcanzado estatus, ganaría galones su reputación como pintor de retratos, acaso hasta tomarle el relevo al mismísimo Muñoz Degrain, gloria bendita entre los grandes retratistas de la época. Esas expectativas albergaba en secreto don José, mientras posaba para los cuadros iniciales que su hijo redondeaba con intachable expresión naturalista, caso del titulado *Primera comunión*. Y, secreto por secreto, cuando alcanzó estatus, el alumno de Bellas Artes sorprendería a propios y extraños, revelando el suyo. Un secreto guardado celosamente durante años: «Cada vez que dibujo un hombre, sigue siendo mi padre... Lo será toda la vida. Todos los hombres que alguna vez pinté se le parecían»... Y eso que en su padre llegó a ver el pequeño pintor capacidad obstinada, obstinadísima, para arruinar con planes de futuro el talento ajeno: el suyo, sin ir más lejos...

De tal palo, que tal parecía con su barba rasurada don José, no había en su hijo tal astilla. Era Pablo un rapaz de pelo cortado a ras y ojos negros brillantes como puñales, ávido y vivaracho, tierno y sagaz a un tiempo, que vivía de alquiler con la familia en la estrecha calle Cristina, aprovechando para esbozar en su cuaderno el tráfago de mulos, carretas y estibadores que animaba los muelles de Barcelona, a la vuelta de la esquina. No por nada, allí se tomaban los barcos para Mallorca.

La capital mediterránea en la que sacaba el chico pecho, haciéndose cábalas de 1894 a esta parte, tenía también mucho de anarquista y romántica, en tanto premiaba el coraje individual de empresarios y *parvenus*. Era una Barcelona que dejaba para las manifestaciones sindicalistas su espíritu popular, apuntándose al positivismo, al talante mercantil y académico tanto en materia artística como científica. De todas formas, su plaza de Cataluña en 1895 no pasaba de ser un campo de barracas y feriantes, a la sombra de cuyos plátanos paseaba don José con su hijo, cuando no lo hacían por las Ramblas, parándose a observar palomos enjaulados y floristerías. El padre lo veía todo ya encorvado, con ojos benevolentes. El hijo se detenía a cada paso, todo erguido como andaba, frente a cuanto pudiera cautivar su espíritu y divertirle.

Cuentan que a don José no le gustaba andar y que por eso alquiló casa a unos cien metros de la institución donde debía dar clase, palacio gótico de revestimiento ya neoclásico, en torno a un patio lleno de estatuas y fuentes. Sea como fuere, su hijo acabó sacando provecho de aquel *status quo* inmovilista, que contemplaba también largas siestas del padre, zumbido de moscas bajo el tictac del reloj de pared casero, así como rígidos métodos de escuela pictórica, en clase: días y días dibujando en el pupitre volutas de arquitectura corintia y hojas de higuera, antes de tener por modelo estatuas de tamaño natural. Culto a la antigüedad y las naturalezas muertas que Pablo supo torear, antes de dibujar nada tauromáquico. No en vano, lo mismo que logró saltarse los estudios preparatorios para entrar en la escuela superior de Bellas Artes, sabría enseguida zafarse de ella...

Clavaba, calcaba, diríase que el chico fotografiaba con los pinceles cuanto le ponían por delante para dibujar, palomos o bustos, con tanta soltura técnica innata como despreocupación, sin darle mayor importancia a las proporciones ideales que predicaba la pintura clásica. Algo que podía verse en la anatomía a lápiz, 56 x 30 cm, que le había valido diploma escolar en 1895. Parecía saberlo todo sin haberlo aprendido nunca.

–Padre, estoy harto de pintar volutas jónicas. Prefiero montarlas en el aire, echando el humo de un cigarro –le confesó un buen día a don José el chico.

–¡Pero si las bordas!

–Por eso mismo. Cumplir con lo que me piden, seguir la norma académica, no me supone ningún esfuerzo. En la escuela no aprendo nada interesante.

–No digas eso, que tus profesores sabrán lo mejor para tu formación. Mira que si te puedes ganar la vida como retratista dentro de nada...

–Las láminas que me exigen en la escuela tienen menos nivel que el que tú me aconsejabas viviendo hace años en La Coruña, cuando...

–Tonterías... Anda, Pablo, que tienes la cabeza llena de pájaros. Sácalos de ella y píntalos, para aprovechar el tiempo. Nos cambiamos de casa al número 3 de la calle la Merced y pienso alquilarte un *atelier* cerca, en la de la Plata, a ver si te estimulas un poco –anunció finalmente don José a su hijo–. Allí podrás ser tan desordenado como quieras con los óleos y las telas. Será tu guarida, con lo que la casa familiar ganará en limpieza.

Parecía mentira, pero el chico se espabilaba mucho, frecuentando a catalanes de pura cepa, como Manuel Pallarés y Carles Casagemas. Compañeros de facultad con más edad, que acaso le ayudarían pronto a mantener la cabeza sobre los hombros. Así seguía considerando don José la evolución de su hijo, que había conocido a Manuel Pallarés al entrar en la escuela. Sin embargo, no habían pasado dos años desde entonces, cuando Manuel mantuvo la siguiente charla con un tercer compañero en discordia:

–No sabes, amigo Félix, cómo y cuánto pinta últimamente el hijo de don José.

—Sí, sí, Manuel, pero sobre todo se cuenta que Pablo es una máquina sexual de satisfacción para las mujeres. ¿Qué pinta Pablo en la escuela? Lo comenta todo el mundo por aquí, cuando no tiene mejor conversación que llevarse a la boca. Es como hablar del tiempo, para pasar el rato... Tú que le conoces bien nos lo podrás confirmar...

—Tonterías —respondió Manuel, que nunca se había atrevido a preguntar sobre el particular a su amigo.

—Que sí, que hasta se oye por ahí que ni las meretrices del barrio chino le cobran, con tal de tenerle encima.

—Ni lo sé ni me importa.

—No te hagas el estrecho ni el puritano, que a nadie le amarga un dulce, aunque no se lo vaya a comer él, sino su protegido, ese dechado de virtudes para el que pareces ejercer de guardaespaldas, todo lo grandote y atlético que eres. ¿No te da vergüenza, siendo cinco años mayor que él? Debería ser Pablo quien te admirase a ti...

—Seguro que paga lo que consume en putas, si es que va de burdeles. Tampoco es un adonis.

—Si paga, ¿de dónde saca los cuartos? Porque siempre anda sin blanca.

—Vete tú a saber. Pregúntale a Carles Casagemas, que ése sí presume de putero...

—A bueno vamos a preguntar. Si no se habla más que con los de su clase. Me refiero a los de su presuntuosa clase social.

—Y con el charnego, ¿no? —terció en la conversación otro colega de aula—. Porque, ya me dirás: al portentoso Pablo se le ve la torre enseguida. ¿Habláis de Pablo, verdad? Basta mirarle cómo viste: pantalón estrecho, chaleco corto, ropa de fieltro... Sólo le falta ser católico y reaccionario, que castigador con las mujeres ya es...

–No os metáis con Pablo, que es mi amigo.

–Dime, Manuel, que estás fascinado con Pablo. ¿Qué te da ese chico dilecto? –volvió a la carga Félix, el primero de sus interlocutores.

–Comprende todo a la primera. Es hábil y rápido con las manos al pintar.

–Pero no tiene conversación. Pregúntale sobre *jugendstill*, *art nouveau* o expresionismo alemán. Que te diga lo último que Edvard Munch ha pintado... Que se explaye sobre el cartelismo de Toulouse-Lautrec...

–Vale. Es capaz de pasar horas sin decir palabra, pero derrocha ciencia infusa para parar un tren. Ya la quisiéramos nosotros.

–¡Te tendrá boquiabierto a ti, pedazo de cretino! –bufó Félix.

–¿No pinta como los ángeles?

–Y luego trata a sus profesores de ignorantes, en públic –intervino de nuevo el tercer charlatán–. ¡Será creído, el pre da! Es un soberbio, que no puede mirarnos por encima del hombro porque resulta ser bajito, vaya por Dios... Sólo faltaba que además tuviera buena planta... A ti te tiene pillao, Manuel... ¿No será que te la pone dura?

–Calla, descastado. ¡Qué dices!

–Además, estás tan acojonado con él que no te atreves a criticarle ni a sus espaldas. ¡Menudos cabreos se coge el charnego! –volvió a enfatizar Félix.

–Se le pasan pronto. ¿No os da lástima cuando se le ve melancólico, como pensando en cosas tristísimas?

–¿Se habla y bien del camarada Pablo? –acabó interviniendo Carles Casagemas, que llegaba al corrillo de improviso–. ¿Queréis saber cómo perdió el virgo mi niño? Pues arrimando contra una barrica de vino a la tabernera flacucha que había bajo su casa, justo antes de marcharse por primera vez con su padre a Madrid, con cara de no haber roto nunca un plato. Figuraos... Ése no soñaba estrenarse con gordas, gordísimas voluptuosas de buenas mamas, como cualquiera de nosotros. Respira pura melancolía poética, coño. Tiene razón Manuel.

–¿Verdad? –exclamó Pallarés.

–Pero escucha lo mejor –desveló Casagemas–: «Fue como besar a mi padre», me dijo Pablo el día que me contaba la escena...

–No me extraña, entonces, que ahora peregrine por el barrio chino... –zanjó la conversación el «guardaespaldas» de Pablo.

En realidad, Pablo iba de burdeles por aquella época a costa de Manuel Pallarés. Él fue quien comenzó a pagarle vicios carnales... Un amigo, todo un amigo, al que correspondía llevando a mesa familiar puesta cada domingo por la noche. No faltaba uno y aquella puntualidad fue interpretada por don José y su señora, doña María Picaso López, como signo de formalidad. Será por lo que disimulaban los dos amigos endomingados... Al decir del matrimonio Ruiz, Manuel Pallarés bien parecía el hermano mayor de Pablo, cuando comenzaron a salir juntos. No sabía el matrimonio nada sobre las primeras gamberradas en las que Pablo había hecho implicarse a su amigo Pallarés, ya creciditos ambos... Arrojaban objetos voladores no identificados a los transeúntes, jabón, mendrugos de pan o cartones, desde la azotea de su casa. Y, a la hora de refinar sus bravuconadas, llegaron a tirar una moneda de ducado a la calle, sostenida por un hilo invisible, desde la misma azotea. Moneda que al ser descubierta en el suelo volaba con vida propia azuzada por los golfantes, como el viandante que la descubría quisiera cogerla. Es más, llegado el carnaval de 1897, los dos compañeros de facultad se pasearon disfrazados de mujer por las calles de Barcelona. Y tanto debió de dar la talla Manuel como *femme fatale* que incluso le salió algún que otro pretendiente al paso, requiriéndole amores modelo «aquí te pillo aquí te mato». Uno en concreto que se llevó tremendo puñetazo del musculoso Manuel por pertinaz... Riendo la situación a mandíbula batiente, poco se parecía ya Pablo al autorretrato que se había practicado un año antes, con cara asustadiza de inocentón...

3

A VUELTAS CON EL PAÑUELO

Pablo se iba de viaje, en plan *gentleman*. Y, además, pensaba pasar antes que nada por París, con la celebración de la primera exposición universal del nuevo siglo crepitante. No en vano, al pabellón español allí presente había embalado, en mayo del año 1900 en curso, un cuadro suyo titulado *Últimos momentos*. Todo un honor, que le llenaba los pulmones de oxígeno y le llevaba a sentirse ancho, más ancho que largo, hasta espatarrarse en las butacas de los cafés barceloneses... «Me voy a Londres con Carles. Queremos ver mundo a cualquier precio y resulta que mi compadre tiene dinero fresco para pagarlo»... Ocultó Pablo, incluso a los amigos íntimos, que sus padres apoyaban económicamente su decisión, quitándose el pan de la boca. Y, desde luego, que llevaría consigo el pañuelo tiempo atrás recibido de la samaritana, no fuera a ser cosa sentimental que convenía conservar cerca para lograr algún día mayores dones de que quien se lo dio. O, a lo peor, dones repartidos por cualquiera de su gremio, si es que la samaritana insistía en comportarse sólo como una profesional con él. Y es que Pablo se tomaba el pañuelo como prenda amorosa en manos de caballero andante: las suyas. Un pañuelo que ahora manoseaba, a ratos perdidos, tratando en vano de esclarecer su posible significado: el del suma y sigue de nombres que presentaba manuscritos o bordados. ¿Y si fuera algún tipo de talismán? Ni a Carles le había hablado de su existencia, por miedo a que se burlara de él y lo menospreciara, tal como solía hacer con todo aquello que escapaba a su control.

Saint-Germain, Madame du Chatelet, Voltaire, Catalina la Grande, Casanova, Madame Pompadour, El Enmascarado, Elena Martín, Rasputín, Dominique H., Charles Baudelaire, Coquette Marianne, conde de Lautremont, Eugenia de Montijo, Rimbaud, Sarah Bernhardt, la Bella Otero, Vincent van Gogh, André Gide, Enrico Caruso, Louise Weber «la Goulue», Henri Toulouse-Lautrec, Jean Avril, Francois Gaston, Isadora Duncan, el barón Hölstein, Germaine Gargallo, Dandy Imperial, la Samaritana... La lista de patronímicos que proporcionaba el pañuelo no alternaba siempre hombre y mujer. Muchos de ellos eran desconocidos para Pablo, pero no por ello dejaba de especular sobre su sonoridad, pareja a la sostenida en sus oídos por la del apelativo de pintores consagrados como los que allí aparecían. Pintores de cabecera en el altar de sus dioses, imposibles de destronar por más que quisiera imitarlos. Vin-cent-van-Gogh, Tou-lou-se-Lau-trec... Pronunciadas al aire o sólo en la mente, sus sílabas concatenadas tenían mucho de invocación y sortilegio. Así que tuvo que armarse de valor, para rotular las letras de su propio nombre en el pañuelo, tal como le había sugerido hacer la samaritana. Tomó una plumilla de su buró, la mojó en tinta negra y comenzó a dibujar la P de Pablo con esmero de cartelista... ¿Con quién estaría la samaritana aquella noche? Poco importaba, ya que poseía algo valorado por ella. Algo susceptible de hechizo en manos de celestina, para lograr que la propia samaritana se le rindiera de amores o, por lo menos, remitiese su destino de amante sufridor. Si en lugar de pañuelo incomestible hubiera recibido de la meretriz algún tipo de poción, en ese mismo momento se la habría bebido y santas pascuas... A esperar resultados. Pero no. Tenía consigo un pañuelo sobre el que nadie parecía saber nada, por más que había sondeado con disimulo a la gente de su alrededor, como si la cosa no fuera con él. Únicamente se diría que había insinuado algo al respecto el bromista disfrazado de mendigo que le abordó, la pasada Noche de Ánimas, cuando se dirigía a oír disertar sobre escultura gótica en Els Quatre Gats. Un personaje que hasta mencionó la existencia del «club del pañuelo»... ¡Qué leches!, acaso alguien enviado por la mismísima samaritana para distraer sus pensamientos lejos de ella hacia el supuesto enigma de aquel pedazo de tela. Quizás las flores que le había hecho llegar, ya repetidas veces, empezaban a agobiarla o a comprometerla frente a su marido. Vete a saber... Por lo demás, el gitano al que conoció en el monte aragonés, mientras paseaba con su amigo Manuel el último verano, se había referido a cierto «pañuelo de la intimidad» sellando lazos de sangre con él y «amenazándole» con quererle a través de la misma mujer, antes de que la samaritana le diera nada. Por cierto, ¿quién era y de dónde había salido aquel gitano que casi le trastorna?

«Los encuentros con el mendigo y el gitano en menos de un año... ¡Vaya dos golpes de azar! Ni que se las tuviera que ver con personajes del teatro por la vida...», pensaba el chico.

Poco sabía Pablo, pues, sobre el pañuelo, apenas nada, aunque sí lo bastante como para mantenerles intrigados. Y decepcionante había sido, hasta la fecha, que ningún guapo de los que frecuentaban las barras de bares chic en Barcelona hubiera oído hablar del tema. Y eso con tantas conquistas amorosas como gustaban referir en cuanto se les prestaba atención.

«P-a-b-l-o»... Imbuido en semejantes divagaciones, el aprendiz de pintor seguía rotulando su nombre, bajo aquel que rezaba «samaritana», resuelto inicialmente a guardar la misma equidistancia frente a sus letras que la guardada por quien escribió el apelativo de la prostituta frente a las del Dandy Imperial. Claro que, bien pensado, no había necesidad de ello... Seguro que por su parte había amado más y mejor a la samaritana, aunque no hubiera podido ofrecerle sino su arte improvisado de dibujante, como regalo, una vez pagados a cuenta de otro bolsillo sus servicios. Arte rechazado, bajo cotización cero, dicho sea de paso. Ser pobretón y anónimo no llevaba muy lejos, estaba claro... Por cierto, ¿quién podía firmar con el nombre de Dandy Imperial, que sin duda era un alias? Se le escapaba... Sonaba a caballo ganador.

«P-a-b-l-o R-u-i-z». Según se razonaba a sí mismo en estos términos, la rotulación de su apellido paterno terminó abandonando la plantilla que se había propuesto para escribir con buena caligrafía sobre el pañuelo. «Dios escribe recto sobre renglones torcidos», se dijo. Y, a continuación, las últimas letras de «Ruiz» volaron hacia arriba en la seda, buscando tocar la última sílaba de «samaritana», como para dejar constancia de la ley erótica que le seguía teniendo. «Mi nombre de amante no será nunca el mismo que use como pintor famoso», decidió también sobre la marcha, hablando en voz alta consigo. «No parece elegante, por más que las mujeres quieran flirtear conmigo, cuando mis cuadros se coticen», se siguió diciendo, a la hora de construir castillos en el aire. «Lo juro sobre el pañuelo», sentenció finalmente, dándose en el acto cuenta de la importancia que, a lo tonto, a lo tonto, adquiría para él aquella prenda. Un pañuelo con el que había estado a punto de sonarse la nariz su hermana cuando la noche anterior se lo había dejado olvidado en el salón. Un pañuelo que, como mucho, debía servirle para secarse el sudor de otras bacanales locas, si finalmente conseguía olvidar a la samaritana...

Una sola evidencia existía sobre el pañuelo, a raíz de la mínima información suministrada por la prostituta: el *dandy* se lo había cedido al terminar un encuentro carnal. En consecuencia, cabía pensar que hasta él había llegado el pañuelo por las mismas, tras una sucesión de citas en la cama más o menos afortunadas. Digamos que lo que allí se desarrollaba podía calificarse como genealogía del sexo. De ahí que, por su parte, debiera considerarse feliz de verse involucrado en ella. Una genealogía del sexo... Algo más noble y primitivo que el sinfín de motivos por los que solía echar ramas el árbol genealógico de cualquier saga familiar. De padres a hijos, solía haber en ellos no sólo enlaces románticos, sino además matrimonios de conveniencia, parejas forzadas y bastardía. Todo muy espurio. Nada que ver, desde luego, con las relaciones encadenadas de bienvenida promiscuidad que figuraban en el pañuelo... Revelaban, al menos, dos grandes amores en la vida de cada quien. Uno por el que recibir recompensa. Otro por el que darla... Algunos nombres propios se habían escrito a plumilla en letra gótica. Otros en redonda. Los había escritos apresurada, concienzuda y distraídamente. No faltaban, incluso, los nombres bordados con primor en la tela. Así que para nada guardaban las proporciones unos hacia los otros. Y ni siquiera el color de la tinta usada en cada uno de ellos era la misma, por no hablar de los tejidos con hilo de color, que parecían sugerir amartelamientos especiales e irrepetibles. Definitivamente, la ristra de nombres señalada en el pañuelo daba a entender algún tipo de testigo, pasado de mano en mano: contraseña o secreto compartido. Algo que se corroboraría, si de veras existía algún «club del pañuelo». Ese club al que tal vez había accedido sin pretenderlo, quizás bendecido por la energía de tanto coito como en la prenda quería ser recordado para los restos... Resulta que, indirectamente, había tenido contactos íntimos con los mismísimos Van Gogh y Toulouse Lautrec, sin que de ello pudiera deducirse asomo de trato homosexual en tipo tan viril como él. ¿Qué se había imaginado aquel gitano al que conoció en el monte?... De cualquier forma, a ver si con la cantinela del pañuelo se le pegaba algo de sus respectivos genios pictóricos, pensó entonces Pablo, poniéndose en plan práctico. Ensartando pene en vagina, que a su vez admitía otro pene en busca de una vagina más, hasta formar las cuentas de un rosario, resulta que podía conocer de primera mano la ascendencia erótica de la que procedía. Toda una cadena humana capaz de sobrevivir al tiempo y atar corto cualquier espacio.

Pinta tenían de haber sido únicas las relaciones íntimas de las que se daba cuenta en el pañuelo: intensas, escogidas, fascinantes... Claro que, por otra parte, los nombres de sus protagonistas, alineados como aparecían, se asemejaban no poco a la nómina que suelen presentar los memoriales de caídos en la guerra: esos que aparecen en las paredes de las iglesias o al pie de monumentos triunfales... Porque, a todo esto, figuraban en el pañuelo inscritas personas que habían muerto ya... *Kata* se llamaba también el pañuelo de seda con buenos augurios que en el lejano Tíbet se daban entre sí los monjes. Lo había leído en algún atlas ilustrado...

4

DE BARCELONA AL CIELO

Dos años antes, en el verano de 1898, España estaba a punto de perder sus últimas posesiones de ultramar, con carne de cañón entre los reservistas y jóvenes en edad de defender la bandera patria en Cuba. Así que, no fueran a llamarle a filas, Pablo había desaparecido preventivamente de la circulación, tomando el tren de Barcelona a Tortosa, so pretexto de buscar cura para una escarlatina con aire puro. Y es que allí le esperaba el hermano de Manuel Pallarés, con mulas que acarrearan sus telas, caballetes, botes de color y maleta, montaña arriba, para conocer el valle del Ebro en flor, los pinares más intrincados y los prados de altura, sus alquerías y despeñaderos. Tan sólo veinte kilómetros a pie le trasladaron entonces a un mundo primitivo que hizo eco en su interior, llamando con aguas bravas y olor a romero al buen salvaje que llevaba dentro. ¿Animal depredador o Robinson? En Horta de San Juan asumió Pablo trabajos de granja, cargó acémilas, trincó el heno, elaboró pastel de higo, vendimió y apañó las aceitunas, además de pintar con Manuel en la prensa de aceite que su familia poseía. En definitiva, puso sus manos en contacto con la tierra, como quien cree que algún día modelará nubes y árboles, aprendiendo el tacto de materiales orgánicos como el cartón, el trapo y el cordel, que con el tiempo servirían a su escultura... Asimiló Pablo los sabores básicos de la olla pastora. Y, a la hora de recibir impresiones en estado puro, se llevó dos que pusieron a prueba sus descargas de adrenalina, la primera de las cuales le dio de bruces con la muerte...

No resulta exagerado decir que vio la muerte de frente, entre penumbras, puesto que en la cabaña del guardabosques de Horta donde fue a caer se manipulaba carne humana bajo luz de candil. La cabaña recibía los cuerpos inertes de cuanto pastor o labriego era encontrado cadáver a campo abierto, no pocas veces fulminado por las abundantes tormentas que azotaban aquellos parajes. Allí se les sometía a la autopsia provincial, para determinar la causa de su fallecimiento, según los métodos de disección más rudimentarios que puedan imaginarse para una morgue. La ciencia médica debía avanzar, aunque fuera con destacamento de campaña en la España profunda...

–A esta pobre mujer tumefacta hay que certificarle descarga eléctrica de rayo. ¿Ves? Presenta varios órganos carbonizados. De todas formas, practiquémosle un corte sagital del cráneo –decidió sobre la marcha el doctor del pueblo, a quien se encargaban las autopsias, entre otras tareas penosas.

–¿Le vale esta sierra de leñador para sajar? –le preguntó su eventual ayudante, sacristán de Horta.

–Qué remedio. Total, ya no hay cuidado de que se infecte...

La noche de perros que había fulminado a la labriega continuaba golpeando los cristales de la barraca donde yacía. Y, minutos antes, bajo su techo se había ido a guarecer de la lluvia y los truenos Pablo, a quien el temporal sorprendía cogiendo setas. Así que, como seguían cayendo chuzos de punta, no

se decidió a dejar su refugio cuando llegó el fiambre en la pari-
huela, chorreando agua de barro y sangre. Ni en cubrirle el
rostro con la frazada de la montura habían reparado los jine-
tes que le habían descubierto entre mazorcas... Hecho un ovillo, acurrucado en el suelo, Pablo no osó moverse durante la
hora y media que duró la autopsia: apostado en el último rincón de aquel lugar ténebre, asumió una posición fetal con la que
pretendía defenderse del tufo a muerte, si es que la muerte podía
desprender algún efluvio... Olía progresivamente a formol, a
descomposición y piel quemada de pollo, aunque fuera humana. ¿Dónde estaba el alma de aquella mujer? Ni rastro de ella
se sentía entre el hedor... Y es entonces, apretando las mandí-
bulas para no vomitar, a metro y medio del canasto de despo-
jos que iba arrojando la autopsia, cuando se le vino a la cabeza una imagen de alivio a la que se agarró con uñas y dientes.
Repentinamente pensó Pablo en los mil ojos que podían tener
a su samaritana por golfa, piadosa o reina de corazones, hasta
volver su cara un desplegable. Y, por asociación de ideas, vino
a encontrar en el rostro seccionado de la difunta, carrillos abiertos hasta volver estrábicos sus ojos, una metáfora plástica de
todo ello. ¿Yacía de perfil o de frente? No se podía saber ya,
elucubró Pablo. Entonces se acordó nuevamente de su samaritana, de los mil gestos con que debía despachar sexo a su clientela salvaje, huidiza, calculadora, romántica y perdonavidas. Ya
había pensado antes sobre aquello y ahora se imaginó pintando esos mil gestos en una sola imagen de mujer elevada al cubo
de los cubos. Mil mujeres en una, para dar a cada cual lo suyo.

Sin saber cómo, aquellas cavilaciones terminaron alejando
a Pablo de la autopsia, mental y físicamente. De pronto se vio
fuera de la cabaña donde se llevaba a cabo la macabra operación, justo cuando el médico que la practicaba se echaba la mano

ensangrentada al bolsillo para buscar tabaco y tomarse un respiro... Había logrado Pablo incorporarse y huir, sacando fuerzas de flaqueza, antes de ver cómo finalmente taladraban y
desollaban el cerebro del cadáver que tenía frente a sí.

Impresión tan fuerte como la de la autopsia en tiempo real
no pudo ser olvidada fácilmente por Pablo, que aquella madrugada soñó con espectros poblándole la imaginación. Sin embargo, la verdadera aparición fantasmagórica estaba aún por llegar
aquellas vacaciones. Y le sobrevino a poco de subir con Manuel
Pallarés montaña arriba, para instalarse por unos días en una
gruta donde pintar como los hombres prehistóricos. Esta vez
buscaba sintonía ex profeso con las fuerzas naturales desatadas,
se manifestaran en el aullido del vendaval o en un aguacero parecido al de la noche de la autopsia... Pablo se propuso, pues,
dormir sobre la hojarasca, como un buen salvaje. Desperezarse
por la mañana, enfilando hacia la cascada más próxima donde
lavarse, sin tener la obligación de vestirse. Masticar frutas del
bosque fuera de cualquier horario. Hacer de vientre entre mato-
rrales sin mayor apuro. Gritar a los cuatro vientos, si un trazo
se le resistía en el lienzo, hasta decidirse a pintar con guijarro
pulido sobre la pared calcárea de su caverna. Pintar de tal guisa al fresco cavernícola, bajo la luz de una antorcha, imaginando que así pasaba a la historia, a su propia historia, más olím-
picamente que como espantapájaros frente a cualquier caballete.
Escalaba Pablo los árboles, dando rienda suelta a sus ataques
de euforia. Corría tras los patos que encontraba en los torren-
tes, cuando el cuerpo le pedía acción. Y tras Manuel, rescatan-
do juegos infantiles tipo «pilla pilla». Jugueteaba con él, se le
enganchaba y forcejeaba para derribarle, todo lo ganso que
era, abocado a caer rodando y riendo por la ladera... Manuel y
Pablo permanecieron a solas con tal camaradería durante diez

días. Solos hasta el atardecer en que alguien les observó desde un altozano, aproximándose hacia ellos sin ser visto...

–Ya hice mi buena obra del día, Manuel –le estaba contando Pablo a su compañero, en ese momento.

–¿Has pintado algún bisonte que merezca apellidar de Altamira nuestra cueva?

–No, me refería al mayor acto de generosidad que se le puede pedir a un hombre. Darlo todo de ti sin esperar recompensa... ¿Qué mejor definición puedes encontrar para el verbo «defecar»?

–Estás como una cabra.

–Cabra, la que tira al monte... Sí, es posible que aquí nos hayan crecido cuernos. Llevan demasiado tiempo ya sin nosotros las putas del barrio chino, Manuel.

–Las podríamos invitar a casa de mis padres...

–Si les pagáis el viaje, seguro que vienen –le respondió con seseo una voz a sus espaldas, la del gitano que les había divisado minutos antes.

–Coño, ¿y tú quién eres? –quiso saber Pablo, al reparar en su presencia.

–Ya lo ves, un gitano, sin caballo, sin guitarra flamenca y sin campamento. ¿Qué hacéis por aquí?

–Somos eternos y libres –se adelantó a decir Manuel.

–Digo yo que a lo mejor teníais fósforos para encender mi hoguera. Ando esperando a la familia, que viene a la cosecha de la pera, y tendré que hacer noche al raso.

Los estudiantes se miraron entre sí y, acto seguido, Pablo hizo ademán de buscar en su bolsillo lo solicitado.

–Yo tenía entendido que los gitanos sabíais encender fuego frotando dos ramas, como hombres de pelo en pecho –tiró Manuel de la lengua al desconocido.

–Y con una sola, *ojú*... Tú dame el palito que te pido con cabeza de fósforo y verás. ¡Ay, los payos de ciudad...! ¿A que no sabéis el nombre de la estrella que primero rompe en el firmamento? ¿Y distinguir la edad de los árboles? ¿Y preguntarle a los pájaros de dónde vienen y adónde van?

–Será que te van a responder... –se «defendió» Manuel, nada dispuesto a quedar como ignorante en la comarca que le había visto nacer, antes de emigrar a la ciudad.

–Pues claro –adujo el gitano en sus trece, antes de dar una sonora palmada frente al chopo más cercano y conseguir que los gorriones huyeran de él.

–¿Tú dónde crees que van esta tarde? –le preguntó Pablo.

–Ellos son los que deben contártelo –le dijo el gitano mirándole a los ojos y levantando lenta y como distraídamente el dedo índice hacia la desbandada, que en ese momento prorrumpía en trinos, como siempre que se aceleraba la brisa con el crepúsculo. Un dato que había escapado a la observación de Manuel y Pablo, razón por la que el gesto del gitano les pareció de mago. Y más aún, cuando se atrevió a decir, todo flemático:

–Comprendo que los pájaros te responden todos a la vez y resulta difícil entender qué dicen. No importa... Por muy libre que te creas, no puedes ir con ellos por el momento, chiquillo. ¿Cómo has dicho que te llamas?

–No lo he dicho todavía. Soy Pablo y mi amigo atiende por Manuel. Los dos, pintores.

–Bueno, qué... ¿Hace una hoguera juntos, ahora que nos conocemos?

Aquella noche el gitano les reveló el nombre de mil estrellas, les enseñó a distinguir ruidos en la oscuridad, a hipnotizar lagartos y algunos trucos de tragafuegos, el menor de los cuales consistía en apagar una tea frotando levemente su tizón con el pulgar y el índice a modo de pinza.

—El secreto está en no poner nunca las manos sobre el fuego por nada ni por nadie. Y menos sobre una antorcha que arde... —explicó el gitano a Pablo—. ¿Ves? La llama siempre es un sol que triunfa saliendo del mar incombustible, sin mojarse, imposible de sofocar: amarilla por arriba y azul por abajo luce la llama. Pablo, para apagar ardores sin quemarte, basta con que las yemas de tus dedos piensen en azul, acaricien todo lo invisible que parece su color en la llama...

No salían de su asombro con el gitano los dos amigos de Barcelona. Pasaron con él varios días más con sus noches y, gracias a su naturalidad didáctica, aprendieron también a diferenciar las setas comestibles de aquellas habitadas por duendes, cuyo espíritu se podía meter piel adentro: las de poder alucinógeno... Y, en cuanto les mereció más confianza, dejaron que el gitano se les sumase a las cabriolas que seguían dando por el monte. Franquearon riscos ayudándose entre sí los tres con los músculos tensos, echaron pulsos, brincaron, se solazaron borrachos de aire puro... Fue así como Pablo descubrió no sólo el idioma de la naturaleza, sino además la camaradería varonil, cuerpo a cuerpo. Tanto que tuvo miedo de sus sentimientos hacia el gitano, de la atracción que ejercían sobre él su torso desnudo y las insinuaciones que no tardó en hacerle... El gitano se había quedado velando el fuego a solas de madrugada. Y, al despuntar el alba, como todas las mañanas que amanecía con Pablo y Manuel, trajo recolectados algunos frutos para el desayuno del primero que abriera los ojos.

—¿A ti no te hace falta dormir o qué? —le preguntó Pablo entre bostezos.

–No como a ti... Yo vivo lo que otros sueñan y cuando cierro los párpados todo se oscurece, no tengo imágenes que llevarme a la cabeza...

–¿De veras? –se sorprendió el estudiante malagueño.

–*Psssssi*... Calla, no alces la voz, que despiertas a Manuel –le pidió el gitano a Pablo, tapándole instintivamente la boca con una mano–. Puede que no llegue a viejo sin dormir, así que ven un momento conmigo al río, que debo decirte algo.

Pablo no quiso averiguar más por lo pronto. Se calzó unas sandalias y le siguió.

–¿Qué tal andas de amores, Pablo?

–Poco mérito tiene lo mío. Ando enamoriscado de una puta en Barcelona. Una puta capaz de prometerme el cielo por dinero –confesó el aludido.

–Mal negocio, chico. Claro que lo mío no luce mejor.

–¿Otra puta te ha robado el corazón?

–Peor que eso. Una rapaza que sólo me ha hecho sentir como mujer... –sorprendió el gitano con su contestación.

–¿Qué dices? –se extrañó Pablo, frunciendo el ceño.

–Lo que oyes... Entre los míos despertamos pronto al sexo. Nos casamos antes de los dieciocho años, con la prima o la vecina. Y, si no es así, vagamos.

–No me digas más. Ése es tu caso...

–Ya te digo. La mujerona que primero me llevé al huerto, todavía imberbe, resultó mucha mujer... Casi un hombre.

–Me estás liando, gitano.

–¿Nunca te ha pasado que te quedas dormido justo después de hacer el amor?

–Es lo normal, ¿no?

–No para ellas. Y un día lo entendí yo en carne propia.

–Estás muy loco, chaval.

—La mujerona me cabalgaba hasta dar gemidos, poniendo a prueba los músculos de mi pelvis. Se dejaba caer de costado a mi lado, cuando estaba satisfecha, y antes de que pudiera darme cuenta, la poseía el sopor. La manera en que silbaba sus ronquidos me lo señalaba. A menudo se dormía sin darme lo mío, tras haber pedido que la cubriera de caricias. Decía no poder evitarlo. Entonces, comencé a sentirme en la piel de una mujer. Supe lo que era quedarse a las puertas del cielo...

—Será por eso que tienes los ojos azules ahora, ¿no, chaval?

—No, será por eso que la piel se me suaviza al contacto con otras pieles, sin esperar mucho más a cambio. Las cabriolas que dimos los tres por el monte, sin ir más lejos, me han suavizado...

—¡Qué pasa, señor vaselina!... ¿Qué me estás contando? Tú lo que necesitas es una buena hembra que te demuestre lo que es bueno.

—Yo necesito seguir amando a mi mujerona, a través de otros cuerpos...

—A ver, gitano, ¿a ti qué mosca te ha picado? —le preguntó finalmente Pablo, tratando de desdramatizar el momento—. ¿Qué te pasa?

—Pasa, Pablo, que te quiero aquí y ahora.

—Acabáramos, chico. ¿Tanto rollo para eso? Eres de la acera de enfrente. Vale... ¿De los que dan o de los que se dejan dar?

—No me ofendas, amigo.

—Como numerito no ha estado mal, gitano. Hala, vámonos ya de aquí, que Manuel nos estará esperando hambriento —concluyó Pablo.

Sin embargo, no dio dos pasos por delante de él, cuando el gitano le abordó de espaldas por la cintura.

—¡Suelta, sarasa! ¿Me quieres poner mirando a la Meca? ¿Quién te has creído que soy?

–Alguien a quien las mujeres amarán tratando de cambiar.

–A ver, *tarao* –le replicó Pablo distanciándose prudencial-
mente de él–. Entiende de una vez por todas que a mí me van
las damas, putas o no. ¡Métetelo en la cabeza! Y si eso te des-
consuela, lárgate con viento fresco. Joder, si se entera de esto
Manuel... ¡Te adorna de palos hasta arriba!

–Te quiero, Pablo. Creo que nos queremos ambos, el uno
al otro, sin poder evitarlo... –insistió el gitano. Y, antes de que
Pablo pudiera protestar más, enfadarse o turbarse acaso, ante
la insistente revelación, desenfundó una navaja de su cinto, como
para darle motivos reales de pánico...

–¡Qué haces, Barrabás! ¿Has perdido el juicio? –acertó a
gritarle Pablo, retirando hacia sí el brazo que el gitano le había
tomado ahora, entre la confidencia y juegos de arma blanca.

–¡Párate quieto, que no te voy a pinchar, *chacho*!... Las grandes pasiones no acaban así, a navajazo trapero. No acaban así
entre mi gente, por más que los payos lo crean –le quiso tranquilizar su inesperado pretendiente, poniéndose farruco–. Sólo
busco abrirte ya las venas por la muñeca, que nos las abramos
los dos, para hermanar la sangre. Te enseñé a compaginar fuerza y habilidad con lo que se llama un pulso gitano y hoy te mos-
traré otro rito también muy nuestro. Si no hay solución, si te
niegas a buscar dentro de ti correspondencia para mis sentimientos, algún día nos querremos a través de la misma mujer,
Pablo...

Las palabras de aquel gitano encantador de serpientes, sila-
beadas, impidieron mayor reacción a Pablo, que comprobó perplejo cómo su amigo se aplicaba al rito anunciado hiriéndose
a sí mismo. Así que no opuso resistencia cuando le tomó de nuevo la muñeca y, con la navaja ya húmeda, procedió a practicarle
la incisión que le correspondía en ella. Todo parecía suceder

inexorablemente y a cámara lenta, según lo veía Pablo, que carecía en aquellos momentos de la determinación demostrada, días
antes, huyendo de la autopsia. Brotó sangre de su brazo, se dejó
hacer y el gitano mantuvo ambas muñecas pegadas lo bastante como para que, luego, costara despegarlas.

–En realidad, ahora deberíamos atarnos las muñecas con
el pañuelo de la intimidad hasta que la sangre se nos coagulase
junta y se hiciera todavía más difícil separarnos... Pero no quiero que Manuel se escandalice. Para qué, si no ha sido invitado
a la boda... –acabó por comentar como si tal cosa el gitano a
Pablo, que asentía demudado y aturdido a cuanto le iba diciendo–. Algún día nos querremos a través de la misma mujer.

¿Quién era a fin de cuentas aquel gitano? Alguien que se
despidió sin apenas avisar, igual que había venido.

–Mi gente me espera ya. Debo irme –dijo de buena mañana un día el gitano, al abrir los ojos e incorporarse de un salto
sobre el lecho de ramajes que llevaba semanas compartiendo
con sus montaraces compañeros.

–¿Por qué tan pronto? ¿Dónde vas? Espera a desayunar
moras de las zarzas y nos cuentas. Esta vez te lo preparamos
nosotros –le planteó Pablo.

–Sabrás, sabréis de mí en otra ocasión. Hoy he dormido
como nunca. Me he dormido... Si me quedara más tiempo aquí,
acabaría siendo feliz y eso es para los que nunca soñáis des-
piertos –contestó el gitano sin más, echándose el atillo a la espalda y alejándose...

Ni un abrazo recibió Pablo de él, al despedirse repentinamente. Tampoco él, por su parte, intentó abrazarle, petrificado
como se quedó. Sin saber por qué, a Pablo le invadió entonces
cierta congoja, contuvo las lágrimas y el paisaje lloró por él...
Se desató al poco un temporal que vino a recordarle nuevamente

la noche en que presenció la autopsia. A Dios gracias, era de mañana, tomó del hombro a Manuel sin decir palabra y, en ese momento, resolvió volver también al camino...

«Todo lo que sé lo aprendí en el pueblo de Pallarés», se le oiría decir tiempo más tarde, cuando llegaron a buen puerto mercantil algunos de los esbozos que allí trazó sobre lámina: campesinos de labor, tañedores de guitarra, mujeres con flores en los cabellos... Y eso aunque las lenguas asegurasen que Pablo procuraba rodearse de colegas con menos talento y más dinero que él, al margen de encuentros sobrenaturales como el que había tenido con el gitano.

Hay amores de verano que no se disipan cuando las hojas caen de los árboles a los libros, para acabar encuadernadas en un nuevo curso escolar... Más que de ningún gitano, Pablo se había enamorado de la libertad, y ya no volvió a ser un estudiante al uso, de vuelta a Barcelona. Su convalecencia y la hospitalidad de Pallarés le habían mantenido en Horta hasta la primavera de 1899, con lo que se quedó definitivamente al margen de cualquier escolarización en Bellas Artes, abocado a empezar a ganarse la vida. A cambio regresaba a Barcelona hablando bien catalán, detalle nada baladí que hacía crecer la autoestima de cualquier andaluz convertido en charnego.

Lejos había quedado también, gracias a cierto tráfico de influencias, su miedo a ser reclutado para la última guerra colonial de la patria, que el 1 de enero se llevaba sus banderas de Cuba. La patria... ese concepto por el que Pablo no sentía ni frío ni calor. Toda ínfula imperial se le había terminado desangrando a sus generalotes, mientras el chico disfrutaba en Horta el abrazo de la España más profunda y abandonada a su suerte paisajística, diríase que tierra de nadie... Pero, con los primeros meses del año 1899, la soldadesca española llegada de ultramar pisó suelo en Cataluña, pasando a engrosar las filas de sus desempleados: más leña al fuego para la ya explosiva escena social de Barcelona, que parecía estar a punto para la revolución. Una ciudad donde los industriales piadosos no hacían menos alarde que los *dandys* exquisitos, alborotadores de ocasión y sindicalistas gritando en nombre de los menesterosos, tan discretos ellos en sus barrios bajos como los buscavidas portuarios y el burgués de casa ordenada en el paseo de Gracia. A sus diecisiete años Pablo sentía por los pobres de pedir algo más que lástima. Sentía sed de justicia y filiación estética, que a primera vista parecían contraindicadas frente a sus sueños de grandeza. Envidia y desprecio, a la vez, le provocaba a Pablo el reconocimiento público de que disfrutaban los pintores mayores del Els Quatre Gats, incendiarios en sus discursos y, sin embargo, tan bendecidos por el bien pasar económico y las palmaditas en la espalda de las instituciones artísticas más apoltronadas... «Distinguido público, damas y caballeros, tengo el inmenso placer de comunicarles...», solía enfatizar cada maestro de ceremonias que se pavoneaba en Els Quatre Gats, al presentar exposiciones o charlas.

–El gusto es nuestro, encantados de conocer el País Català redicho y pagado de sí mismo que habitamos –bisbiseó en una ocasión Pablo a la oreja de Pallarés, presentes ambos entre la concurrencia del lugar.

–Barcelona está llena de antagonismos, capaces de anidar en un solo hombre –sentenció allí Rusiñol, cuando en el otoño de 1898 le tocó lucir palmito de oratoria ante sus parroquianos–. Las ganas de comernos el mundo han de movernos a profesar el principio agitador del modernismo. Hay que ejercer a la vez de actor *prima donna*, arquitecto, creador plástico, dramaturgo, de polemista de café y, en definitiva, de acróbata en cualquier circo. Es más, de empresario y biógrafo de la propia vida, para no perder comba y trenes en este fin de siglo descarrilado.

–El amigo dice, en suma, que la rebeldía del artista total rompe fronteras de género sin mayor problema –le «traducía» Pablo a Manuel Pallarés–. Más desdoblamientos para el cuerpo, vaya –razonaba Pablo.

–Mira la vida intensa del ilustrador Aubrey Beardsley. A sus veintiséis años, acaba de dejar una obra de maestro cartelista y caricaturista consumado, que ya quisieran todos éstos, como si el resto de la vida le sobrara... ¿Qué me dices a eso? –replicó Manuel Pallarés a su compañero de escuela.

–¿De veras que ha muerto? No lo sabía. No me lo esperaba. Joder, me encantaba la flema británica que tenía para la ilustración. Esperaba grandes cosas de él...

Noticia tan triste para el mundillo del arte siguió comentándose en los circuitos intelectuales de Barcelona a principios del nuevo año. Y fue nuevamente motivo de charla para que Pablo y Kiner di Pontrémoli trabaran cierta relación. No se le conocían a Kiner estudios u oficio concreto, pero aparecía en los saraos más inopinados, algunos de los cuales hallaban al curioso Pablo cerca. Kiner tenía por costumbre presentarse como un árbitro de la elegancia, luciendo fina estampa tanto física como sofista. Y, desde luego, carecía de reparos para abordar a los desconocidos, sin protocolos, en función del predicamento que les precedía... Un hábito que encontró avisado a Pablo, pues le había llegado a los oídos que Kiner le consideraba elegido por los dioses de la concupiscencia...

–Así que tú eres el célebre Pablo Nepomuceno del que tanto hablan las *starlettes* del barrio chino en nuestra gloriosa

Barcelona –dio en preguntarle retóricamente Kiner Lorente, llegando todo maqueado al número 1 de la calle Escudillero, donde a Pablo le prestaban alcoba *atelier*.

Kiner di Pontrémoli, en realidad, venía buscando charla con el hermano del escultor Josef Cardona, titular del taller, pero celebró no poco semejante encuentro inesperado.

–Pablo, Nepomuceno, Diego, Francisco de Paula, José hijo, María de los Remedios, Crispín, Cipriano, Santísima Trinidad Ruiz y Picasso... Elige tú mismo cómo llamarme, que todos estos nombres figuran en mi partida de bautismo. Uno de mis «yoes» lo dejaría todo por acompañar a los pobres en la sopa de la beneficencia, pensando luego en quemar iglesias. Otro escaparía de este país pacato, sólo para volver a él oliendo a insoportable éxito. El de más allá desprecia el mundanal ruido, como no te imaginas...

–¿Te enteraste de que murió Aubrey Beardsley?

–Me lo contaron, y no sabes lo que lo siento. Lástima que no se muriera de risa, de vergüenza o de aburrimiento, sino de muerte natural. Claro que, dibujando como dibujaba el tío, escribiendo y fundando revistas a su paso por los cafés, no debió de tener mucho tiempo para aburrirse. Me encantaban sobre todo sus ilustraciones para la *Salomé* de Oscar Wilde.

–Aplícate el cuento... Me han dicho que tú trabajas al mismo ritmo frenético con que copulas...

–¿Tú también afeándome conductas? Lo que gano de día se me va de noche en damas de compañía, para qué vamos a engañarnos...

–Calla, caradura, que cuentan que vas siempre de balde con las mujeres.

–Alguien paga siempre mis consumiciones. Es de ley... Las pague yo o me las paguen, las meretrices que yacen conmigo siempre reciben su merecido económico.

–El fin no justifica los miedos, amigo...

–No me hagas frases, en plan Petronio. No pienso entrar a tus trapos. No me atemoriza el sexo en ninguna de sus variantes. Y tampoco tus aguijones de escorpión...

–A grandes males... Contigo, el fin justifica los miedos.

–Menos juegos de palabras conmigo, que tengo cosas más importantes en las que pensar. Cuando todos paguemos por hacer el amor terminará una de las grandes injusticias que asolan nuestro planeta: la de nacer guapo o feo. Por cierto... que tampoco tú te quedas corto en cuanto a la hazaña de mostrársela larga a las mujeres...

–¿Tú crees?

–¿No te gustaría que contasen eso de ti? Pues, ahí va, yo lo cuento, con mis mejores galas verbales, para satisfacción del árbitro de la elegancia que te precias de ser. Lo cuento como si todo un auditorio y no tus orejas me estuvieran oyendo. Lo cuento como si ya no estuvieras aquí, dándome cháchara e impidiéndome trabajar.

–Deberías aprender a escribir, para dejar constancia de lo bien que declamas...

–Esta mañana me conformo con coser claveles a estos corsés –sentenció el interpelado, dispuesto a no levantar más los ojos de su labor. Y es que, en el *atelier* que temporalmente tenía, se amontonaban ya muchas telas pergeñadas, entre restos y despieces de prenda interior femenina. Recortes traídos de las habitaciones contiguas que ocupaba una factoría dedicada a ellas.

–También me relataron que tus mejores obras desaparecen antes de cotizar en el mercado, puesto que no tienes presupuesto para lienzos y pintas sobre lo ya pintado –siguió diciéndole Kiner di Pontrémoli, al que la holganza y la curiosidad le llevaban aquella mañana a investigar sobre un personaje que parecía adquirir fama creciente entre sus conocidos.

–Será que no puedo parar de darle al pincel. Perdona el desorden en el que te recibo. Te aseguro que ayer se cenó aquí con candelabros y vajilla de porcelana... Cualquier día de éstos me mudo al hotel de enfrente, dispuesto a que me dejen pintar sábana tras sábana en alguno de sus cuartos...

–Me verás disfrazado de *concierge* para recibirte, haciéndote honores –enfatizó con afectación en la voz Kiner di Pontrémoli.

–No esperaba menos de quien tanto comenta lo que copulo porque seguro que se rasca el bolsillo lo que yo, cerca de las ingles, para sosegar la lujuria.

–Con tanta sapiencia como seductor –planteó Kiner–, seguro que alguna vez oíste hablar del club del pañuelo, ¿no?, ¿qué sabes sobre él?

–Que suena a tren del desconsuelo, a cenáculo donde la gente se reúne para contarse penas y llorar por turnos, usando para limpiarse las lágrimas no ya un pañuelo, sino una sábana comunal, acaso esa de hotel en la que me gustaría pintar... No tengo puta idea sobre lo que pueda cocerse en un club como ése –contestó Pablo.

¿Cómo podía saber entonces que la samaritana le iba a dar nada?

Para epatar, la misma pregunta le trasladó Pablo al también estudiante Jaime Sabartés, cuando recibió su visita poco más tarde de haber coincidido con Kiner. Será por eso que Jaime quedó fascinado a primera vista con él. Por eso y porque ya había oído hablar tanto sobre su talento como sobre su talante y ardía en deseos de conocerle. «Era mediodía. Tenía los ojos deslumbrados por lo que había visto a hurtadillas en su cuaderno de dibujo. Pablo, entonces, con su mirada fija, me hizo perder pie en la confusión. Cuando avancé hacia él para decirle adiós, tentado estuve de inclinarme ante la magia que emanaba de todo su ser: tenía el poder maravilloso de un mago», redactaría poco después Jaime en su diario. Así que, de haber sabido, seguro que la emoción le hubiera impedido revelar nada certero sobre el club del pañuelo... Lo más, Jaime estaba en condiciones de rendirle armas, como así ocurrió, convirtiéndose al poco en su tercer mosquetero, junto a Carles Casagemas y Manuel Pallarés.

Jaime Sabartés no estaba invitado a las veladas que Carles Casagemas montaba los fines de semana en el salón del gran apartamento que sus padres poseían en el Carrer Nou de las Ramblas. Animadas reuniones en las que se combinaban debates con juegos de azar y se acababan friendo en una sartén las cuartillas dibujadas por sus contertulios artistas, a lo largo de la velada: los hermanos Raventós y de Soto, Vidal Ventosa, Manuel Pallarés y, por supuesto, Pablo. Se freían literalmente dibujos en una sartén, a modo de experimento presurrealista, con resultados plásticos sorprendentes... De cualquier manera, la relación de Jaime con Pablo se hizo estrecha, a partir de entonces, en los siguientes términos: «Tras la comida nos encontrábamos en Els Quatre Gats –siguió contando Jaime a su diario–, desde donde yo le acompañaba a su taller. Unas veces hasta la escalera. Otras me insistía en que subiera con él arriba. Y, si me pedía que me quedase, me quedaba. Se ponía a trabajar y yo le miraba, si en ese momento lo que deseaba era no estar solo».

Servidumbre y disposición tales le valieron a Jaime un retrato de Pablo a la acuarela, en 1900, año en que expuso telas junto a Manuel Pallarés. Nada que ver, en cualquier caso, con el que le había hecho poco antes a Carles Casagemas, óleo sobre lienzo, con ojeras y pajarita a la manera romántica. Carles Casagemas, que en absoluto bailaba el agua a Pablo y ponía celoso a Jaime, cuando caprichosamente decidía apartarlo de su lado con los planes más disparatados y urgentes. «Vámonos de aquí, Pablo, que te tengo preparada la noche de tu vida», podía reclamarle con urgencia Carles. Y, en ese momento, se disolvía cualquier tertulia que gravitara alrededor del malagueño, en Els Quatre Gats. Porque Pablo ya cuestionaba la autoridad de líderes de opinión mayores en aquel cenáculo, caso de Ramón Casas. Pablo quería ser gallo de corral en Barcelona. No había duda.

Las Ramblas habían visto crecer a Pablo, que de regreso a Barcelona comenzó a devolverles la mirada, con ojos no sólo para sus mercados de flores y algarabía callejera, sino también para sus restaurantes con olor a refrito y ajo, sus cafés, bodegas animadas por gitanos a la guitarra y antros de *music hall*. Locales con chicas al rico escote o bien vestidas con collares de falsa perla, cuando no ataviadas con sugerentes mantones que se decían de Manila y las movían a cantar cuplé, restregándose sobre balaustradas de cartón piedra, como gatas en celo, hasta provocar la ovación de sus espectadores. Todo parecido con la realidad del cabaré a la *parisien* del barrio gótico de la ciudad era pura coincidencia. Un distrito que tocaba fondo sórdido en las candilejas del burdel, ya sin cantos o danzas que disimulasen la prostitución. Por tanto, si algún local había cerca con ecos de la Ville Lumière, estaba a resguardo del personal que babeaba en el barrio chino y no era otro que Els Quatre Gats, con sus ornamentos de piedra y forja. El animador cultural Pere Romeu lo tenía abierto desde 1898 y ya gozaba de la mejor de las reputaciones como cabaré artístico, al estilo del Chat Noir que el mítico Aristide Bruant, poeta, *chanteur* y empresario del espectáculo, mantenía activo en París, junto a su banda de Mirliton. Toda una meca para escultores, poetas, retratistas y músicos, Els Quatre Gats, en la Ciudad Condal.

La «ciudad de la luz» que facturaba sin cesar pintores impresionistas. Sus chicas del cancán, el bohemio Aristide Bruant, que además demostraba ser gran estratega del espectáculo satírico... De París sabía Pablo por los semanarios ilustrados que casualmente caían en sus manos y por los artistas tratables y allegados que regresaban de allí, contando algo más que galanterías y exagerando sobre los contactos profesionales cerrados con marchantes. Gentes que recalaban con o sin ínfulas por Les Quatre Gats, a un costado de la plaza de Cataluña, considerando a sus parroquianos dignos de conocer buenas nuevas de la *avant-garde* artística más chic. Queda dicho que la generación del pintor Rusiñol dominaba entonces las tertulias de aquel cabaré, «taberna gótica para los amantes del norte y patio andaluz para los sureños», al decir de su propietario. Bajo sus gruesas vigas, en la gran sala central que poseía, ofrecían conciertos Isaac Albéniz, Granados y Morera. Y se montaban sesiones de *vedettes*, fiestas de cantina e incluso teatro de marionetas y sombras, a cargo éstas del también pintor Miguel Utrillo, padre adoptivo de Maurice Utrillo. Actividades mil, que pregonaban la fama de semejante *rendez-vous* artístico a los cuatro vientos.

Desde allí, por otro lado, Miguel Utrillo dirigía las revistas de arte *Forma* y *Pel y Ploma*, junto a Ramón Casas, firma pictórica que había cedido dibujos a lápiz para el local, nada más ser abierto. Ramón Casas colgaba allí un lienzo donde se autorretrataba bien barbado y feliz, junto al anfitrión Pere Romeu, hombre no menos barbudo, cuando Pablo comenzó a dejarse caer por ella. «¿La cosa va de luengas barbas?», se dijo para sí, entonces, el joven pintor andaluz. «Bien, nada más fácil que hacer tabla rasa del rostro humano, reduciéndolo a la intensidad de pómulos y ojos su expresión. Si quieren guerreros medievales de las nuevas ideas progresistas en esta taberna gótica, los tendrán», continuó reflexionando. Y, acto seguido, a las exposiciones iniciales que programó en ella Nonell, su principal decorador, siguieron otras en las que ya intervino Pablo, a la sombra todavía, eso sí, de otros próceres locales como Zuloaga. Exposiciones que «amenazaban» con robar protagonismo al cuadro que presidía el cabaré: el retrato de Pere Romeu, acompañado en el lienzo por Ramón Casas. ¿Quién podía destronar al gran Ramón como pintor de cámara en aquella casa?, se preguntaban sus incondicionales.

Aunque parco en palabras todavía, allí se prodigaba cada vez más Pablo con sus dibujos como principal contestación a la pregunta. Pronto sus trazos espontáneos y portentosos levantaron admiración, haciendo desfilar a toda prisa personajes envarados frente a la clientela de la taberna... Una clientela que pagaba a precio de café cantante las copas y viandas, sosteniendo los devaneos, delirios y fantasmadas, por qué no decirlo, de sus artistas. Una clientela, por tanto, que tenía voz y voto, fueran cuales fueran sus gustos.

El héroe ideológico tipo de los intelectuales y pintores en Els Quatre Gats respondía a señas de identidad y estética anarquistas. Héroe de santoral que tomaban prestado a la clase obrera de la ciudad, pensando en devolvérselo hecho un pincel... De cualquier forma, desde su pedestal, no parecía enfadarse si los hijos de la burguesía catalana allí pensantes y actuantes adoptaban sus atuendos, sombrero negro sobre larga corbata y chaleco corto, chaqueta no menos oscura y pantalón hasta los tobillos... Toda una impostura que a Pablo le resultaba difícil de digerir, para más inri, con discursos incendiarios como los que a menudo pronunciaba Santiago Rusiñol, el más pretencioso entre aquellos burgueses de buena intención.

—Los intelectuales catalanes creemos ahora en la exaltación de la anarquía, en su mano para prender la mecha de bombas que cambien el modo de sentir en el mundo, rompiendo cualquier reglamento para los sentidos —terció un buen día Carles Casagemas, acodado en la barra de Les Quatre Gats, cuando el prestigio que iba adquiriendo su amigo Pablo auguraba ya el relevo de generación artística al frente de su camarilla.

—Eso no os da derecho a usurpar la imagen de quien de veras se la juega y arriesga poniendo las susodichas bombas. Los intelectuales tienen el problema de que sus padres les sobrealimentaron. El mundo no les espera como redentores. Nuestros amigos de la taberna, sin ir más lejos, piensan que para ser pobre siempre hay tiempo, que pueden elegir el momento de serlo a capricho —acertó a responderle Pablo, al que otros aprendices de pintor pedían ya consejo.

—No te pongas estupendo, Pablo...

—Te consiento sólo lo de Pablo... ¿Qué me ibas a decir?

—Que te necesito —bromeó Carles.

—Yo también me necesito...

—Digo que también muchos de nuestros amigos andan a verlas venir, alimentándose de ideas más que de proteínas —sostuvo su argumento Carles.

—No serás tú, camarada —intervino en la conversación Kiner, también habitual de la taberna cabaré y rival suyo, a la hora de concitar la atención Pablo.

—¿Os molesta mi militancia *gourmet*? ¿Tengo yo la culpa si me enseñaron de pequeño a vivir bien?

—Andan nuestros amigos a dos velas, sí, pero no consiguen llamar la atención, sino cuando enferman —retomó el hilo de la discusión Pablo–. Y eso porque han pillado alguna enfermedad venérea, andando de picos pardos... La tuberculosis ya no está de moda. Es cosa de caras pálidas y románticos anclados en el siglo XIX, aunque sigan muriendo de ella los hijos de las meretrices que nos «beneficiamos» en el barrio chino.

–Para beneficencias estamos... ¡Hago constar mi desacuerdo sobre cualquier cosa dicha en esta mesa durante mi ausencia!... ¡Mala salud de hierro es lo que tiene nuestra gente! Vigor en el cerebro le falta, imprescindible para pensar en cualquier tipo de revolución... –irrumpió en la charla el coleccionista Carles Junyer, que en ese momento llegaba al local y no sabía sobre qué se estaba hablando.

–Tu dinero y buen gusto te hacen libre de opinar lo que te plazca. Amén –rindió pleitesía Pablo.

–Sabes que todavía no eres conocido sino por los artistas que quisieran parecerse a ti. Mala compañía, para cuando dejes de ser tú mismo... A ti lo que te importa es que la gente como yo siga lo que pintas. Nadie fuera del círculo de entendidos en arte te aprecia aún...

–Habló el oráculo de Delfos –puntualizó en ese momento Carles, celoso de que su protegido en noches de parranda levantara más expectativas artísticas que él.

–Sobre gustos no hay nada escrito. Para mi gusto, tampoco. ¡Pongámonos a escribir algo que valga la pena, guste o no! –enfatizó Kiner, que había tenido la boca ocupada en trasegar, mientras veía el momento de atraer hacia sí la conversación.

–Algún día seré pobre y digno. Me pareceré a los famélicos de los cuadros que pinto, si no logro que engorden con el tiempo que pasan en mi *atelier*, antes de ser adquiridos por familias acomodadas que vete tú a saber lo que esperan de ellos...

–¿Vas a vender a tus pobres? ¡Dónde se ha visto semejante traición! –repuso Carles Casagemas.

–Algún día seré uña y carne con ellos. De momento, basta con que se sepa que existen.

–Los remordimientos cristianos te hacen pequeño a mis ojos, *mon cheri*. Además, qué coño, sacas provecho de la piedad que despiertan en la gente. ¡Vive Dios si lo sacas! Eres como un cura, cepillo en mano... Los pobres dan pena, los pintas en tus cuadros y te embolsas lo que vale su imagen expuesta a los vientos... ¡No me jodas, chaval! –volvió al ataque Carles.

–Ten por seguro que algún día les devolveré ciento por uno, si es cierta la explotación de que me acusas.

–¿Elegirás tú el mejor día para ser pobre, campeón? ¿Se lo anticiparás en rigurosa exclusiva a tu amigo Carles? ¿A que sí? –espetó el *dandy* Casagemas a su amigo Pablo, acercándose a dos palmos de su cara con mirada inquisidora.

–Será cuando deje de oscilar entre la euforia y la depresión –le señaló Kiner di Pontrémoli a Carles–. Léete *La interpretación de los sueños* que acaba de publicar Freud.

–Supongo que en ese momento no te hará falta pintar damiselas y caballeros de alto copete, frente a imponentes carruajes –se hizo oír repentinamente Ramón Casas, que desde lejos contemplaba la escena, sin que nadie le hubiera dado vela en aquel entierro. Y, entonces, se hizo el silencio en el corro de contertulios, que volvieron la vista hacia Pablo, esperando su reacción.

–El cliente siempre tiene la razón. Y ésa es la clase de gente que nos permite ejercer como artistas invitados en cabarés como éste –se defendió Pablo.

–Y Corina, la encantadora mujer de nuestro protector Pere Romeu... ¿No sientes ya la necesidad de retratarla para hacerte valer? –siguió preguntando Casas, a sabiendas de que Pablo le había propuesto sesiones de pose.

Ramón Casas había decidido ese día poner a Pablo en aprietos, frente a sus propios correligionarios... Una banda que en ese momento contaba también con Sebastia Junyer-Vidal, el escultor Manolo Hugué, los hermanos Ángel y Mateo Fernández de Soto y el narrador Raventós, gentes todas a las que Pablo había seducido pasando de las palabras a los hechos pictóricos en las tertulias caseras de su íntimo Casagemas.

Aquel golpe bajo pilló desprevenido a Pablo, que vaciló antes de responder, permitiendo que Ramón Casas pasara delante de él pavoneándose, rumbo a la calle, con todos sus amigos como testigos de cargo. «Tendrá que esperar todavía algún tiempo para asaltarme el trono de artista mayor del cabaré», pensó Ramón Casas, aliviado...

Cierto que, en términos de meritoriaje, Pablo retrató a la mujer del gran regidor de Els Quatre Gats, a finales de 1899. Pero también Ramón Casas se había molestado en retratarle a él, «disfrazado» de anarquista... Acaso lo hiciera con intención ladina, para ponerle en evidencia, si hacía falta, a la primera ocasión de observarle desdecirse del ideario que ahora predicaba. Tal vez lo hizo para engancharse a su rueda, por si en el futuro venían mal dadas y la cotización de su rival subía inopinadamente. Queda al arbitrio de las interpretaciones... De cualquier forma, Ramón era consciente de que al joven pintor malagueño le absorbía su propia obra sobre cualquier discusión política o ideológica, por apasionada que fuera. Sabía Ramón Casas que llegaría lejos, aunque ignoraba cuánto... «Mis obras son una suma de destrucciones», declararía Pablo Nepomuceno, cuarenta años después, cuando ya nadie recordaba el tiempo que pasó como autor en busca de apellido... Desconocía Ramón

Casas hasta qué punto su retratado llevaba dentro un ácrata en estado puro... Un ser profundamente desordenado en sus maneras externas, signo inequívoco del orden y la disciplina interna que le bastaban para conducirse por la vida. Pablo creía saber lo que quería y en ello basaba su autoridad para atreverse a decir a menudo: «Hay quienes necesitan echarse uniformes y horarios al cuerpo, fechas de cumpleaños, salarios y directores espirituales en la iglesia, para compensar su desorientación interna. Se creen que así nos despistan...».

Pablo Nepomuceno, José hijo, el digno hijo de don José, pintaba sin tregua, desde que había vuelto de la montaña aragonesa a Barcelona. Hombres barbudos, desnudos a pie de estatua por las plazas, escenas de café... Tomaba apuntes en la calle como un gacetillero del lienzo, bosquejando también tejados de barrio, corrillos en la lonja y muelles repletos de estibadores. Se hacía servir interminables vasos de vino patibulario para captar el vuelo de la bailarina bajo techumbre de antro, al borracho sujetapuertas de cantina y la lectura del diario matutino, en el café, en manos del gentilhombre que se hacía atender por limpiabotas. Pablo volvía a casa andando, pero atento a los rebufos y cabriolas del caballo que aguardaba tirando de un carruaje a las puertas del Liceo. Cenaba en familia a la espera de que su hermana se retirase al tocador y le diera permiso para espiar plásticamente su coquetería. Dibujaba una y otra vez a su padre barbudo, elegante y distinguido, completando retratos de familia que apaciguaban a sus progenitores, cuando irrumpían en lamentos sobre el oscuro porvenir que le esperaba a su retoño; eso, si seguía dejando escapar años de formación académica y promoción como artista...

Reía Pablo a mandíbula batiente o discutía con aire grave, entre amigos, pensando en la caricatura que a cada cual le cuadraba, con sus músculos faciales extralimitados... Se curaba con ello de espanto a través del humor, bendición que también se aplicó sobre sí con efectos balsámicos, la tarde en que Ramón Casas le sacó públicamente los colores en Els Quatre Gats. Sí, el digno hijo de don José demostraba cintura para encajar los golpes bajos hasta trasladando la autocompasión al autorretrato, cultivándolo en términos de caricatura de sí mismo. Dejaba así de tomarse tan en serio. Perdía el respeto aprendido en Bellas Artes hacia sagradas anatomías humanas como la suya, para abrir puertas nada académicas a la digresión... Y, por las mismas, a la imaginación redentora. Porque, si quería vivir a tope mil vidas en una, pintar, reír, predicar justicia social y estética, fornicar y arrepentirse de haberlo hecho, pensando en los hijos de la tuberculosis, se imponía un volantazo en su trayectoria. Era necesario que empezara por sentirse en la piel de otros. Tenía que atreverse a dibujar su cara sobre cuerpo de gentes tan libérrimas como el arlequín o el vagabundo. Nada que ver con los croquis sobre tauromaquia que vendía entre los aficionados a la fiesta, durante las tardes dominicales en La Arena de Barcelona. Y es que, a esta alturas, Pablo ganaba algún dinero distribuyendo estampas de verónicas y rejoneadores, esbozadas de su puño a mano alzada... Estampas que dibujaba la víspera de cada corrida y vendía a la entrada de la plaza, lo que le permitía acceder a sus tendidos y tomar apuntes para las estampas del siguiente fin de semana taurino.

Si quería vivir a tope... se imponía un golpe de timón a su vida. En tales términos razonaba Pablo, al saber por primera vez sobre el Mendigo del Tiempo... Ocurrió a principios de noviembre, el Día de Todos los Santos, volviendo de una corrida benéfica y excepcional en La Arena. Aterrizó en Els Quatre Gats, donde Miguel Utrillo daba una charla en *petit comité*, para quien quisiera ilustrarse sobre escultura policromada y frescos tanto románicos como góticos del País Català. ¿Qué mejor noche que la de ánimas para hacer revivir el pulso de tanto tallador antiguo, genial y anónimo, como había en nuestra historia del arte? Poco importaba que otros noctámbulos, quienes no tenían muertos que llorar, prefiriesen marcharse de ronda al cementerio, para leer las leyendas de Bécquer y contarse historias de aparecidos entre las tumbas. Para nada iba a perderse él las palabras del historiador del arte que con tanto conocimiento de causa hablaba, tras haber viajado largo y tendido por Italia y la península Ibérica. Su sapiencia le interesaba, y mucho. Ante todo, había que aprender de los maestros muertos y también de los vivos, por qué no, aunque al final hubiera que superar su estatus, tal y como contaba Freud que se debía «asesinar» al padre, para crecer... En ésas estaba Pablo, franqueando el umbral de Els Quatre Gats, cuando se vio con una mano sobre el hombro y, antes de que pudiera saber quién se la echaba, con otra extendida hacia su pecho, en ademán petitorio.

–¿No tendrás alguna hora muerta que darme? ¿Necesitas matar el tiempo mañana o a partir de mañana, día de los difuntos? Dámelo vivo como limosna...

–¿Le conozco de algo, buen hombre? –preguntó Pablo sorprendido, frente al chamarilero de edad indefinida que tenía delante.

–Vivo de acumular el tiempo que a otros les sobra en esta ciudad. Debo de andar ya por los ciento veinte años, no me acuerdo. Ante todo, soy un filántropo. Libero a la gente del aburrimiento. Entierro los relojes, como se merecen, en el camposanto. Porque has de saber que no falta quien se los quita de la muñeca y me los da...

–¿De qué va esta copla? ¿O es un sermón de clérigo metido a comediante? ¿Qué me está usted contando?

–Te hablo del *carpe diem*, chico... Desarrolla tu talante calculador. Aplícate a las matemáticas. Divide las horas en minutos, los minutos en segundos y los segundos en momentos e instantes, si no tienes nada que darme. Así serás eterno...

–Está usted loco... Déjeme en paz, que tengo prisa.

–Aprende de tus ancestros en el árbol genealógico del amor. Acaso caiga algún día en tu poder un pañuelo amarillo y blanco.

¿Qué amigo se le podía haber disfrazado de esa facha nigromante? ¿Quién había pedido predicciones y consejos aquella noche? El sólo buscaba, como mucho, un feriante de carromato que le leyera la buenaventura, su suerte como artista y trotamundos. Nada más... Y mira tú que le hablaban de pañuelos... se asombraba Pablo. Acaso caiga algún día en tu poder un pañuelo amarillo y blanco, le había medio vaticinado el mendigo.... ¿Sería algún enviado de Carles que pretendía burlarse de él o intrigarle? ¿Sería algún bromista del grupo artístico y católico de Gaudí, los chicos de San-Luc, siempre al quite frente a la bohemia que se movía en Els Quatre Gats? ¡*Fotra* con sus latinajos!... ¡Claro, el «estirao» de Kiner, que seguro quería intrigarle con su dichoso club del pañuelo! Recordaba Pablo que sobre él le había preguntado la mañana en que lo conoció... De la barra del café cantante salió a su encuentro, enseguida, Carles Casagemas, que llevaba viéndole fuera ya un rato. «¡Venga, coño, que te estamos esperando para escuchar a Utrillo!», le espetó, tirándole del brazo hacia adentro. Y cuando Pablo quiso darse la vuelta, el chamarilero no había dejado ni la sombra cerca. No, quizás Carles nada tuviera que ver con él o bien lo había disimulado a las mil maravillas.

–Me voy a Londres con Carles. No tengo tiempo que perder –le confiaría meses más tarde Pablo a su amigo Manuel Pallarés, a punto de tomar el tren expreso Barcelona-París y pensando en ir más allá.

Y para entonces, Pablo ya había conocido a la samaritana y recibido de ella el pañuelo que, por un lado y por otro, habían augurado que caería en sus manos. Sus encuentros casi sobrenaturales con el gitano del Pirineo aragonés y el Mendigo del Tiempo, la intriga anunciada del pañuelo que la samaritana le había terminado regalando, el romance con ella... ¿Algo más dejaba atrás Pablo al hacer las maletas? Desde luego, daba definitivamente carpetazo a su época de estudiante con horarios, para matricularse en la escuela de la vida a tumba abierta. Y eso por más que le doliera en prenda perder la sopa caliente del hogar, a la que se llamaba, no sin razón, sopa boba...

–¿Cuándo crees que empezó a «volar» tu pincel lejos de la academia de Bellas Artes? –le preguntó Miguel Utrillo a Pablo justo antes de que abandonara Barcelona, echándole de menos ya, lo mismo que antes le había echado de más entre sus contertulios.

–No sé, tal vez cuando en 1897 pinté *Escena de taberna*. Nada que ver con la alegría que por aquí nos traemos –respondió Pablo, sentado en una butaca de Els Quatre Gats.

–Puro dominio del tono a lo Van Gogh y mucho vino barato bebido de un trago en las sombrías barras cantineras de la Barcelona vieja –terció Kiner, que estaba en aquella conversación.

–¿Y es verdad que, en Horta de San Juan, el verano que pasaste con Pallarés te enseñó a trabajar duro como el herrero que golpea en su fragua? –siguió interrogando a Pablo el maestro Utrillo–. Me lo contó tal cual Manuel, al que tienes desde siempre impresionado con lo que ves y pintas.

–Viñedos del río Ebro bajo picos de árida serranía. La casa de Manuel como reflejo de piedra. El herrero y no sólo él, sino además los payeses y pastores de la aldea echándole coraje espartano a la vida... Todo ello me impresionó.. Allí encontré mi credo artístico y la imaginación se me disparó –enfatizó Pablo, sintiéndose importante, entrevistado espontáneamente por una firma tan respetable como la de Utrillo...

–El hombre es el único animal que tropieza dos veces en la misma piedra. Así que imaginaros, amigos, las veces que Pablo tropezaría con los guijarros de aquella huerta pirenaica... Hasta que las piedras se le hicieron humanas, a la hora de plantearse ser verdaderamente artista –pontificó Kiner di Pontrémoli.

5

PARÍS BIEN VALE UNA EXPOSICIÓN UNIVERSAL

Yo, el rey. Yo el rey. Yo el rey», había escrito Pablo sobre su más reciente autorretrato, convencido de que el talento innato para la pintura, unido al que también poseía para tener siempre cerca quien pagara sus facturas, le llevaría muy lejos. Por cierto, que sus autorretratos, en puertas del primer viaje que le llevaría al otro lado de los Pirineos, habían evolucionado al ritmo de su autoestima... Nada había en ellos del deterioro facial que afectaba a Dorian Gray, a tenor de una existencia depravada, según podía leerse en la novela que Oscar Wilde publicó en 1891...

Pablo se tenía más que estudiado el primer plano, desde todos los ángulos. Había jugado con la inversión de su perfil en el espejo y experimentado el placer de representarse con aire grotesco... Creía conocerse tanto a sí mismo como para no dudar en caricaturizarse y verse con pelucón dieciochesco, pincel en mano...

Llevaba ya varias mudanzas de *atelier*, como artista independiente, cuando Pablo acertó a compartir el último que ocuparía en el siglo XIX con Carles Casagemas. A la vuelta de la

montaña aragonesa, buscando el emplazamiento ideal para
sus labores, había caído en el que junto a otros compadres alqui-
laba Ramón Pichot, discípulo de Rusiñol y Casas. De hecho, no
dudó en invadírselo de enseres, hasta hacerse el amo del lugar...
Toda una prueba del magnetismo que desprendía ya, según algunos, así como de su poca, mínima consideración hacia los pintores menores que le rodeaban... Eso por no hablar de su habilidad para hacerse querer económicamente por quienes le
rodeaban... Y pasó Pablo por otro taller en la calle de la Merced,
costeado en su mayor parte por el escultor Mateo Fernández
de Soto, antes de ocupar el siguiente a cuenta de Carles Casagemas,
que ya era su amigo del alma. Por eso, porque ya eran uña y
carne, a falta de recursos para cooperar en el coste del alquiler,
Pablo asumió la responsabilidad de decorar sus tabiques blan-
cos como mejor sabía: inventando de la nada, sin gastar más
que en botes de pintura... ¿Que necesitaban armarios? Los pintaba. ¿Y una buena biblioteca de consulta? Pues también...
Asimismo pintó, con todo el realismo requerido, butacones, cestas de fruta fresca y a la doncella encargada de servírsela, para
cuando el hambre les sorprendiera trabajando. Que no quedara por ganas de sentirse *bon vivants*... El *atelier* compartido con
Carles era un desván desvencijado en la Riera de San Pablo,
esquina calle Reforma, sobre un inmueble decrépito que miraba con aire altivo a los mendigos de la Barcelona vieja. Aunque
sin un duro encima, nada tenía Pablo de menesteroso... Sabía
que el dinero le venía si ejercía trabajos puntuales, por los que
otros de su gremio suspiraban, tratando de salir adelante.

–Desprecia el dinero o el dinero te acabará despreciando a
ti. El dinero sólo atiende, en realidad, a la idea y necesidad que
tienes de él en la cabeza –le dijo un buen día Pablo a su amigo
Manuel Pallarés.

–Vale, pero se hace necesario para vivir.

–Según y como lo mires.

–Digamos que si no lo tienes, no comes, no vistes, no...

–¿A ti te hace falta ser el dueño de las Ramblas para pasear por ellas y disfrutarlas?

–No es lo mismo.

–Para mí, sí. Mientras otros posean a mi alrededor dinero, me basta. No tengo nada contra la estética del pobretón. Todo lo contrario. Puede facilitarle a uno hasta patente de corso...

Pobre de pedir no era lo mismo que chico con agujeros en los bolsillos, al estilo de Pablo. Sintiéndose, pues, por el momento, errabundo de lujo, apenas rotuló la fachada de una tienda de ultramarinos, próxima a la calle Conde del Asalto, para sacar dinero con que alimentar vicios, ya que el plato de sopa nunca faltaba en casa y para los toros tenía con sus croquis vendidos en la misma plaza.

Luego se empleó a fondo en el cartel publicitario de un remedio farmacéutico que rezaba «contra el linfatismo y la debilidad ósea». Una joven ojerosa al lado del Pierrot clásico fue lo que el artista dibujó finalmente para aquel anuncio... Algo tan lírico o más que las ilustraciones caídas de su mano para la revista *Juventud,* órgano de expresión modernista, en julio de 1900, que por esas fechas acompañaron los versos simbolistas de Joan Olivia Bridgman titulados «L'Appel des vierges». Y, un mes después, Pablo dibujó las del poema que el autor citado encabezaba «Éter ou ne pas éter». La revista *Cataluña Artística* empezó su andadura, poco más tarde, en septiembre, con Pablo retratando al rimador Antoni Busquets y Punset, al hilo de lo cual apareció otra de sus ilustraciones, *La loca,* en la misma publicación, esta vez sobre versos de Surinac Senties. Todo ello, ilustraciones y daguerrotipo pictórico, firmados ya como P. Ruiz Picaso.

Pablo se empezaba a cotizar, aunque fuera a costa de disimular la necesidad que pasaba a veces. Y el toque de gracia a tan regia actitud le vino cuando su academia de Bellas Artes le seleccionó un dibujo, para ser visto en la exposición universal con que París celebraba la llegada del nuevo siglo. Una noticia que corrió por Barcelona y más allá, como la pólvora, hasta convertirse en *vox populi*... «¡Los parisinos quieren ver cómo pinta Pablo!», comentaban sus compañeros de escuela. «Todos los tontos tienen suerte», sentenció don Muñoz Degrain, prócer de la pintura andaluza, al saber la buena nueva en Madrid. «Vaya caramelo envenenado –se temía su tío Salvador desde Málaga–. A ver quién patrocina el viaje del chico a París... Porque no se va a quedar quieto en Barcelona, con París hablando de él». ¿Por qué tío Salvador se agarraba la cartera al oír que la destreza pictórica de Pablo viajaba a París? Tiene su explicación, según aseguró don José a quienes se lo preguntaron...

El primer gran cuadro de Pablo se había titulado *El ataque de bayoneta*. Con todo, caso de salvar algún óleo anterior a 1898, contaba don José sobre su hijo, salvaría desde luego *Ciencia y caridad,* para el que posó mismamente él, a modo de médico que visita al enfermo. Más importante que cualquier arte acabado era, por aquellos días, escoger bien el motivo pictórico. Y el chico había sabido hacerlo. Así que, por su parte, puso a la venta *Ciencia y caridad* en Madrid, a mil quinientas pesetas, la mitad de lo que suponía su salario anual, no fuera a tener sin saberlo la gallina de los huevos de oro en casa... Por algo recibía «mención honorable» en la exposición anual de la academia de Bellas Artes capitalina, a la que había hecho llegar la tela. Nadie pagó por el óleo, sin embargo, tamaña cantidad de dinero, firmado como estaba por un tal Pablo Ruiz.

La primera comunión fue otra de las telas pintadas por Pablo, entre los quince y dieciséis años, explicaba don José a los suyos. Un trabajo que pasó por la exposición municipal de Barcelona con mucho parabién, hacia 1896. Tenía talento el chico, vaya si lo tenía... Así que se le ennovió con la prima Carmen Blasco durante el verano de 1897 que pasó en Málaga, bajo las bendiciones de su adinerado hermano, tío Salvador, que vio futuro en la pareja. Y es que tío Salvador contaba no sólo con posibles, sino, además, con relaciones e influencias. Por tanto, si conseguía mantener a su sobrino con una mano agarrado a la chica y con la otra al pincel, valía la pena presentarlo en sociedad artística de provincias... De ahí que, tras adquirir para su salón *Ciencia y caridad*, hiciera compartir velada a Pablo con don Antonio Muñoz Degrain y don Joaquín Martínez de la Vega, pintores consagrados de su entorno. «Una velada aquella en la que Pablo mostró sus obras, logrando la admiración de aquellos próceres hacia su facilidad figurativa», solía evocar don José, convencido de que cualquier tiempo pasado siempre fue mejor...

La cosa prometía... Por tanto, contaba don José, tío Salvador apostó por financiar a Pablo de su bolsillo el curso de ese año en la madrileña Academia de San Fernando. Algo que se reveló a la postre mucho apostar... Porque con ello no hizo sino abrirle las puertas de un libre albedrío. La Academia Real de San Fernando se preciaba de ser más exigente que la de Llotja, en Barcelona. Así que, en lugar de lograr que Pablo se adaptara a más normas institucionales, despertó definitivamente sus dotes para dibujar día y noche sin horarios. Y eso que apenas tenía dinero para material de pintura... Alojado en una mansarda de la plaza del Progreso, a Pablo no le faltaron cerca tabernas y cafés de mala nota que escudriñar en aquel Madrid de las tres chés chelis: churros, chotis y chorizo de verbena... Tabernas y mentideros de gitano, guitarra en ristre, que el «señorito andaluz» descubrió primero de reojo y luego con paso decidido, mientras la billetera le pesó en el bolsillo. Gitanos, escenas de café y burgueses paseando perros falderos es lo que llamaban la atención de sus pinceles...

—Hijo, ¡ya era hora de que reconozcan tu talento! —se ufanó doña María Picaso, visiblemente emocionada, durante la comida que Pablo aprovechó para abrir la carta oficial en que se daba cuenta de su obra seleccionada para la exposición universal de París.

—Mamá, es sólo el principio de una carrera de éxitos —aventuró Pablo.

—El principio del fin... —puntualizó don José—. Se acabaron tus andanzas de tarambana. París te reclama. Ahora tienes que...

—José, menos cuentos de la lechera en estos momentos. ¡Vamos a celebrarlo comiéndonos a besos, ya que no tenemos para comer del plato en el mejor restaurante de la ciudad! —decidió doña María.

Sobran dedos de la mano para contar las veces que María desautorizó a su marido delante de los hijos, pero en aquel momento lo hizo. Y eso que todavía no se hablaba en la casa de las pesetas necesarias para sufragar el viaje del chico. Un viaje que Pablo anunciaba ya al compañero Pallarés:

—Me voy a Londres con Carles. No tengo tiempo que perder. Queremos ver mundo a cualquier precio y resulta que él dispone de dinero fresco para pagarlo, Manuel...

El rastro de un dibujo fue, a fin de cuentas, lo que a Pablo le movió a visitar París con tiempo por delante, aunque planeara Londres como destino final de su periplo. Su cuadro enviado a la exposición debía ser rescatado, no fuera a perderse. Faltaría más... Además de sus ganas de aventura, propósito tal cruzaba la mente de Pablo, cuando con él en la capital francesa Casagemas redactaba ya las primeras letras, todo exaltado él, al amigo Vidal Ventosa. Vidal, Jaime Sabartés, Manuel Pallarés... Todos ellos se habían quedado en Barcelona, a la expectativa de lo que vinieran contando los mosqueteros de Els Quatre Gats:

> El Boulevard de Clichy está lleno de sitios locos, como Le Néant, Le Ciel, L'Enfer, Le Fin du Monde, Le Cabarés des Arts, Le Cabaré de Bruant y otros sin tanto encanto, pero que saben hacer caja. Nada de lo bueno que hay en París se puede encontrar en Barcelona. Aquí todo es fanfarria, brillante y tintineante, en cartón o papel maché, con suelos cubiertos de cera. El Moulin de la Gallete perdió su caché y son necesarios tres francos y a veces cinco para entrar en el Moulin Rouge. Parecido a lo que vale el teatro. Los teatros más baratos y cabarés valen, sin embargo, un franco...

Esto escribía Carles para demostrar lo rápido que «peinaba» París con Pablo, al demorarse en aquellas latitudes donde valía la pena ver y ser visto, disfrutar y ojear chicas, lo mismo que artistas consagrados, todo ello bajo un estado etílico adecuado para atreverse a trabar conversación.

Pablo se presentó en París con diecinueve años recién cumplidos, un traje de sastre idéntico al de Carles y apenas nociones sobre la lengua de Molière. Eso sí, no le faltaban contactos allí, *chambres* de conocidos y algún que otro exiliado donde acudir, a la hora de hacerse idea del terreno que pisaba. Y, puestos a encontrar su agujero propio en la colina de Montmartre, hasta se había hecho reservar el *atelier* ocupado por Isidre Nonell durante los últimos dos años, taller que de vuelta a Barcelona dejaba libre. Isidre Nonell, el único pintor del que Pablo copió directamente arquetipos pictóricos: sin ir más lejos, el talle esbelto de sus mujeres planchadoras.

Los pintores catalanes Sunyer y Canals, que habitaban temporalmente la Butte, presentaron a Pablo en sociedad. El propio Nonell, antes de irse, hizo que conociera a Pere Mañach, industrial treintañero que enseguida se entusiasmó con su pintura, reportándole más contactos. Es más, el escultor Manolo Hugué, al observarle tímido en aquel guirigay, le tomó bajo su tutela para espabilarle, no sólo ejerciendo de cicerone para Pablo, sino, además, hablando de él como «su mujer» cada vez que se le quedaba callado en algún cenáculo... Un detalle que encabritaba sobremanera a Pablo y le hacía protestar con aspavientos, desinhibirse, hasta ganar el aplauso socarrón de quienes le rodeaban... Fue así como empezó a soltarse el pelo en París, sacando pecho, resolviendo en adelante presentarse a sí mismo en cuanta exposición recalaba, cayera quien cayera...

–*Bonjour, monsieurs*. Me llamo Diego, José hijo, Pablo Nepomuceno, Francisco de Paula y Pablo. Incluso María de los Remedios y Cipriano de la Santísima Trinidad, que así me bautizaron en Málaga. Vamos, Pablo de todos los Santos. Pablo para los amigos –vino a decir sobre sí mismo en la galería Durand-Ruel, creyendo así dotar de prosapia y currículo su presencia. Y lo cierto es que no mentía, todo lo audaz y provinciano que se anunciaba, aunque en principio suscitase la carcajada general del corrillo donde pretendía hacerse oír.

–El hombre de todos los nombres ha llegado a nosotros. Abrámosle paso, camaradas –declaró aquella vez, con voz altisonante y aflautada, quien parecía llevar la voz cantante en el corrillo al que Pablo se presentaba.

–No esperaba menos –siguió diciendo el pintor malagueño.

–¿Qué se te ha perdido en la Ville Lumière? ¿Acaso unos quevedos que te permitan verte bien en el espejo y comprobar que la ciudad te queda grande? Vuelve a visitarnos cuando crezcas y traigas francos suficientes con que invitarnos, chico... Aquí el último que llega paga rondas a todos los demás.

–Veo que hay gallos de pelea entre vosotros. ¿Y manitas que sepan dibujar diestros frente a un miura? Yo vengo del verdadero país del Minotauro. Todas las tardes de domingo lo soltamos en la plaza, con dos cojones... Puedo batirme en duelo, por tanto, con quien se me ponga por delante. También partirme la cara aquí mismo, que es como se arreglan las cuestiones de honor en mi país. Como prefiráis... –desafió Pablo, usando el *vous* francés tanto para desafiar al grupo al completo como para referirse a quien se mofaba de él, sin dedicarle siquiera una mirada directa de desprecio. Claro que Pablo buscaba batirse en duelo pictórico, que para eso llevaba bajo el sobaco un cartapacio con croquis de su tauromaquia que mostrar sobre la marcha...

–Muchos humos traes, españolito...

–Entonces... ¡celebrémoslo como se merece! –cambió de tercio por sorpresa Pablo, pidiendo champán para todos, a su cargo, sin importarle en aquella operación promocional fundirse buena parte del presupuesto que traía para el viaje. Había que invertir, jugarse cuanto uno traía encima a todo o nada en la meca artística del mundo... Y lo cierto es que Pablo acostumbraba a llevar todo su capital, monedas y billetes, en un dobladillo interior del pantalón...

Incidentes tales, con giro final de la fortuna a su favor, tuvo Pablo más de uno, ganándole con audacia la mano al desprecio que a veces provocaba su origen carpetovetónico. Además, tuvo de su lado la suerte del principiante, jugando de farol en la «ciudad de la luz»... Los dioses paganos continuaron sonriendo a Pablo, cuando en casa del industrial catalán Mañach estrechó la mano a la perspicaz Berthe Weill, que desde su pequeña galería en el número 25 de la Rue Victor-Massé se catapultaría muy pronto como marchante de Matisse. Negocio redondo el suyo, durante aquella velada, porque, a lo largo de ella, Pere Mañach ofreció a Pablo un sueldo de 150 francos mensuales por la producción artística que en París llevase a cabo, a raíz de lo cual la «madre Weill», que así llamaban en el ambiente a la galerista, le compró hasta tres dibujos sobre tauromaquia que traía de España, por otros 100 francos. Tres ilustraciones que apenas tardó unas horas en revender al editor Adolphe Brissen por 200: justo el tiempo empleado en retirar la mercancía apalabrada de la Rue Gabrielle, donde se había establecido Pablo.

De acuerdo con el artista, además, Pere Mañach tenía encargada a la madre Weill una inspección del resto de las telas que allí se guardaban. Sin embargo, a la hora convenida para el *rendez-vous*, Pablo no parecía estar en casa para atenderla... «Pum, pum.» Nada. Nadie abrió a la achaparrada y corpulenta galerista. Berthe Weill esperó en vano a la puerta, volvió sobre sus pasos para pedir a Mañach copia de las llaves del *atelier* antes de perder la paciencia esperando al informal artista español y al entrar en él por su cuenta se llevó el sofoco del día... Acaso para darle que hablar más con sus ocurrencias que con su obra, resulta que Pablo estaba dentro...Y que la recibía metido en la cama con el escultor Manolo... «Una broma, *mademoiselle*. No se alarme, que ya me visto», tranquilizó Pablo a la galerista, en cuanto vio que pegaba un respingo ante la escena y procedía a santiguarse...

Pablo llegaba y besaba el santo en París, permitiéndose incluso provocaciones que le hicieran ganar talla de personaje...

«¿Tendrá la sensibilidad a flor de piel que dicen tienen los homosexuales?», calculó que enseguida comentaría la galerista sobre él a sus conocidos... Y en verdad su caché, en las semanas que siguieron a la *boutade*, subió como la espuma. Subió en la Ville Lumière con cada cuadro que no pintaba... No en vano, también montó guardia en su exposición universal, frente al pabellón de España que exhibía su cuadro. Y lo hizo procurando pegar la hebra con Ramón Casas y Santiago Rusiñol, que allí se dejaban ver, cuando así creía atraer la atención de gentes más importantes. Vendió humo Pablo en aquel primer viaje a París, claro que sí, aunque acabó firmando en el otoño de 1900 la tela titulada *Le can-can* y, ante todo, su primer lienzo tocado por la nostalgia *belle époque* que se esfumaba en París: *Moulin de la Gallette*, se llamaba, bajo influencia directa de su reverenciado Toulouse-Lautrec.

De repente Pablo contaba en su aventura parisina con más dinero del que cabía en su bolsillo y decidió no seguir invirtiéndolo en amistades, sino gastarlo a lo grande, en darse al sarao con él, que para eso vestía de lujo: traje de terciopelo a medida, con cuello abotonado capaz de disimular la ausencia de camisa, más pantalón estrecho y abierto sobre el tobillo. Una indumentaria que le guapeaba y causó la envidia de Manuel Pallarés, antes de abandonar Barcelona. Enterado de esto por los padres de Pablo, rápidamente Manuel se había mandado hacer uno similar, igual también al que vestía Carles Casagemas, aunque no fuera a viajar de momento con sus amigos. Porque, en realidad, no tardó en hacerlo.

Sería erróneo pensar que tanta euforia y estampa fue la razón de que Pablo y Carles no acudiesen a la estación de Lyon, para recibir a Manuel, el día en que su tren paró también en la capital de la diversión. Y eso que Pallarés había anunciado la fecha, hora y estación de su llegada, a vuelta de correo. En todo caso, Manuel esperó y esperó algún recibimiento de bienvenida, llegado a la capital francesa, hasta sumirse en la desesperanza. Suerte que, al menos, llevaba la dirección donde se alojaban... Así que desdobló la cuartilla donde la había apuntado, paró a un cochero y se dirigió a la Rue Gabrielle. A su paso, el distrito de Montmartre se parecía poco a las imágenes que tenía de él. Lucía pavimentado, sus granjas habían desaparecido y dejaba ver menos molinos de los que la fama le predicaba aún, entre callejas todavía de pueblo: el Moulin de la Galette convertido en crepuscular salón de baile, el Moulin Rouge con sus *vedettes* y poco más. Sus majuelos tampoco eran tantos. Y en cuanto al Sacre Coeur que recientemente abría allí sus puertas como basílica, se anunciaba como un verdadero mazacote. Eso sí, su Place du Tertre, allí donde no hacía tanto que se había declarado la Comuna libre de París, resultaba animada debido a la afluencia de extranjeros por la celebración de la exposición universal. Extranjeros que llenaban sus *bistrós*, cafés y *brasseries*... Por tanto, la cosa prometía...

–¿Se puede? –preguntó Manuel al llegar al *atelier* de la Rue Gabrielle donde se supone que estaban alojados Pablo y Carles.

–Pasa, querido –le contestó en castellano más que afrancesado una voz femenina sin determinar. De ahí que, por un momento, Manuel temiera haberse equivocado de dirección...

–¿Viven aquí Pablo y Carles? *Ils sont en train de m'attendre* –insistió en preguntar Manuel, acabando por expresarse en su dudoso francés.

–*Oui, mon chéri. Tu est bienvenu.*

No se atrevía Manuel a entrar hasta no reconocer la voz de sus amigos tras la puerta. Pero al ver que ésta cedía, se armó de valor para empujarla y pasar al taller, que se encontraba sospechosamente silencioso. Nadie le venía a recibir tampoco allí, aunque desde alguna de sus piezas le habían hablado. Así que se tomó la libertad de buscar rastros que indicasen la presencia de sus amigos. Inspeccionó su cocina americana, su *toilette* y cuál no fue su sorpresa cuando, al llegar a su *chambre*, observó algo así como un terremoto bajo las sábanas de la cama. «¡Sorpresa!», le gritaron a coro las voces surgidas repentinamente de aquella melé, donde podía distinguir a Pablo y Carles desnudos, frotándose el cuerpo con una, dos y hasta tres señoritas bajo idéntico estado de gracia... ¿*Ménage à trois*? ¡Qué va! ¡*Ménage à cinq* era aquello! «¡Una orgía en toda regla!», pensó en voz alta Manuel Pallarés, confundido a la par que maravillado, frente a lo que veían sus ojos. En ésas llamaron de nuevo al *atelier* y, al volver la cabeza, Manuel vio que alguien deslizaba una carta bajo la puerta. Se trataba del sobre que dos semanas antes les había mandado a sus amigos con los datos de su llegada a París. Una carta que parecía haber tomado su mismo tren...

–Perdona que no andemos, quizás, lo bastante maqueados para recibirte como te mereces, Manuel –le dijo Carles buscando romper el hielo–. Ayer nos bañamos vestidos y aún tenemos la ropa mojada. Por tanto, vas a tener tú que ponerte a tono con nuestras galas. ¡*Prêt à porter* a la parisina! ¡Moda pelota picada en la capital del vicio y la virtud!

–Da gracias a que el cartero acaba de salvaros el pescuezo... Si no, hubiera montado en cólera aquí mismo y, antes de cualquier saludo galante a las amigas que os acompañan, me lío a golpes con vosotros por desconsiderados. ¡Panda de golfos...!

Dicho eso, no se lo pensó dos veces Manuel. Dejó caer su bolsa de viaje, arrojó la chaqueta a un rincón de la estancia,

desanudó lo más rápido que pudo la corbata, se abrió la camisa haciendo saltar sus botones, cayó al suelo mientras trataba
de quitarse los pantalones a la vez que los zapatos y, en cuanto pudo incorporarse, saltó como un tigre al lecho, que a punto estuvo de vencerse bajo su peso de chicarrón.

–¿Cuál es la mía? –preguntó ya en situación a sus amigos.

–La llevas colgando, chaval –le recordó Pablo–. ¡Preocúpate
sólo de que no te desaparezca a bocados!

Pablo acostumbraba a recibir visitas en la cama y aquella
noche no hubo ni chica tuya ni chica mía. A los participantes
del *ménage à six* les dieron las tantas amartelándose, cuando
no dormitando. Se habían abastecido de provisiones en el apartamento como para no tener que salir de él mientras durase la
libido en guardia. Y cuando las fuerzas se agotaron, comenzó
el reparto del botín...

–Preguntabas, Manuel, cuál era la tuya, hace veinticuatro
horas... –tomó entonces la palabra Carles, todo ceremonioso,
en tanto se desperezaban sus cómplices de orgía, adormilados
todavía los más, con los cabellos enmarañados y oliendo a reparto indiscriminado de fluidos.

–¿Importa eso ya?

–Claro. No hay que perder nunca las formas, *mon cheri*. La
tómbola ha tocado a su fin. Los dioses han querido que para ti
y sólo para ti sean los encantos de Odette, a partir de hoy, amiga de mi adorada Germaine...Y, en cuanto a Pablo, se queda
con su hermana Antoniette, aunque ni el uno sepa palabra de
francés ni la otra chapurree siquiera el castellano, no ya el
catalán... Está claro que la lengua les sirve a los dos para otros
menesteres...

–¿De dónde han salido estas chicas? –quiso saber Manuel,
tomando del brazo a Carles y llevándoselo aparte.

–Son sirenas del Sena y sucumbimos a sus cantos, el otro día, jugando al ajedrez con el jorobado de Nôtre-Dame. Manuel..., ¡esta ciudad es lo más!

A Manuel le valieron tales explicaciones de Carles, que corría con todos los gastos de representación en aquella luna de miel no ya a cuatro manos, sino ahora a doce. Buenos restaurantes para la cena en torno a la Rue Rivoli. Velador reservado con champán a temperatura ideal, bajo los arcos del Divan Japonais. Coche de caballos a la orden del *dandy* catalán, día y noche... ¿Qué chicas correfortunas podían resistirse a tanto poderío por parte de jóvenes pintores que, además, les prometían volver gloriosos sus cuerpos en el lienzo? Las tres eran allegadas de Canals y Nonell, puesto que habían posado para sus lienzos. Y fue alternando con ellos como Pablo las conoció, prometiéndoles el oro y el moro para tenerlas de su parte, en un despiste de quienes se las habían presentado...

Primero contra el lienzo y luego en el lienzo... Sólo «conociendo» a la manera bíblica el cuerpo que iban a pintar, podían después pintarlo como se merecía, les aseguraban los pintores advenedizos a las chicas. Y, para dar consistencia a tal principio de conducta artística, Carles propuso comer al día siguiente en el Moulin Rouge y acabar por la tarde en el Louvre, buscando entre las venus de la antigüedad precedentes físicos de las bellezas que les acompañaban. «¿Por qué no muestras tu larqueza, Pablo, invitándonos hoy a comernos el mundo? Al fin y al cabo, hay que celebrar la venida de Manuel, tu gran amigo», le sugirió Carles Casagemas nada más bajar del *atelier* a la calle. Y entonces Pablo se sintió miserable... Una cosa era emplear los ahorros de sus padres en promoción, frente a galeristas, marchantes y pintores consagrados. Otra, pulírselos en vida licenciosa, sin más... Porque, si algún dinero le había caído del cielo por sus cuadros, nada más pisar suelo parisino, ya estaba más que gastado... ¿Cuándo sus padres se habían permitido caprichos viviendo en Málaga, La Coruña, Madrid o Barcelona?

Ya que estaba en el baile, tenía que bailar, vestido de frac alquilado como se veía... Y así hizo tras el almuerzo en el café concierto que el Moulin Rouge tenía como antesala, rodeado de jardines. El Moulin Rouge, que aquella temporada estrenaba proscenio: atrio abovedado de *vedettes* en el vientre del elefante gigante de estuco, anexo también a él y legado por la anterior exposición universal de la Ville Lumière, celebrada en 1889, año en que se abrió el local. Pablo quiso curiosear la pata hueca del elefante que daba entrada directa de artistas al proscenio, con escalera de caracol. Pero, entonces, las buenas maneras de un *maître* le pararon los pies, haciéndole retroceder en su intento.

–¿Se quedarán los señores al espectáculo de la inigualable Jean Avril? –preguntó el *maître*, con toda consideración hacia la billetera de Carles, cuando llegó con Pablo a la mesa donde permanecía su camarilla–. Es necesario reservar sitio para esta noche.

–Gracias, *monsieur*, pero *cette soirée* tenemos otros compromisos sociales –enfatizó Carles Casagemas, a quien gustaba sobremanera que le tratasen de señor, con todo tipo de pleitesías.

Musa de los carteles dibujados por Toulouse-Lautrec, Jean Avril triunfaba en el Moulin Rouge. Así que hubiera estado bien verla actuar, comentaron al salir del café cantante las chicas del grupo, sin que Pablo se diera por aludido. Ese día nadie supo, pues, cuán rumboso podía ser a la hora de pagar diversiones a los amigos.

Pablo tenía escrúpulos con el uso que daba al dinero paterno, y eso teniendo claro que su deber, en ese momento, consistía en pasárselo lo mejor posible y poder contar con todo lujo de detalles aquellos días de vino y rosas en París. Compartir esas aventuras incluso con sus padres en el futuro, omitiendo, eso sí, algunas veleidades. No tenían sentido mayores remordimientos de conciencia, metido en faena... «Mira, papá, he vivido intensamente, por mí y por vosotros», pensó que les confesaría de vuelta a Barcelona, aguantando el tipo. Sin embargo, no podía prever aquellos días de noviembre que el regreso a casa se precipitaría tanto... que no se comería las uvas del año 1900 en París, como estaba mandado. Si hubiera sabido bajo qué intención Carles enviaba carta a su amigo Ramón Raventós, con fecha del día 11... Fue peor el remedio que la enfermedad, a la hora de arrogarse el derecho de poner orden al contubernio de la Rue Gabrielle.

La vida de familia es paradisíaca. La semana que viene, a partir de mañana, traeremos a nuestra casa paz, tranquilidad y otras cosas que llenan el alma humana de bienestar y el cuerpo de fuerza. Esta decisión ha sido tomada en reunión formal con las damas. Hemos decidido que nos levantamos demasiado tarde y comemos a horas indebidas y que así todo va mal. Además, una de ellas, Odette, comienza a ser alcohólica. Tiene el hábito de emborracharse cada tarde. Hemos llegado a la conclusión de que ni ellas ni nosotros deberíamos acostarnos después de la medianoche y que hemos de comer antes de la una. Después de comer, sería necesario que nosotros nos consagráramos a los cuadros y las mujeres a su trabajo: coser, hacer la limpieza, abrazarnos y dejarse tocar. Lo nuestro es una suerte de edén cochino.

¿Bromeaba Carles? ¿Eran pura ironía los propósitos que atribuía a la comuna hedonista que se habían montado? En realidad, Carles no bromeaba en absoluto. Incluso había intentado persuadir a sus amigos, aunque enunciando sus propuestas bajo la puesta en escena más histriónica que podía concebir: desnudo bajo el bombín y con una corbata colgando de su pene. En todo caso, de nada valieron las quejas airadas de sus amigos frente a sus nuevos planteamientos. Al poco de tener que improvisar cama para Pallarés en el picadero de la Rue Gabrielle, Carles empezó a levantarse temprano, a manchar con nerviosismo lienzos y a exigir labores domésticas por parte de Odette y Antoniette, que a Germaine ya procuraba él tenerla entretenida con arrumacos o sentada en sus piernas, mientras trataba de pintar.

–Ya está bien de órdenes –le pidió Germaine al segundo día de horario marcial–. Aquí estamos para pasarlo bien, no para hacer vida de convento.

–Te quejarás... ¡Si te trato como a una reina! –se justificó Carles.

–Prefiero no hablar... –bufó Germaine.

–Carles –intervino Pablo–, el hecho de que corras con todos los gastos de esta casa no te da derecho a imponer nada. Y menos el disparate de la vida ordenada en familia.

–¿Tú quién te crees que eres para tirarnos de la sábana y despertarnos, mientras Manuel y yo nos abrazamos en la cama? –terció también Odette–. Y si bebo más o menos, poco te importa... Al menos mi hombre no tiene queja sobre cómo me muevo en horizontal. Pregúntale... Yo también estoy a gusto con lo que tiene entre las piernas y no todas pueden decir lo mismo en esta habitación.

–¿Qué insinúas? –levantó la voz Carles, clavando sus ojos en Odette.

–Que la gloria sexual te queda lejos, Carles. ¿Jugamos al juego de la verdad? ¿Abrimos ronda de preguntas con la mano puesta en el corazón? ¿Abrimos botellas de champán una tras otra y nos las bebemos, hasta que nadie sea capaz de mentir al responderlas?

—Yo no necesito beber para soltar aquí las verdades que haga falta.

—Pero sí para correr tupidos velos sobre otros asuntos... ¿Depende de lo que haya bebido que Carles funcione en la cama? Dínoslo tú, Germaine —le preguntó de repente Odette a su amiga, desentendiéndose ya de Carles...

Aquella cuestión palpitante, a bocajarro, no sólo alteró el semblante de quien debía afrontarla. En torno suyo, además, se hizo un silencio que dejó oír latidos acelerados en todos los presentes...

—Hay que beber sólo hasta caerse al suelo o a la cama, si queda más cerca... Seguir con la botella ya es vicio —interrumpió el silencio Carles, en un intento postrero de combatir con humor el cariz que tomaba la conversación. Nadie le rió, sin embargo, la gracia...

—¿Sabéis que el sentido del humor es lo que se entiende por séptimo sentido, aquel séptimo arte que al séptimo día hizo que Dios descansara, después de crear perfecto al hombre? —insistió en aliviar la discusión Carles.

—Será el sentido común, gilipollas... Algo de lo que tú careces —atacó de nuevo Odette.

—Olvida el tema, por favor, Odette. Salgamos a que nos dé el aire, que llevamos todo el día encerrados —resolvió con diplomacia Germaine, levantándose de la silla para coger el bolso.

—¡De aquí no se mueve nadie! —ordenó Carles con más virulencia que de costumbre, sujetando del brazo a su compañera sentimental.

—¡Suelta, animal, que me haces daño!

–Germaine, cariño, tápale la boca a esa arpía que tienes por amiga. Márcate alguna bravuconada de las tuyas, de esas que aprendiste en el mercado siendo verdulera –le pidió con sarcasmo Carles.

–¡Hijo de puta! Ya que insistes, hablaré alto y claro... ¡Odette, tienes más razón que un santo! Carles no mantiene la erección ni con poleas. Da igual que esté o no borracho. Ya puedo yo esmerarme y estremecerme como una gatita, como una tigresa o como una cerda...

–Sí, Carles sólo pretende disimular ahora su incapacidad con caricias de mal marido, cuando llega el momento de cumplir como un tío hecho y derecho. Mal marido porque, lo que es peor, también suele ponerse hasta las cejas de narcóticos, con tal de encontrar excusa para no cumplir. ¡Que apenas se le levanta! ¡Que Carles es impotente, señores! –acertó a vociferar Odette, antes de que su amiga terminara de hablar.

–¡Me has agotado, so perra. Que yo cumplía como un hombre antes de conocerte, para mi perdición! ¡Al infierno con tu fogosidad! –le recriminó Carles a su amante.

De la bofetada que entonces recibió a manos suyas, Germaine cayó al suelo, estampándose la nuca contra un chinero. No pudieron impedirlo Pablo y Manuel, por más que se abalanzaran sobre él, en cuanto perdió de aquel modo los nervios. Lo más, Pablo y Manuel alcanzaron a sujetar a Carles, para que no la emprendiera acto seguido contra Odette. Forcejearon con él hasta reducirle e inmovilizar de pies y manos su acceso de ira. Y, ya con Manuel aprisionándole con fuerza por detrás, Pablo corrió a socorrer a Germaine, entre los chillidos histéricos de Odette y su hermana. A Dios gracias, no sangraba ni había perdido el conocimiento...

Desde aquel día, ya nada fue igual en el taller de la Rue

Gabrielle. Por primera vez, los tres amigos habían forcejeado no entre risas, sino entre gritos. Y ellas... A ellas se les había quedado el espanto en el rostro... Sobre todo a Odette y a Antoniette. Porque Germaine comenzó a mostrar en adelante una mirada perdida e impenetrable que nadie de los cinco restantes logró descifrar. «¿En qué piensas, amor?», vino a preguntarle más de una vez Carles, tiempo después de que la reconciliación, esa misma noche, pareciera haber puesto de nuevo todo en su sitio. Pero Germaine callaba toda respuesta sobre el particular, limitándose a sonreír con melancolía y a darle la espalda bajo cualquier pretexto. «Voy a planchar una camisa, Carles...»

Nadie volvió a hablar sobre el incidente en aquella casa. Ni siquiera Pablo habló acerca de él con Carles, por más tentado que estuvo de hacerlo... Eso sí, se dio a observar con preocupación el estado cada vez más alterado de su amigo. Un temperamento que no se manifestaba en público, sino cuando le espiaba a solas... Entonces, Carles golpeaba con la palma de su mano las paredes de cualquier callejón oscuro en la Butte, hasta herírselas y deshacerse en llantos de rabia contenida... Lo había visto Pablo un par de ocasiones. Dos veces que siguió sus pasos a escondidas, alarmado por las horas que Carles pasaba alejado del grupo, sin decir adónde iba. «Descuida, Pablo. Estos días me tiene ocupado la política. Se van a repartir unos pasquines en España sobre los que me piden opinión los camaradas anarquistas», le comentó la tarde en que, ya sin miramientos, Pablo decidió hacerse el encontradizo con él, a la altura del cabaré Elysée-Montmartre. «Te acompaño, que yo también tengo a los ácratas muy abandonados», dijo Pablo echándole la mano por el hombro y nada resuelto a encajar el «no» por respuesta. Y así fue como se vio Pablo firmando un manifiesto contra el mal gobierno en Cataluña, por no decepcionar a su amigo. ¿Atrevimiento tal tuvo la culpa de que, al poco, Pablo hiciera apresuradamente las maletas? Puede que sí, teniendo en cuenta que la gendarmería le llamó a declarar, alertada sobre las actividades subversivas de los anarquistas catalanes afincados en París. Una citación que acabó en papel mojado, gracias a las gestiones de un cliente de Mañach que en su día había comprado telas de Pablo. Bendito cliente llamado Olivier Sainsére...

¿Puso Pablo pies en polvorosa buscando coto para la esquizofrenia que devoraba a su amigo Carles, cada vez más cariacontecido y febril? ¿Por qué Carles había descontrolado tanto como para que saliera a relucir su impotencia? ¿Quizás no podía vivir por más tiempo con semejante secreto que le torturaba? ¿Valía de algo que los amigos siguieran sugiriéndole camas redondas para excitarle, pensando que así superaría su limitación? Había que borrar a Carles de París, en cualquier caso, no fuera a cometer más locuras. No quedaba otro remedio. Ya no era Carles el tipo expansivo y con iniciativa que Pablo había conocido, aunque siguiera pagando sin rechistar tiovivos, comilonas y veladas de teatro en París. Su romance con Germaine carecía de futuro, aunque se afanase por cantar en su presencia cuánto la quería y respetaba, como si fuera un trovador. Se estaba volviendo meloso, empalagoso, más que obsequioso con ella, por miedo a perderla. Y lo malo es que el propio Carles se daba perfecta cuenta de ello. Por eso, ausente Germaine, era una bomba a punto de estallar, dando rienda suelta a su violencia contenida, golpeando sin venir a cuento muros y vallas. Estaba enloqueciendo... ¿Se habría vuelto bujarrón?... Carles apenas reía ya, como acostumbraba antes, convencido de que no existía mejor medicina para echarse todo a la espalda. Su sentido del humor andaba de capa caída. Rara vez se permitía signo de debilidad alguno entre sus amigos. Y, puestos a alternar, tampoco bebía más que agua de Vichy, quién sabe si temiendo soltar la lengua bajo los efectos del alcohol o albergando la esperanza de curarse su mal de macho a fuerza de vida sana... No podía Pablo prestarle el hombro para llorar sus frustraciones, en suma, mientras tuviera a Germaine tan cerca y a la vez tan inaccesible. Porque, a todo esto, Carles no aceptaba ni encaraba su problema físico, ni quería oír la mínima insinuación al respecto, así se lo pidieran sus amigos del alma o cien doctores con remedios mágicos para curárselo. A buen seguro temía que se burlaran de él o, peor todavía, que le mostrasen lástima.

De todo ello habló Pablo con Manuel, que, sin embargo, no estaba por la labor de mostrarse compasivo hasta el punto de abandonar París y su relación con Odette, para escoltar a Carles. Así que Pablo sacó sólo dos billetes de tren para España, con idea de pisar Barcelona dos días antes de las Navidades y seguir hacia Málaga, sin tiempo que perder, pues allí le tenía prometidas las fiestas en familia a sus padres. Tal vez en Málaga, bajo el saludable influjo del sol andaluz, las penas de Carles se esfumarían. Además, seguro que allí podía conocer a otra chica, que le llevara a dejar de pensar en Germaine. Germaine Gargallo... Ahora que le venía a la cabeza su nombre apellidado... ¿No figuraba en el pañuelo de la samaritana que había traído consigo a París? ¿Y no estaba inscrito también el de la bailarina Jean Avril, a cuyo espectáculo les había propuesto asistir el *maître* del Moulin Rouge, una de las últimas veces que lo pisaron? ¿En qué había estado pensando todas aquellas semanas para no reparar en ello? En un abrir y cerrar de ojos, Pablo deshizo la maleta que ya tenía cerrada, rebuscando hasta encontrar el dichoso pañuelo. Sí, en efecto, ambos nombres estaban

escritos en él. ¿Tendrían algo que ver entre sí Germaine y Jean
Avril? ¿Volvía el pañuelo intocables a quienes se consignaban en
él? ¿Podía explicarse así el fracaso de la relación que Carles pretendía mantener con su novia parisina? ¿Era el pañuelo sólo una
fuente de fantasías calenturientas y debía desprenderse cuanto
antes de él, para pensar sobre el problema de su amigo en términos racionales? ¿Qué le iba a pasar si, en ese momento, dejaba intencionadamente el pañuelo en su *chambre*? ¿Y si lo olvidaba con aire distraído, como quien no quiere la cosa, para que
los hados no se enfadaran? «¡Maldito pañuelo que me está haciendo perder el tiempo!», se dijo Pablo a sí mismo. Ya no podía
demorarse más en la Ville Lumière. Quedaba apenas una hora
para que saliera su tren. «Huelga ponerse a indagar más, por
ahora», se dijo Pablo.

6

PARÍS SE VISTE DE LUTO EN DOMINGO

Le costó separarse a Pablo de París... Sus palafreneros, su cálida lluvia de otoño, sus mercados y las terrazas de las *brasseries*... Le costó a Pablo dejar París y, total, para no lograr en su patria chica más que desconfianza, miradas de reojo a su aspecto. Andaluz en Barcelona; español en París... Ahora le tocaba ser afrancesado en Málaga y eso era mucho peor. Nunca hasta la fecha se había sentido tan fuera de lugar. No daba crédito... La avenida de la Alameda dejaba allí de cantar por bulerías a su llegada con Carles. Sus palmeros enmudecían. Paraba la fiesta... Y él, que venía buscando alegría populachera, vino quitapenas y cante jondo capaz de curar a su amigo, arrancándole el duelo del alma... Intentaron los dos amigos alojarse en el albergue de las Tres Naciones, calle Casas Quemadas, pero no admitía a melenudos de aspecto extranjero. No se había ganado la Guerra de la Independencia contra Napoleón, hacía un siglo, para que siguieran pisando suelo patrio gabachos y españoles enteradillos de su catadura... Así que, para asomarse a la Navidad malagueña, sólo para eso, Pablo debió pasar por la intercesión de una tía carnal, María de la Paz Ruiz Blasco. Y, además, tragando bilis y acatando sin rechistar cuanto le reconvino el omnipotente tío Salvador. Un caballero de ley que, entre sermón y sermón, empezó amonestándole por no guardar el luto exigido por la muerte reciente de tía Pepa y terminó por darle la dirección de un sastre que arreglara su aspecto y le arrancase de cuajo los amuletos que llevaba al cuello. Amuletos que Pablo se había agenciado para combatir sus dudas en relación al pañuelo, mientras resolvía qué hacer con él, dónde buscar más información sobre su procedencia real. Nada al respecto contó a tío Salvador cuando le preguntó por ellos y, para salir del paso sin más controversia, tuvo que aguantar su perorata final: «Es que los jóvenes os creéis artistas sólo con ajustaros el sombrero sobre pelos que escandalicen... No me extraña que os cierren la puerta en suelo cristiano, con la facha que lleváis. Trajes estrafalarios y encima raídos, que ni siquiera han resistido el paso por París, desde que vuestras esforzadas madres os los encargaron a la sastrería por no negaros el capricho. Necios... ¿Cómo van a saber por aquí que, en el fondo, sois buenos chicos? No, hijo, no. A ti te lo digo, Pablo, que eres mi sobrino: los buenos pintores se hacen a fuego lento, reportándose ante la autoridad competente y no con aspavientos. Los artistas están para hacer la vida más agradable a la gente de orden, que suele ser la que les da de comer. Nada valen vuestras ínfulas aquí, por mucho que creáis haber aprendido en el extranjero».

Tío Salvador seguía siendo en Málaga una institución familiar, pesara a quien pesara. Así que, presente en aquel rapapolvo, su padre asentía sin añadirle ni quitarle coma a su discurso, para decepción de Pablo. ¿Tan débil de carácter era don José, que no podía matizar nada a favor de su hijo, siquiera por pura consanguinidad?, se preguntó Pablo, mirándole por primera vez como si no fuera su padre. Cualquier cosa que dijera Pablo podía ser usada en aquel avispero, a partir de ese momento, en su contra. Todo movimiento que no se ajustara a rituales y convencionalismos se entendería como provocación. Y, como pies sacados del tiesto, la gracia más inocente... No es de extrañar, pues, que cuando Pablo y Carles buscaban cambiar francos por pesetas, aquellas Navidades, se alzara la voz de quien aseguraba que presumían de ricachones con ello. Si no iban a la iglesia cuanto debían, era porque de París siempre se regresaba ateo. Si volvían tarde de la zambra, porque el hijo de don José volvía a casa más golfo que nunca. ¡Dios mío, por qué daban que hablar tanto a la vecindad!, le inquiría don José a Pablo, insistiéndole, por lo demás, en que hiciera carrera artística no en la lejanía de París, sino en Madrid o Barcelona... Sólo doña María Picaso López creía en el talento todoterreno de su hijo, aunque se guardara muy mucho de manifestarlo en público y apenas si tratara de disculpar sus hábitos más o menos licenciosos. Será que estaba llamada a cederle su apellido como artístico, desde que le dio a luz a su imagen y semejanza: corto de estatura, con ojos negros y mediterráneo de carácter... No era normal renunciar al apellido paterno a principios del siglo xx en España, pero Pablo ya lo había hecho, pasando de P. Ruiz Picaso a P. R. Picasso al firmar sus telas. Picasso con dos eses, para que en francés se mantuviera la acústica de la ese sorda. Picasso con dos eses, las que llevaban ilustres de la pintura francesa como Rousseau y valores en ciernes de ella como Matisse... Por otra parte, durante su estancia en París, Pablo recibía carta diaria de su madre, preocupándose por cuanto pudiera faltarle fuera de casa. Esa madre eterna, por más que Pablo la hubiera dibujado, tiempo atrás, ya bastante avejentada. «¿Qué mujer se interesaría por él, como ella, si no era por el dinero y la fama que un día pensaba alcanzar?», cavilaba el todavía aprendiz de pintor, por aquellas fechas, dejando fluir libremente las asociaciones de ideas en su cabeza. Desde luego, nadie que se llamara Antoniette, por bien que se lo hubieran pasado juntos en París. Si los marineros de Barcelona se tatuaban en el brazo la leyenda «amor de madre», era por algo. ¿Conocería algún día caricias en la cabeza que no fueran las de la esposa de don José?

Carles le pidió a Pablo oxígeno, aire... Pies en polvorosa de nuevo, apenas a las dos semanas de llegar a Málaga. Lógico... Si no podía hacer otra cosa que trasegar por sus barras de chiringuito navideño, sin lograr sacarse la espina de Germaine, ¿para qué seguir castigándose el hígado? Pablo probó a dibujar en aquellas tabernas a su amigo, mientras bebía, pensando que la gracia de convertirle en personaje de sus grabados podía desatar su buen humor. Incluso dio sus dibujos a la revista *Pel y Ploma* para que los publicasen. Pero ni por ésas... Así que, consciente de que la terapia sureña no surtía el efecto deseado en Carles, cada vez más compungido, tiró la toalla y accedió a dejarle marchar solo, en principio con dirección a Barcelona, a sabiendas de que probablemente proseguiría ruta hacia París. «No soporto la idea de pensar que Germaine vive sola allí, con lo concupiscente que es... Seguro que otro ha ocupado ya mi lugar en la cama...», le venía escuchando lamentarse aquellos días, visiblemente incómodo y ahogado, además, por el ambiente reconcentrado, eclesiástico y quisquilloso que respiraba. Y como de la Ville Lumière habían vuelto los dos en bancarrota, Pablo tuvo que retomar ejercicios de humildad entre los de su sangre, pidiendo dinero una vez más al mismísimo tío Salvador, para costear el barco de su compañero a Barcelona.

Pablo se quedó entonces a solas con los recuerdos de su niñez en Málaga, que ya no eran lo que habían sido. Recuerdos que encontraba agridulces, más agrios que dulces ya, igual que le pasaba a Manuel Pallarés en París, simultáneamente, con la memoria fresca de la Rue Gabrielle y sus orgías. De ahí que el pintor malagueño optara por subirse a Madrid más pronto que tarde, en tanto Pallarés dejaba el *atelier* heredado de Nonell por otro que no anduviera poblado de ausencias y, dicho sea de paso, limpio de golfos y matones con los que encararse a cada paso, ya a solas, en aquel distrito de dudosa nota que había compartido con Pablo y Carles. Pablo, Manuel y Carles... Mosqueteros de la misma cruzada, andaban cada cual por su lado, a principios de 1901, cariacontecidos, extraviados, expulsados del jardín prohibido que alguna vez habían creído disfrutar. Expulsados por el ángel del desasosiego... Poca o ninguna huella había dejado Antoniette en la piel de Pablo. Así que, ya en Madrid, se concentró en solucionar la papeleta de Carles, fuera como fuera. Incluso aplicándose en las ilustraciones que el amigo Francisco Asís Soler le pedía para su revista *Arte Joven*, lanzamiento financiado con la publicidad del remedio de botica Centuria eléctrica..., y es que se trataba de un emplaste inventado por el padre de Francisco que se anunciaba como panacea para los males del intestino, el riñón y la impotencia. Sin mayores planes de futuro por el momento, Pablo estaba convencido de que tarde o temprano acabaría rehabilitando a Carles, revitalizando su sexualidad, si es que ahí anidaban todos sus problemas. ¿Qué sería de él en aquellos primeros días de enero?

Desasosegado, y mucho, llegó Carles Casagemas a la Ciudad Condal, dispuesto a escribir dos cartas por día a Germaine, pidiéndole matrimonio. No sabía que Germaine ya estaba casada y bien casada, al otro lado de los Pirineos, aunque hubiera abandonado momentáneamente a su marido, para ver qué sacaba de los rumbosos españolitos con billetera en París... Germaine no contestaba. Así que, el 16 de febrero de 1901, comido por los celos, los remordimientos y la incertidumbre, Carles se puso en camino para visitarla, anunciándole por carta día y hora de su *arrivée*. ¿Por qué no le respondía Germaine? Para sorpresa suya, ella estaba esperándole en la fría *gare* parisina a la que llegó, envuelta en un abrigo de pieles. Y es que se había armado de valor para desvelarle su estado civil... y decirle que nunca le tomaría por esposo. Pocas palabras más cruzaron en su reencuentro. Tras unos segundos dudando cómo responder, Carles acertó a balbucear que ahora lo comprendía todo y que todo estaba dicho, que se volvía de inmediato a Barcelona. ¿Para qué vivir ya en París, sin compartir techo con ella? «¿Cómo te vas a ir ahora?», le razonó Germaine. «Quédate al menos un par de días por acá para despedirte no sólo de mí, sino de los amigos franceses que te valió la pena conocer y vas a dejar atrás.»

El argumento de Germaine convenció a Carles, que no obstante se hizo de rogar y, al final, aprovechó la insistencia de su ex para invitarla a cenar. Ya que le daba ocasión, se despediría de ella, para siempre, como un auténtico caballero... «Suerte que Carles no me ha montado una escena aquí mismo», pensó Germaine aliviada, antes de proponerle: «Carles, podemos seguir viéndonos como amigos, de vez en cuando. Me gustaría que así fuera». Estaba asombrada de que, *vis à vis*, el español no hubiera insistido en sus requerimientos amorosos. Y, para atajar posibles sobresaltos en la velada que acababa de aceptar, sugirió: «¿Por qué no cenamos con Manuel Pallarés y Odette? A fin de cuentas, con ellos hemos pasado días fantásticos aquí». Y, no contenta con ello, vino a añadir: «¿Y si invitamos a más conocidos? Podemos acabar pasándolo muy bien»... A mayor número de comensales, menos probabilidades de que aquella cena acabara en reproches de pareja...

La sugerencia quedó en el aire ese día, pero no cayó en saco roto, tal como pudo comprobar Germaine dos después, acudiendo a un restaurante de la misma Rue Gabrielle donde había cohabitado con Carles. Allí habían sido citados también Odette, Manuel Pallarés, el escultor Manolo Hugué, François, Gaston y otros amigos, con quienes mantenía Carles una animada charla, diríase que curado de sus desazones... Parecía volver a su ser, a la piel de ese *bon vivant* dispuesto a cerrar bares, pagando consumiciones a todos los presentes, con tal de hacerse oír chistes y pasarlo fetén... Por eso, a nadie sorprendió que Carles se levantara en el momento del postre, exaltado como hacía meses que no se le veía, para pedir un momento de silencio, tintineando con su cuchara en la copa de Borgoña que acababa de apurar. A primera vista, según decía, tenía un papel en la mano, con letras de adiós para Germaine. «Será que la quiere agasajar con algún poema emotivo. Su francés ha mejorado últimamente...», le comentó en voz baja Pallarés a Odette. «*Pssssi*. Escuchémosle», le pidió Odette, poniendo un dedo en la boca de quien seguía siendo su amante. Y, más que oír, en ese momento los presentes contemplaron atónitos cómo Carles dejaba el papel en la mesa y sacaba una pistola del bolsillo, todo ceremonioso, exclamando: «Va para ti esta salva, Germaine». Una salva que pretendía hacer sonar apuntando a su pecho. Sin embargo, en lo que guiñaba el ojo para disparar, con la vista nublada por el vino, a Germaine le dio tiempo a parapetarse detrás de Manuel, que con un manotazo al dedo en el gatillo de Carles desvió la detonación hacia el techo del restaurante. Porque la bala, en ese momento, se dirigía a él, aunque logra-

se cuando silbó que Germaine se desplomara a sus espaldas...
El disparo sembró el pánico y la confusión en el *bistró*, instante que Carles aprovechó, sin que nadie se lo impidiera, para
orientar la pistola hacia su sien, gritando: «¡Va para mí ésta!».
Sin duda creía muerta a Germaine, a partir de lo cual sólo el
suicidio tenía sentido para él. El sol se había puesto tras los ventanales del local, pero aún no asomaban las estrellas. Así que
el disparo encendió la primera de ellas: aquella que nada tiene
que ver con la libidinosa Venus, la que guía hacia la noche más
negra y descarnada...

No tardó demasiado en llegar la policía al *bistró*. Lo suficiente como para que Germaine se incorporase, ante la incredulidad de quienes la creían de veras herida de muerte. Quien
realmente se había jugado el tipo y lastimado era Manuel, que
tenía los ojos abrasados por la cercanía del disparo. Y, en cuanto a Carles, desmoronado sobre su silla, poco se pudo hacer por
él. Se lo llevaron a una farmacia contigua e ingresó en el Hospital
Bichant, donde falleció hacia la medianoche, mientras Germaine
quedaba en el restaurante abrazando a Pallarés y pidiéndole
perdón entre lágrimas. Perdón tanto por haberle expuesto a la
muerte como por su papel de actriz en la tragedia.

Esa noche no recodaría mucho más Pallarés, que acabó con
los ojos vendados y bajo conmoción en la cama de Odette. Por
tanto, la noticia no se supo en España de su boca, hasta varios
días después. De hecho, se cruzó con unas letras que Pablo mandaba para Carles, creyéndole en Barcelona: «¡Ya encontré solución para tus relaciones en la cama, Carles. Sabía que la encontraría! He logrado que un doctor confirme las virtudes de un
preparado de botica que te pondrá como un toro...». De ahí que,
cuando Pablo supo sobre el suicidio de Carles, no pudiera, no
quisiera atender a lo que oía: «¿Por qué? ¿Para qué?». Setenta

y dos horas pasó entonces Pablo sin salir de la pensión que le alojaba en Madrid, escribiendo compulsivamente cartas a Carles que arrugaba en cuanto tenía firmadas. Setenta y dos horas con los ojos enrojecidos, a solas, sin poder comer, ni dormir. Cayó por fin rendido y, al despertarse, tardó otros tres días en volver completamente a la realidad. ¿Era cierto que Carles se había disparado un tiro? ¿No lo había soñado? Ni a despedirse de él en una capilla ardiente había podido ir, se dijo la tarde en que recuperó el resuello, consiguiendo que nariz y oídos se le descongestionaran y le pusieran en contacto con los olores y ruidos de la calle. Una semana había pasado con los sentidos cerrados al mundo exterior, como un sonámbulo... Y, al volver en sí, condenado a no correr hacia atrás en el tiempo para evitar lo sucedido, juró vengar a su amigo algún día. «¡*Femme fatale*!», llamó a voces a Germaine. «¡Vampiresa! ¡Lilith del infierno! ¡Mantis religiosa!» «¿Mantis? ¿Amante? ¿Serían así todas las mujeres que aparecían en el pañuelo de la samaritana? ¿Ella también?», se preguntó Pablo, sorprendiéndose nuevamente de la relación directa establecida entre la *coquette* y la tela que llevaba consigo y nunca podía pintar... ¡Claro! ¿Por qué no pintarla y enterrar el nombre de la mala mujer bajo aceites? De inmediato buscó la tela, que no había salido de su maleta, dispuesto a derramar óleos, santos óleos a modo de exorcismo, sobre ella. Incluso pensó en pintar sobre el pañuelo la cabeza de su amigo iluminada por luz de vela, óleo que de hecho firmaría más adelante sobre madera, titulándolo *La muerte de Casagemas*. Tomó Pablo después unas tijeras, presto a ser más expeditivo... «¿Y si al hacer jirones el pañuelo cae sobre mí alguna maldición?» Tampoco tuvo valor para rematar la faena...

A raíz de la tragedia que le dejó sin amigo del alma, perdió Pablo interés por la revista *Arte Joven,* que, por otra parte, no lograba patronos y tampoco parecía sembrar inquietudes modernistas al estilo de las sembradas por la revista *Pel y Ploma* de Miguel Utrillo. *Arte Joven* traducía a Rusiñol, anunciaba las actividades de Els Quatre Gats, hacía sitio a colaboraciones de un tal Miguel de Unamuno, publicaba artículos nihilistas de Martínez Ruiz y cartas incendiarias de Reventós pidiendo acción a los intelectuales madrileños, se ilustraba con escenas de café, campesinos, gitanos, mujeres prerrafaelistas y meretrices por parte de Pablo. Pero ni por ésas... ¿A quién le interesaba en la villa y corte la encrucijada de ideas ácratas, innovación literaria y dibujos manieristas que presentaba? Ni malas críticas recibieron Pablo y Francisco de Asís Soler a sus páginas, fuera de la descalificación integral que se permitió tío Salvador, cuando su sobrino le pidió sostén financiero por enésima vez, precisamente para residir en Madrid y desarrollar su proyecto de revista. «¿Qué te has pensado? ¿Por quién me tomas? No es lo que esperaba de ti. Qué ideas... Qué amigos... Continúa por ahí y verás...», le dijo por escrito tío Salvador a Pablo. ¡Habrase visto!... ¿No le había pagado religiosamente vicios y virtudes de estudiante, hasta verse estafado? ¿Cómo se atrevía su sobrino a pedirle más dinero desde allí? ¿Le tomaba por tonto o sólo por primo?

Málaga nada tenía ya que ofrecer a Pablo, con tío Salvador negándole el pan y la sal parece que para siempre. Madrid, revisitado por tercera vez, seguía resistiéndose a sus encantos artísticos... La primera vez que el chico había estado en la corte y villa, primavera del año 1895, su padre lo había guiado hasta el Museo del Prado, impresionándole con los trazos apolíneos de El Greco. La segunda, sólo su olfato y apetito le sirvieron de cicerones, hasta que la dotación para sus estudios cesó, enterado tío Salvador de que la malgastaba en días de novillos y tinto peleón. De entrada, el señor Muñoz Degrain, profesor principal de la academia de San Fernando, había hecho saber a don José por carta sobre «el absentismo, la falta de trabajo y el comportamiento bohemio» de su hijo amado. «De haberse dejado ayudar, ahora hablaríamos de un buen pintor naturalista como yo», acababa por leerse en su misiva, como dando a entender que se trataba de un caso perdido... «Pablo ha dejado escapar una excelente ocasión de mostrarse sumiso y estar calladito», le participó también el ilustre Muñoz Degrain a su padre, no sin recalcarle su sagrada declaración de principios, como quiera que don José le pidió a la desesperada una segunda oportunidad para el chico: «Yo sólo trato de tú a tú con gente respetable. Que cada palo aguante su vela. Que de los hijos malcriados se ocupen sus padres». Fue inevitable, pues, que don Muñoz Degrain trasladara sus quejas a tío Salvador, durante las Navidades de 1897, a consecuencia de lo cual el protector escribió a su protegido díscolo en los siguientes términos:

«Apreciado y queridísimo sobrino.

Por la presente vengo a participarte la profunda decepción que me han causado los informes académicos sobre ti en la escuela de San Fernando. Al decir de los profesores, tu aprovechamiento escolástico deja bastante que desear, dado que no te ven el pelo por las aulas. ¿Dónde te metes en horario lectivo? Por las mismas, nada malo se puede decir de tu comportamiento en clase, lo cual me congratula. Al menos no pones en evidencia el buen apellido de la familia con insolencias y bravatas de tuno... Sea como fuere, el vino que me han contado trasiegas por Madrid lo compro yo más barato en Málaga, lo cual me ha decidido a suspenderte no cautelar, sino definitivamente, la dotación mensual que otorgaba a tus estudios.

Comprenderás que lo hago por tu bien...».

El entusiasmo inicial de tío Salvador se tornó en decepción, la asignación para Pablo quedose a expensas de lo poco
que sus padres podían apretarse el cinturón y, a partir de ese
momento, el chico puso a prueba su instinto de supervivencia
en la capital, ocupando una alcoba más pequeña y fría que la
anterior, pintando a la intemperie del crudo invierno mesetario
y, a la postre, armándose de fuerza moral, para no tirar la toalla. Se resistía Pablo a dejar las calles de Madrid por algo tan
anecdótico como la falta de parné... Así que llegaron también
las privaciones alimenticias y el trimestre escolar siguiente con-
trajo la escarlatina. Una enfermedad con la que regresó a la casa
paterna de Barcelona, no sin antes esforzarse por asistir el 12
de junio a las muy madrileñas fiestas de San Antonio de la
Florida, celebradas en torno a la ermita pintada por Goya junto al río Manzanares. Y es que las gentes que en ella se diver-
tían, galanteaban o bebían del porrón parecían directamente salidas de los aguafuertes goyescos... Un pañuelo en sus escenas
impedía ver a quien animaba el juego de la gallinita ciega. Y a
Pablo, por su parte, la venda de los ojos aún no se le había caído, mostrándose pañuelo enigmático entre sus manos. Ese pañuelo que estaba todavía por darle la samaritana...

Barcelona de nuevo en el horizonte. Las caricias de la samaritana dibujándose en su porvenir como consuelo inmediato a la
pérdida de Carles y de autoestima...Tras fracasar en Madrid
definitivamente, a Pablo no le quedó otra que volver a la Ciudad
Condal, para dejarse querer por la gente de *Pel y Ploma*. Una
revista ya asentada que, por mayo de 1901, en la sala Parés,
montó una exposición a la incandescente pintura pastel que
venía practicando últimamente, bajo la bendita influencia de
Toulouse-Lautrec. Ramón Casas le retrataba para su catálogo,

saliendo al paso de cualquier sospecha de rivalidad o enfrentamiento que pudiera rumorearse entre ambos. Y, por si fuera poco, Miguel Utrillo, flamante director de la revista, escribía para Pablo todo un panegírico impreso: «Bajo este gran sombrero de pavero, descolorido por la intemperie del clima de Montmartre, con la mirada viva del meridional que sabe dominarse (...), su personalidad inspiró a los amigos franceses que terminaron apodándole "el pequeño Goya" (...) El arte de Picasso es extremadamente joven, hijo de un espíritu de observación que no perdona la debilidad de las gentes de nuestro tiempo y saca belleza hasta de lo horrible, anotando con la sobriedad de quien dibuja lo que ve y no lo hace de memoria. París, que le criticó por su vida febril, le atrae de nuevo no para conquistar con el brío demostrado en su primer viaje, sino con la esperanza de aprender lo que pueda en este centro donde todas las artes florecen con fertilidad». A Dios gracias que Picasso pintor se había sustraído al mimetismo, daba a entender Utrillo en su texto. Y que, además, no sucumbía a las malas influencias del «país de las uvas secas».

P. R. Picasso... Tampoco rastro quedaba ya, aparentemente, de la influencia que la familia paterna había tenido en Pablo. Por eso la decisión de marcharse de nuevo a París, en la primavera de 1901, fue acatada en silencio por don José. Nada que ver con los ánimos recibidos a hurtadillas de su madre, que por algo le había terminado legando el apellido... Ella creía en su hijo, vaya si creía. No entendía mucho de arte, pero algo le decía que en Barcelona poco más podía progresar. ¿Quién había querido alguna vez ir a Londres?, se preguntó entonces Pablo, extrañado de que alguna vez se le hubiera ocurrido semejante dislate. ¿Y a Roma? Tampoco parecía el destino ideal para un tipo como él, por más que se recomendara a todo intelectual y artista de su tiempo, para aprender de los clásicos. ¿No habría demasiados buscafortunas como él, en Roma, con sentido de la improvisación latina y mediterránea? París y sólo París le esperaba... Y es que, además, llevaba ya tiempo gastando los ciento cincuenta francos mensuales que Pere Mañach le había asignado, sin entregarle apenas lienzos a cambio. Tanto es así que el industrial catalán, para saber de Pablo por carta, tuvo que anunciarle una inminente muestra pictórica a mayor gloria de su nombre, en la galería parisina de Ambroise Vollard. exposición para la que Pablo se empleó a fondo, trasladado a Barcelona. Fueron aquellas dos semanas a contrarreloj en las que dejó su santo y seña industrial en torsos, cabarés y marineros, sin importarle trabajar sobre telas «manchadas» previamente.

Unos iban y otros volvían en aquella primavera que no acababa de llegar a París. Pablo recaló nuevamente allí con abrigo hasta las orejas y el pelo crespo, acompañado circunstancialmente por Jaime Andreu Bonsons. Y, en ésas, se cruzó en el camino con Manuel Pallarés, que dejaba la ciudad para pasar una temporada en Horta de San Juan. Por tanto, sin la hospitalidad de su amigo a mano, bien estaba alojarse en el ático que Mañach tenía en el número 130 del Boulevard Clichy. Para qué molestarse en buscar *chambre* distinta, si su mecenas de ocasión estaba dispuesto a cederle la mejor de las dos piezas que poseía y a seguir costeándolas íntegramente... Por lo demás, aparte del honor que pudiera suponerle semejante compañía, a Mañach le tranquilizaba tener cerca a su protegido. ¿Cómo podía seguir fiándose de las buenas palabras que le había dado desde Barcelona, sin verle pintar con sus propios ojos, a escasos días de inaugurar la exposición pactada con Ambroise Vollard?... «Cuadros y no promesas es lo que quiero, Pablo», le repetía Mañach, ya convertido no sólo en su mecenas, sino además en su marchante. Y Pablo asentía, le daba la razón sin levantar la vista de su caballete y, por tanto, dejando que su compañero se ocupara también de la intendencia en el taller. Bastante tenía él con pintar a la carrera cuanto se le ponía por delante, para cumplir con lo pactado en la galería. Así nació *La chambre blue*, su descripción pictórica del caos doméstico en el que se movía por aquella época. Y *Boulevard Chlichy* se llamó la panorámica llevada al lienzo que desde su mansarda tenía. Mansarda donde todo bastidor de gran formato lo apilaba Pablo tras la cama y de un manotazo caía al suelo cuanto le molestaba en la mesa, a la hora de comer: ropa, atillos del correo o pinceles. El desorden... ese caldo de cultivo y fermento que a Pablo estimulaba, cuando debía crear industrialmente. Nada le decía un florero colocado en su sitio natural, decorativo o con sentido práctico. Los objetos que veía fuera de sitio ganaban, para él, una suerte de soberanía y sugerencia impagables, como impagables eran la marina anónima y la copia de Toulouse-Lautrec para la bailarina May Milton, que reinaban en el taller como obras ajenas. Pablo sembraba el caos allí por donde pasaba y, como si de un abono fértil se tratase, cosechaba los colores más florales para su pintura...

Había traído un cartapacio con veinte telas bajo el brazo. Telas, algunas pintadas en Madrid, en las que la emprendía contra el género femenino que tanto perturbara a su amigo Carles. Mujeres que pedían mucho y daban poco es lo que tenía pintado en ellas, tratando de entender el suicidio a través de Casagemas. *Danseuse naine* se titulaba una, representando al prototipo de enana con gesto torvo y mezquino, que parecía insinuar: «No gozarás nunca de una mujer, a menos que ella quiera. Olvídate de los sentimientos». Pablo contaba con veinte obras acabadas al llegar a París, pero resulta que la galería necesitaba otras cuarenta. Una galería a cargo del asimismo marchante Ambroise Vollard, a quien Pablo había conocido meses antes del brazo de Mañach, interesado por su pintura, pero sobre todo jactándose de haber llevado con sus buenos oficios la fama a Renoir, Degas, Sisley, Pisarro y Gaugin. Incluso de haber programado dos años atrás, en su galería, a otro español con posibilidades: un tal Nonell. De cualquier forma, antes de que la cotización de sus *cezannes* se disparase, hacia 1904, Vollard ya había demostrado largueza y gusto sibarita al montar veladas para Mallarmé, Zola, Rodin y otros personajes del mundillo artístico parisino. Veladas en las que se servía la mejor cocina criolla, dado que el galerista se había criado en la colonia de la Isla de Reunión. Veladas, en fin, donde hacía valer su voz y voto profanos entre la *créme* de la cultura, siempre atento a descubrir algún nuevo talento entre sus invitados.

Al devolverle la visita que en su día le hizo a Barcelona, Mañach había enseñado a Vollard hasta cien obras de su protegido, firmadas sin haber cumplido siquiera veinte años. De ahí la grata impresión que el marchante se llevó de aquel encuentro, tanto en lo relativo a la calidad de las telas como a su cuantía. Trabajo, trabajo y más trabajo... Nada le impedía a Pablo, por tanto, cumplir el encargo, aunque fuera a contrarreloj, que para eso era joven y había dilapidado antes el tiempo y dinero que Mañach le había dado para pintar sin agobios... Trabajo, trabajo y más trabajo. Desde luego, aquel París alegre que había conocido Pablo en su primera estancia poco o nada se parecía al que se le imponía con su *rentrée*. Nada tenía de vida universitaria y fácil. Nada que ver con la vida licenciosa que en buena compañía femenina disfrutó meses antes. Y es que ni Antoniette estaba ya disponible... Quien sí salió y pronto al encuentro de Pablo fue Germaine, en cuanto supo por amigos comunes que andaba de vuelta por la ciudad. Algún tipo de explicación le debía a propósito de Carles. Siquiera confidencias sobre su malestar, por más inocente que se creyera en relación a lo sucedido. ¿Quién podía pedirle responsabilidades? ¿Qué mal le había hecho ella, aguantando bajo la falda su incapacidad para el amor? ¿Podía alguien exigirle que se casara con Carles en tales circunstancias?

–Me han dicho que no había pasado ni un mes desde la muerte de Carles, cuando te empezaste a ver con Manolo el escultor –le soltó a bote pronto Pablo, la tarde que quedaron para charlar a tumba abierta, sobre el Pont Neuf del Sena.

–Me requebró de amores y yo me encontraba muy sola. Él estaba en el bistró donde Carles tiró de pistola. Tal vez, por eso, creí que debía lavar con él la culpa. Una culpa que, en realidad, nunca sentí. Bastante que aquella noche salvé el pellejo... ¿Qué podía hacer, Pablo?

–Eres increíble. Ni el luto de rigor le guardaste al pobre Carles –le replicó Pablo recordando a tío Salvador amonestándole en los mismos términos–. La ligereza de cascos te ha llevado demasiado lejos esta vez...

–¿Crees que no tengo bastante con satisfacer a mi marido? ¿Piensas que no me deja satisfecha?

–No me cabe en la cabeza que una simple aventura te llevara a los brazos de Carles y a convivir desnuda con Manuel Pallarés y conmigo. Mucha sería la lascivia que acumulas...

–Vale... Es triste que hombres buenos como mi marido puedan dártelo todo menos emociones fuertes y alegría de vivir. No me reproches aquello que no te duele, por favor.

–¿Sabes que Manolo también es mi amigo del alma?

–¿Te molesta lo que haga o no con mi cuerpo? ¿Es asunto tuyo?

—Me debes una explicación y tú lo sabes. Pero no sólo en relación a la muerte de Carles...

—No te comprendo...

—Tu nombre aparece en un pañuelo que ahora tengo en mi poder. ¿Quién te lo pasó? ¿A quién se lo diste tú?

—¿De qué me hablas?

—No te hagas la tonta. En algún momento de la agitada vida amorosa que te traes debió de pasar por tus manos un pañuelo de tela amarilla y blanca. Lo sé de buena tinta, la que sirvió para escribir tu nombre en él.

—¿Cómo llegó eso a ti?

—¿De qué conocías tú a Carles antes de volver a verle conmigo y con Manuel? Nunca entendí que fuera tan fácil llevarte con Antoniette y Odette al huerto, robarles vuestros besos a los pintores catalanes e importantes con que os relacionabais, cuando os conocimos.

—¿Por qué supones que yo conocía de antemano a Carles?

—Nadie se pega un tiro por una mujer cualquiera en París. Las hay a cientos por todas las esquinas.

—Yo sabía quién era Carles meses antes de trabar relación con vosotros. Su actividad anarquista le había traído a la ciudad, donde dio con cierto barón vinculado a una sociedad iniciática —comenzó a contar Germaine, viéndose contra las cuerdas.

—¿El barón de Hölstein, quizás?

—Veo que te suena...

—Lo sé porque su nombre también está consignado en el pañuelo.

—Pues eso, que el barón le habló del club del pañuelo. Una prenda de amantes que corría de mano en mano y cumplía deseos a quien buen uso le daba. Le aseguró el barón a Carles que ya había probado sus gracias y que podía llegar hasta él, eso sí, a cambio de informes sobre los grandes de España que captara para su sociedad filantrópica... Sólo hacía falta encontrar mujer que a los dos les gustara, para llevar a cabo de forma conveniente la transición.

—Y esa mujer fuiste casualmente tú... ¿Quién era aquel barón?

—El supuesto descendiente de un hijo nunca reconocido por el conde de Saint-Germain, siglos atrás, en la corte alemana de Hessel-Cassel, gobernador de los duques de Schleswig-Hölstein. Se ufanaba de traer la venganza de los pobres y desheredados de la tierra bajo secreto de Estado. Una revolución callada, más efectiva que cualquier experimento de socialismo utópico y fraternidad predicado por Saint-Simon.

—Tanta patraña cautivaría, supongo, a Carles, que normalmente presumía también de haberlo visto y vivido ya todo.

—A Carles, en realidad, sólo le importaban los posibles poderes del pañuelo. Nada que pudiera comprarse con dinero le faltaba. Por tanto, únicamente podía desear que su estado de gracia durase por los siglos de los siglos...

—¿Quién supo de ti primero, el barón o Carles?

—El barón, buscando modelos en Montmartre que pudieran darse un aire con Catalina la Grande de Rusia. Quería poseer a toda costa un retrato que se le pareciera lo más posible.

—¿Catalina la Grande? Creo recordar que alguna Catalina aparece también en el dichoso pañuelo.

—Acaso... Son tantos los nombres que lleva...

—Te pidió el barón que posaras para algún pintor y te pagó con el pañuelo, ¿no?

—Y con buenas, buenísimas palabras sobre los atributos del mismo... Por cierto, que ese pintor era precisamente Carles. ¿Me sigues?

–De lo que se deduce que, tras tener amoríos con el barón, los tuviste con Carles.

–En el mundo donde yo vivo la gente se enamora, ¿sabes? No todo es aquí te pillo aquí te mato...

–Cuidado con las bromas y con nombrar la muerte antes de tiempo, que todavía está caliente el cuerpo de Carles.

–Perdón. No era mi intención faltar a su memoria –dijo Germaine bajando la cabeza y tomándole una mano a Pablo. Luego recompuso el gesto y siguió hablando–. A Carles le conocí como acaso nunca le has llegado a conocer tú, por muy inseparables que fuerais. Era un tahúr que jugaba fuerte, muy fuerte, apostando por la inmortalidad. Lo que son las cosas... Y es el primero de nosotros que dijo adiós a la vida.

–Maldito sea el día en que conociste a ese barón y...

–Ahora quien debe procurar no herirme eres tú. Amé a ese barón como no te imaginas.

–No, verdaderamente no me imagino que puedas amar a nadie tanto, dejando cadáveres en el armario.

–¿No quedamos en que nadie con la *jolie de vivre* parisina por montera se iba a suicidar por mí?

–A Carles le debiste de envenenar con magia negra para que acabara como acabó –subió el tono de voz Pablo.

–Carles mentía a menudo. Tanto que terminaba por hacerse daño a sí mismo. El embuste en su boca era profecía. En el pecado llevaba la penitencia... Decía que estaba enfermo para librarse de una cita y de verdad enfermaba. Así que no es extraño que acabara desquiciado. Me anunció de antemano su impotencia, cuando aún no la padecía, para librarse de los compromisos sentimentales que creía haber adquirido conmigo. Era Carles un conquistador que temía perder luchando lo conquistado, a manos de cualquier rival. Un hombre sobrecompensado.

—Él te quería de verdad...

—Ojalá lo hubiera hecho como proclamaba, todo lo apuesto que era, dando vía libre al cumplimiento de los deseos que le pedí al pañuelo. Los que le pidió esta bella sin alma que tienes delante, nacida con la desgracia de ser guapa y, por tanto, con derecho a esperar el gran amor en un príncipe azul. Eso me decían las vecinas, cuando era pequeña.

—No te vayas por las ramas. ¿A qué deseos te refieres?

—A esos que se te cumplen cuando le pones ganas, muchas ganas a la vida, igual que a Carles se le volvían realidad las desgracias a las que apelaba para huir hacia adelante. Mis deseos no pienso contártelos para nada. A su manera Carles me amó y aún no perdí la esperanza de que se cumplan.

—Así que el Dandy Imperial que aparece en el pañuelo es un alias de Carles... ¿Por qué no firmó con su nombre?

—Por miedo y por guardar las apariencias, supongo. Carles no se entregaba a nadie de verdad.

—¿Y si le hubieras regalado el pañuelo a tu marido, ese que tanto te quiere?

—Hace tiempo que las noches de pasión acabaron con él, condición necesaria para que la prenda pueda coger impulso y correr de mano en mano.

—Ya... ¿Quién puso en circulación el pañuelo? ¿Quién dijo que cumpliera deseos? ¿Cómo y cuándo los cumple?

—No puedo darte muchos más detalles de los que ya te he dado. Lo que sé me lo contó el descendiente bastardo del conde de Saint-Germain, que desapareció de un día para otro. Se comenta por ahí que el conde aparece y desaparece en la historia de Francia, siglo tras siglo, ¿no? Pues eso, que de casta le debía de venir al galgo y aquel barón se despidió a la francesa de mí, a poco de tener listo su cuadro. Quizás te lo encuentres algún día y te pueda explicar más. A propósito... ¿y a ti quién te pasó el pañuelo?

—Una prostituta de Barcelona. Calcula adónde había ido a parar...

—La misma con la que seguro perdió Carles la confianza en sí mismo.

—¿Qué confianza?

—A la potencia sexual me refiero... Hay hombres que necesitan estrenarse con una profesional del amor, antes de atreverse con la virginidad de su mujer legítima... A Carles le ocurrió lo contrario. Perdió facultades, cuando midió sus fuerzas con las que una mujer cerebral despliega en la cama. Casi todos los hombres pierden esa batalla... Se equivocaba Carles apostando a que podía arrancarle gemidos de placer a la samaritana, con su virilidad por delante, como si trofeos fueran. ¿Has dicho que se llamaba así aquella prostituta?

—No lo he dicho, pero acaso te la citó ya él y por eso sabes su nombre...

—Me juraba Carles que había logrado dejarla encantada y acaso fuera cierto. Pero, acto seguido, se metió en un callejón sin salida, planteándose si no serían fingidos los orgasmos de la prostituta en cuestión... Y es que muchas veces ni las mujeres podemos asegurar si disfrutamos del orgasmo o no al ser montadas. Las ganas de alcanzarlo a menudo nos lo vuelve ilusorio.

—Pobre Carles... —musitó Pablo, recordando la noche en que recibió el pañuelo de la samaritana. ¿Sería verdad que la prostituta sintió algún beneficio en sus entrañas, como pareció insinuar, aquella vez? Quién sabe ya...

—Carles se quería comer el mundo —siguió hablando Germaine—. A mí se me ofreció como el amante perfecto que se te rinde a los pies, quizá a sabiendas de que yo buscaba quien me quisiera. Pero, luego, insistió hasta en pagarme muchos francos, para que le diera el pañuelo, convenciéndose a sí mismo de que me quería con locura y era, por tanto, acreedor de la prenda. Costara lo que costara, debía pasar a sus manos.

–¿Tanto le obsesionaba?

–Creía a pies juntillas que el pañuelo estaba bendecido por el conde de Saint-Germain y, mira tú por dónde, Germaine me llamaba y me sigo llamando también yo. De ahí que me bisbiseara mil y un disparates de manual ocultista al oído, cuando encontrábamos *suite* en el Ritz, ese hotelazo al que le gustaba ir conmigo. Por ejemplo, Carles aseguraba que los grandes amantes siempre escogían a sus seres amados por el nombre, con independencia del aspecto que tuvieran y si respondían al género masculino o femenino. Parece que Germaine, femenino de Germain, era su nombre talismán, aquel cuyas letras combinaban con las del suyo para ordenar su destino según una máxima.

–¿Qué decía su máxima?

–No me preguntes, que ni sé en qué idioma la tenía compuesta.

–Siempre pensé que el destino lo llevaba escrito uno en la mano o en la frente. Pero, la verdad, no con letras reales...

–La cosa no acaba ahí. Agárrate al puente, para oír en qué condiciones estableció su *affaire* Carles con la samaritana... Luego de estar conmigo en aquellos días de 1899, alguien que parecía saber del club del pañuelo le dijo que sólo haciéndose amar tanto como él había amado lograría sus fines. Y que quien le amara debía recibir la prenda en pago, para que siguiera rodando la cadena de los amantes indefinidamente.

–¿Y cómo es que buscó en el barrio chino de Barcelona merecedora de la prenda?

–Hay explicación también para eso... La misma persona que le desveló las reglas del pañuelo le sugirió, además, cierta reparación a su conducta romántica, enterado de que se había ayudado económicamente para adquirir la tela de marras. Para ser absuelto de tan fraudulenta argucia, tenía que conseguir el amor de una mujer cuyo oficio fuera amar por dinero, sin que el dinero mediara en su relación; en definitiva, el reto estaba en hacerse amar por una prostituta.

–Desde luego, a mí me pagó las caricias de la samaritana, una por una. ¿Qué hacía él entre tanto? Nunca me lo decía ni al entrar en los burdeles, ni al volver a vernos de vuelta a casa. Las meretrices de Barcelona le adulaban, pero nadie, nadie sabía a ciencia cierta dónde y con quién se acostaba Carles.

–¿Te pagaba caricias de la samaritana, has dicho? Otra argucia de Carles... Así querría arrancarle amores gratuitos hacia su persona...

–Puede que sí.

–Mal asunto mezclar amores y dinero...

–Será que tú no ganaste también con el negocio del pañuelo... ¿Y todavía esperas que te cumpla algún deseo?

–Necesitaba el parné. Espero que Dios lo sepa entender y disculpar...

–¿Quién dices que a Carles le puso al corriente sobre las normas que tiene el club del pañuelo?

–Supongo que alguien vinculado a la secta de Saint-Germain, que posee una gran mansión de logia en el ensanche de los bulevares napoleónicos.

–A ver, a ver... ¿Te refieres a una sociedad secreta?

–La logia, francmasona o no, está a la orden del día en Francia. Es como un club de casino al que van los poderosos.

–Pues en España suena a secta diabólica.

–¡Tonterías!

–Vale. Sigamos... ¿Conoces al francmasón que contactó con Carles?

–Para nada. A mí sólo me constaba lo alterado que vivía Carles toda esta historia, cuando el año de tu cuadro en la exposición universal retomamos relaciones sentimentales. Hartita me tenía contándome, entre las sábanas, que nunca había logrado hacerse querer de veras por una prostituta. ¿Quién se creía que era? Y yo mordiéndome los labios para no decirle que aprendiera primero a querer generosamente, por su parte.

–¿Por eso iba tanto a cabarés y prostíbulos?

–Recuérdalo. Incluso estando a mi lado. Cada noche se planteaba la ocasión de dejarme tirada, si alguna *coquette* caía en sus redes.

–No entiendo que Carles soltara el pañuelo tan alegremente a la samaritana, si tanto le importaba dárselo a quien lo «mereciera»...

–La samaritana debía de ser avispada, como pocas de su especie. De ahí el apodo que lucía... Seguro que le hizo creer a Carles imprescindible en su miserable vida, con zalamerías y camelos. A todos los hombres les gusta sentirse imprescindibles en la vida de una mujer. Sólo hay que encontrar las palabras con que cada uno quiere oírlo...

–Tú y la samaritana. La samaritana y tú... Entre las dos arruinasteis moralmente a Carles. Y ya no quiero pensar en lo que debisteis de sacarle de la billetera.

–Él apostó muy alto. Nunca debió buscarme el pañuelo bajo la almohada con tanto ahínco. Le hablé de su existencia como quien no quiere la cosa y, desde ese momento, no cejó hasta arrancármelo de las manos, decía que «por derecho».

—Y yo... ¿A quién le paso el pañuelo ahora? –preguntó Pablo a Germaine–. También tengo sueños pendientes de cumplir...

La conversación estaba siendo larga y les había dado para recorrer medio París andando por Rivoli y toda la *rive droite* del Sena, hasta llegar a Lafayette y comenzar a subir la colina. Tanto es así que ya se encontraban andando por la Rue Lepic, Montmartre arriba, cerca de donde Germaine vivía.

—Dime, Germaine, ¿qué hago yo con el maldito pañuelo? –insistió en pedir consejo Pablo.

—Depende de si te sentiste amado por la samaritana o fuiste tú quien más amaste aquella noche –razonó ella.

—Ocurrió lo segundo. No, espera... Acaso el sexo la uniera a mí como a ningún cliente y, por eso, la noche en que la conocí me entregó el pañuelo. En ese caso, me tocaría a mí querer apasionadamente a la hora de seguir pasando la prenda. No lo sé...

—Ante la duda, decídete por la segunda alternativa. Basta con que encuentres una mujer a la que dar tu corazón.

—Casi nada. Como si fuera fácil enamorarse a primera vista y para siempre.

—No hablo de enamorarse uno simple y llanamente. Se trata de cultivar el egoísmo inteligente, que dicen los entendidos... Hay un placer de intensidad más que sexual en ser el primero en ofrecerse al otro, sin esperar nada a cambio. En este sentido, Carles hizo mal uso del pañuelo y pagó por ello...

—¿Quién eres tú para juzgarle?

—Pablo, conserva el pañuelo contigo, hasta estar seguro de ofrecérselo a quien sea digna de él. Y ya que dudas tanto, ojalá no te equivoques cuando decidas desprenderte de la prenda. *Bon nuit*, querido. Ha sido un placer verte –acabó diciéndole Germaine, que desde hacía algunos minutos charlaba apostada ya en el portal de su casa.

—Y, a todo esto... ¿crees que por tu parte mereces otra oportunidad de poseer el pañuelo? —preguntó Pablo, como si no fuera con él la despedida.

—Segundas partes nunca fueron buenas, para nada.

—Pero tú y yo nunca lo hemos intentado juntos...

—Intentar, ¿qué?

—Tal vez queriéndonos el uno al otro resolvamos lo que cada
cual espera lograr del pañuelo.

—Pablo, por favor... deja de desbarrar. No creo que sea el
momento ni el lugar para proponerme nada —arguyó Germaine,
haciendo ademán de empujar el portón oxidado de su inmueble, que desde hacía tiempo tenía reventada la cerradura.

En ese momento Pablo ciñó a Germaine de la cintura y la
apretó contra sí, cuando ya se disponía a entrar en el portal.
Ella se le resistió y, entonces, se sintió empujada hacia adentro,
hasta verse contra la pared.

—¿Qué haces, Pablo? —le inquirió Germaine, al notar que
su boca le recorría el cuello—. ¡Qué va a pensar el vecindario!

—Sé que tu marido tiene tajo esta noche en los muelles del
Sena. Vamos arriba y nadie sabrá nada...

—Pablo, no quiero que me des ningún pañuelo. Bastantes
problemas me ha traído ya. Por favor, seguro que Carles des-
aprobaría lo que buscas conmigo.

—O no... Quién sabe. Quiero sentir lo que le volvió loco de
ti a mi amigo. Quiero sobrevivirle contigo. Quiero unirme a él
a través del cuerpo que tanto amó...

—Dime, Pablo, que me perdonas y que me ves bella, a pesar
de tantos hombres como me poseyeron. Todo será así más fácil
—pidió Germaine, con el hilo de voz que pone un condenado al
expresar su último deseo.

—¡Esta noche nos necesitamos el uno al otro, Germaine! Tú

necesitas alguien que te ame. Yo, a quien amar... En estos momentos, poco importa si quieres o no que te pase pañuelo alguno... El romance que tengamos, aquí y ahora, no va a llegar muy lejos –se demoró en decir el pintor, manteniendo a Germaine agarrada por la cintura, ya bajo el umbral de su casa–. Tal vez no tengamos más ocasión de besarnos que ésta. Tal vez no seas tú la mujer de mi vida...

–De veras te lo digo, Pablo. No te creo capaz de quererme ni a mí ni a nadie. Y quizás yo tampoco merezca que me quieran como a ti te gustaría quererme...

–Por eso, tonta... La cosa no cuadra, entre nosotros, por más que prometa. Todo sería perfecto, si fuera posible: no tendremos más lugar y hora de amarnos que ésta. No perdamos más el tiempo en discusiones. Vamos al grano, que los dos necesitamos consuelo, para no seguir los pasos de Carles esta noche de pena negra.

–¿Continuaremos siendo amigos después de acostarnos juntos?

–Se lo debemos a la memoria de los días de vino y rosas pasados con Carles, Odette, Manuel y Antoniette.

–¿Sólo así seguiremos siendo amigos, Pablo? –planteó de otra manera Germaine lo que le preocupaba.

–Calla y bésame, Germaine –zanjó la conversación Pablo, entrando con ella hasta el zaguán, que en su mansarda hacía las veces de salón. Y, sin mediar más palabras, la sentó sobre un diván rojo, la desvistió con urgencia y, turgente como estaba ya su pene, la penetró... Germaine se dejó hacer, apretó los labios, agarró con ambas manos la nuca de Pablo y cruzó las piernas a horcajadas tras su cintura. Cayeron los dos al suelo, después. Rodaron por la alfombra. Forcejearon por imponer su verticalidad el uno sobre el otro y, al final, Pablo logró tener debajo a

Germaine, que se aferraba a sus omóplatos y terminó clavando las uñas en su espalda hasta hacerle sangrar. En ese momento, Pablo sintió, jadeando, todo cuanto el sexo no le había hecho ver hasta entonces: ímpetu, frenesí y voracidad, pero también, rabia, orgullo, castigo y ultraje; ganas de maltratar, humillar, poseer y despreciar, redimir y redimirse a un tiempo. El sexo tenía sentido más allá del placer y lo que algunos llamaban amor...

Los remordimientos por profanar el altar donde su amigo se inmoló, el cuerpo de Germaine, llegarían a hechos consumados. Si es que llegaba a sentir remordimientos... ¿De veras se estaba apropiando de las reliquias psíquicas de Carles? ¿Sería cierto lo que se temía?, llegó a preguntarse mientras copulaba. ¿Profanaba así la tumba de sus desvelos eróticos? ¿No la santificaba de alguna manera? Bien mirado, tal vez estuviera haciendo lo correcto: vengando a Carles y bendiciendo su memoria, invocándole con la fornicación... De cualquier forma, poco importaba la clave del pañuelo en aquella vorágine de sensaciones genitales, trufadas de acelerados razonamientos... ¿Poco? Pablo sintió también, en lo que duraba su coito, que acaso conjuraría los poderes de la prenda, maléficos o benéficos, consumando el ayuntamiento carnal con una de las mujeres que le confiaban su nombre. Quizás tenía que poseerla, igual que había poseído el secreto de cuanto pintor se hacía notar en la tela, por puro interés artístico. De Toulouse-Lautrec ya creía tenerlo aprendido todo: elasticidad de movimientos con el pincel y colores desvaídos. También de la fuerza cromática impresionista que hacía grande a Van Gogh, reflexionó aquella noche Pablo, mientras se abrochaba la bragueta. Y lo cierto es que, al invertir tanta desazón y coraje contenido en el cuerpo de Germaine, acabó sacando fuerzas de flaqueza. Fuerzas creativas para acabar en dos semanas los cuarenta cuadros que aún le requería el montante pactado para la exposición de la galería Vollard. Telas sensuales, coloridas, fáciles de vender... Pablo se percató, entonces, de que podía tenerlo todo en esta vida y rápido, gracias al empuje de su libido. Incluso remordimientos de conciencia por la mujer y la tela instrumentalizadas, en beneficio propio.

Nombres de mujer en el pañuelo que la samaritana le había dado... Por separado, creía saber cómo lidiar con las mujeres y los marchantes, pene o pincel en mano. Pero ¿y con el pañuelo? No estaba preparado aún para enfrentarse con aquel trozo de tela que parecía tener vida propia. En comparación, la tela en blanco del lienzo implicaba un reto y misterio menores.

«Picasso es pintor, absoluta y gozosamente pintor: su intuición de la "materia" basta para certificarlo –comenzaba escribiendo el crítico de la *Gazzeta de l'art* y la *Revue Blanche,* a propósito de la exposición que el 1 de junio se le montaba a Pablo en la sala Vollard–. Como todos los pintores puros, adora el color en la materia, cada materia en su color propio. Todo ser le enamora. El brote hacia la luz de las flores fuera del vaso y el aire luminoso que danza en torno suyo o el regocijo de las muchedumbres en las carreras. Incluso la arena soleada de una plaza taurina; la desnudez de los cuerpos femeninos, no importa cuáles (...). Se desenvuelve cómodamnte entre sus grandes antepasados de la pintura, bajo influencia de Manet, Delacroix, Van Gogh, Monet, Pisarro, Toulouse-Lautrec, Degas, Forain, Rops, quizás... A cada cual lo capta al vuelo enseguida. Se ve que aún no tuvo tiempo de forjarse un estilo personal; su personalidad está en este arrebato, esta juvenil espontaneidad impetuosa. El peligro mora para él en esta impetuosidad misma, que podría muy bien orientarle hacia la virtuosidad fácil, al éxito fácil. Picasso es tan prolífico y fecundo como violento y enérgico.»

Sesenta y cinco cuadros finalmente había entregado Pablo para la retrospectiva organizada, sobre la que el crítico Félicien Fagus, alias de George Faillet, llamaba la atención, no sin advertencias postreras. Brochazos de danza de cabaré, telas puntillistas y de armonía ecléctica, como la citada *Naine*. Más Van Gogh y Gaugin que vaporosidades a lo Monet, aunque sus sombras se expresasen misteriosamente por la transparencia de los tonos azules, según venía a recordar el propio Félicien Fagus... Fue aquella una exposición que compartió Pablo, todo sea dicho, con Iturrino, pintor vasco veinte años mayor que él, bajo prólogo más entusiasta si cabe del también crítico de arte Gustave Coquiot. Una firma que además redactó parabienes sobre la muestra, una semana antes de su inauguración, en *Le Journal*. Toda una autoridad mercenaria, el tal Coquiot... Porque, en pago a su hoja de servicios, pidió a Mañach ser retratado hasta dos veces por su artista, que hubo de asumir la tarea con resignación cristiana. Lo interesante del cohecho, no obstante, está en cómo se las arregló Pablo para que tales retratos invitaran a distintas lecturas, según quién lo contemplase...

«Este joven pintor español que acaba de llegar a nuestra casa es un apasionado de la vida moderna (...). Tenemos con él a un armónico de las tonalidades más brillantes, bajo tonos rojos, amarillos, verdes y azules asombrosos. Comprendemos inmediatamente que P. R. Picasso quiere ver y experimentar todo (...). He aquí, para comenzar, sus mujeres de la calle, toda la gama, con caras lozanas o estragadas. Las vemos en el café, en el teatro, en la misma cama. Para la alta sociedad, él escoge tonos seductores, con matices rosa o perla para la carne, mientras que el ratero o el asesino es representado esperando a su presa o agotado en un desván sórdido (...).

»He aquí las pequeñas chicas alegres, traviesas, de rosa y gris exquisito, agarradas durante sus locas danzas a polleras voladoras... La belleza de las danzas animadas, los cafés concierto y las carreras con sus muchedumbres excitadas. He aquí, por ejemplo, un baile en el Moulin Rouge, con las chicas ejecutando, sus piernas separadas, un cancán frenético; fijadas sobre la tela como mariposas ágiles, en tanto los chicos se arremolinan en una salpicadura de polleras y jubones... Tal es, en este momento, el trabajo de Pablo Ruiz Picasso: un artista que pinta veinte horas sobre veinticuatro», escribió Gustave Coquiot con descaro en el catálogo. Simplezas que, sin embargo, valían su peso en tributos... Pablo, a cambio, en absoluto desaprovechó el tiempo pintando. No malvendió su talento, porque al retratar al crítico cuan gordo era y satisfecho de conocerse a sí mismo, llevó a cabo una alegoría de la corrupción a ojos vistas: todo un tratado de la venalidad en blanco y negro...

–Dime, Pere, por qué te comprometiste a tanto peaje con el orondo de Gustave Coquiot –preguntó por aquellos días Pablo a su marchante.

–Estás empezando en esto y necesitas padrinos entre la crítica.

–Yo creía que los críticos escribían lo que pensaban sobre la exposición vista y punto.

–Ya, y los gendarmes detienen a delincuentes con pistola y nunca a pobres emigrantes desarmados. Y las putas se enamoran del primero que se queda mirándolas en una *kermesse*... ¿En qué mundo vives, Pablo?

–¿No es demasiado ladrón ese Gustave?

–Calcula de cuántas extorsiones y cohechos ha salido la estupenda colección de pintura que posee...

–Seguro que existe medio mejor de llevarse bien con los críticos.

–Sí. Pagándoles en contante y sonante más de lo que les pagan en sus revistas por escribir.

–¿Le gustan los retratos que le hice?

–Tanto aquel en que sale al frente de su pinacoteca como el que tiene detrás figuras de cabaré. Con el primero parece incluso haber engordado más de lo que ya estaba.

–¿No sospecha que los retratos puedan delatar nada?

–Está encantado con las dos telas...

–Bien, está claro que cada cual ve en un cuadro lo que quiere ver y eso me tranquiliza...

Tenía que haber otras maneras de relacionarse amable y hasta ventajosamente con los críticos y Pablo las iba a encontrar. Vaya que sí... Vender, vender, Pablo vendió la mitad de lo expuesto al público que se desplazó a la sala Vollard, en su mayoría compuesto por amigos. Sin embargo, la cotización que alcanzaron no terminó de satisfacer su bolsillo ni las expectativas de Pere Mañach... Eso sí, con motivo de la exposición, tuvo ocasión de saber sobre un tercer crítico de pintura, Max Jacob, que acertó a pasar por la sala de casualidad y también distraídamente comentó su interés por lo que allí veía. Un comentario inocente el suyo que, sin embargo, el avispado de Pere Mañach no dejó escapar, aunque Max no se identificara delante de nadie aquella tarde. «¡Coño, si ha venido el mismísimo Max, pez gordo de la crítica!», oyó murmurar a sus espaldas por boca del escultor Manolo, que nunca faltaba allí donde podía devorar canapés a dos carrillos y echarse el resto al bolso... El caso es que, al día siguiente, aquel relamido caballero tenía una nota de Mañach en su casa, invitándole a saludar personalmente a Pablo en su *atelier* del Boulevard Clichy. Y eso que a Max Jacob se le conocía alergia hacia los artistas españoles afincados de París, según él, siempre dispuestos a pintar tres cuadros por día, retratar *vedettes* con idea de seducirlas y acudir a cualquier pesebre. Prueba de ello era el mismo Manolo Hugué, bohemio, goliardo y gorrón. Un fabulador, embustero y pillo, que acostumbraba a sacar siempre provecho de sus bromas. Artista y, sin embargo, amigo... El único colega artista del que Pablo aceptaba burlas y chanzas continuamente. «Será porque, a cada tanto, comparten juegos eróticos en la cama con la misma mujer», comentaban sus amigos...

Manolo, un prototipo racial de ojos, cara y pelo cetrinos, hijo de un general y, para más señas, prófugo de la mili afincado en París sin billete de vuelta a España. «No te fíes ni de tu padre» era el mejor consejo que le daba a Pablo... Y eso que el progenitor de Manolo daba la talla de buen tipo cuanto tenía de militar condecorado. De hecho, se rumoreaba que le había visitado en Montmartre para reconciliarse con él y que Manolo, tras sollozarle y ablandarle el corazón, no sólo le sacó dinero para mantenerse en el «exilio», sino que, además, le robó el reloj antes de que se marchara.

El encuentro entre Pablo y Max Jacob, todo un caballero bretón descendiente de judíos, no pudo ser más cordial. Se cayeron bien el uno al otro de entrada. La empatía surgió entre ellos sobre la marcha. Max no sabía español. Pablo hablaba francés por señas... Con todo, el crítico, aparte de escribir versos, entendía el lenguaje figurativo como para llevar a cabo sus propios pinitos en la materia y, desde luego, para valorar a Pablo. Así que nada impidió que se hiciesen amigos a primera vista, intercambiando gestos, guiños y apretones de manos. Tanto es así que, al poco, Pablo visitó a Max Jacob en la habitación de hotel donde residía, acompañado por Manolo Hugué y otros artistas españoles de su cuerda. De sobra sabía Max la que podían montarle allí, pidiéndole vino y tabaco a espuertas, pero aceptó de buen grado la algarabía y, a partir de entonces, se apuntó a la llamada «banda de Picasso». Lo hizo, claro está, más por simpatía hacia su líder que hacia quienes le rodeaban. Místico como era por naturaleza, Max Jacob demandaba alegría de vivir a sus veinticinco años... Ingenuo, melancólico, tierno, bonachón, sofisticado, de todo menos simple e intolerante, Max recitó durante aquella velada de farra a Baudelaire y a Rimbaud. Y a Verlaine, en el poema donde trata la absenta de «hada verde». Los recitó con la *chambre* llena de humo y risotadas, fiel a su estilo ceremonioso de divertirse y hacer amigos... Es más, a la noche siguiente, compartió con todos ellos mesa en el Chat Noir, café cantante al que Pablo acudía cuando no lograba billetes para entrar en el Moulin Rouge, donde más valía una *vedette* que cien poetas parnasianos de cenáculo.

El Moulin Rouge brillaba con luz propia en París, gracias a la luz eléctrica, pero también a los decorados rococó de Adolf Willete y a sus menús de *foie-gras* o salmón para la cena, cubitera de champán por delante, desde que contaba además con veladores y sillas. Sus escenarios menores se llenaban de jóvenes contorsionistas, ventrílocuos y monos de circo, periféricos todos al proscenio principal: un entarimado donde el gran número traía siempre chicas de cancán, flexibles como canguros y resistentes como mulas, capaces de bailar durante ocho minutos frenéticos y acabar en el suelo abiertas de piernas. La diva Celeste Mogador había patentado la fórmula, acelerando las polkas de Jacques Offenbach y, diez años atrás, Valentin le Desossé, Louise Weber «la Goulue», Grille d'Égout, La Môme Fromage, Rayon d'Or y Jean Avril habían estrenado allí, con el *music hall* «La cuadrilla naturalista», ese espíritu *fin du siécle* que aún animaba París. Una metrópoli por igual sofisticada, elegante y frívola, cuando sus caballeros con sombrero de copa y sus mujeres, bajo pamela y en talle de avispa, paseaban por el Boulevard Clichy. Y es que su paseo siempre terminaba en el Moulin Rouge, junto a la Place Blanche de las antiguas canteras de escayola. Será por eso que, titulado *El ensayo de las nuevas chicas con Valentin Desossé*, un cuadro de Toulouse-Lautrec colgaba en el recibidor del llamado «Primer Palacio de las Mujeres» y atraía siempre la atención de Pablo, que acaso esperaba ver saltar de él a las *vedettes*, lo mismo que a su propio artífice. Môme Fromage, Rayon d'Or, la Clownesse... Los nombres de la diva «Goulue», de Toulouse-Lautrec y Jean Avril, por ese orden, aparecían también en el pañuelo de sus desvelos... ¿Por qué sería?

¿Por qué las celebridades citadas, con excepción de la inalcanzable Jean Avril, no se dejaban ver ya por allí? ¿Qué podría hacer, por su parte, si reaparecían sobre el escenario? ¿Podría un semidesconocido pintor en sus circunstancias, por mucho que se creyera irresistible, poseer a aquellas *vedettes*? ¿Podría, tal como había hecho con Germaine? Parecía claro que ni siquiera le sería permitido acercarse a la puerta de sus camerinos.

Pasado el verano, aquel año, a principios de septiembre, fue precisamente en el Moulin Rouge donde Pablo oyó noticias sobre la agonía de Toulouse-Lautrec, que abandonaba el hospital psiquiátrico en Neuilly, para morir de cirrosis y sífilis en casa de su madre. Y, a partir de entonces, París enmudeció para él. La Belle Epoque terminaba con la desaparición de su pintor favorito: el alma tragicómica del cambio de siglo, que combatía con absenta, cancán y lujo el paisanaje *clochard* de bajos fondos en la «ciudad de la luz»... Ay, ese hada verde de la absenta, que se llevaba camino de la tumba a su Henri Toulouse-Lautrec... Ay, esas putas de su corazón... Aunque jorobado, paticorto y cojo, con Henri se le iban al arte del cartel y la pintura un metro y cincuenta y dos centímetros de talento destilado, bajo sombrero de copa... No importaba que nunca le hubiese tratado, pensó Pablo: otro amigo del alma que se le marchaba sin decir adiós. Otro hermano de sangre, como Carles Casagemas, al que tantas mujeres, pintadas o amadas, le habían unido... Con esta nueva baja, la de todo un maestro, Pablo sentía que perdía pie en la historia del arte, sin sospechar en ningún momento que la pudiera estar haciendo él...

Jaime Sabartés llegó en noviembre a la ciudad de las luces para reunirse con Pablo. Y enseguida Pablo se afanó en retratarle también a él, igual que había hecho con otros colegas, siquiera para resarcirle de las horas que le estuvo esperando en un café, todo lo bisoño, miope y despistado que lucía, la tarde de su llegada... Pero lo que Sabartés percibió aquel día y los sucesivos en su amigo fue un sentimiento de orfandad, que incluso parecía apoderarse de su pintura. Se dibujaba Pablo a sí mismo entre mujeres desnudas. Surgían entre sus telas almacenadas en el Boulevard Clichy motivos costumbristas en el hipódromo, paseantes de los jardines de Luxemburgo y niños jugando en barcos, mas también escenas donde retrataba la muelle vida de los gentiles hombres que se supone compraban su obra. Ricachones abrumados por damas de mucha joya en un cenador. *La mujer del collar de las gemas*, cazada al vuelo en un teatro y mostrando tanta inocencia como belleza vulgar e insultante...

–Hay mucha diferencia entre lo que pintaste en España y lo que llevas pintado en París, Pablo. Mucho más de lo que difieren tus últimos cuadros hechos en Madrid y Barcelona. ¿Por qué?

–¿Qué te parecen éstos?

–No sé qué decirte: naipes de baraja... Supongo que me habituaré a ellos. De todo lo que me has enseñado, me quedo con los apuntes que tomaste para el retrato del crítico Gustave Coquiot...

–¡Qué dices! ¿No te gusta *La mujer del collar de gemas*?

–Pasa como con otras obras tuyas recientes, que no acabo de comprender si las pintas feas aposta.

–Vale, Jaime, déjame seguir trabajando ahora –acabó diciéndole Pablo.

Chat Noir era el cabaré artístico fundado por Rodolphe Salis en 1881 y promovido por la cartelería de Steinlein y el semanario satírico del mismo nombre. Un templo iconoclasta en su día animado también por Emile Goudeau, líder de la sociedad *hydrophate*, pero desde 1885 conducido por el todoterreno Aristide Bruant, que había rebautizado el local con el nombre de su revista. Mirliton se llamaba ahora el cabaré, aunque muchos lo siguieran conociendo por Chat Noir, teniendo en cuenta que sus propietarios originales lo habían terminado cerrando en 1887, a poco de trasladarlo del Boulevard Rochechouart a la Rue Laval 86. Tan importante había sido la llamada *chançon du Chat Noir* que a la postre se denominó genéricamente canción de Montmartre. Nada que ver con la de café cantante clásica. Tantos artistas, cantantes y poetas «incoherentes» del barrio latino continuaba convocando el primitivo emplazamiento del local, bajo el excéntrico magisterio del ya cincuentón Aristide Bruant, cuya copla «Je cherche fortune tou autour du Chat Noir» había dado la vuelta al mundo.

A Pablo le gustaba dejarse caer de vez en cuando por allí. Pero si frecuentaba a diario algún cabaré era el Zut, en la Place de Ravignan. Un antro bohemio y oscuro, en cuya trastienda bebió por primera vez licor de cerezas, el «agua de la vida» al que después se aficionaría tanto. No importaba qué rijosa *starlette*, o danzante de tercera actuara en su sala principal. El guitarrista Fréde era siempre quien tocaba allí para los amigos, en *petit comité*, antes y después de que las charlas se prolongaran hasta las tantas, bajo las candelas. Discusiones sobre el sexo de los ángeles y chiste fácil, tesis contrastadas sobre las mil y una maneras de ponerse el bombín e incluso sobre pintura *avantgarde*, en las que Pablo sólo hablaba ya, a esas alturas de estancia en París, para remarcar algo bruscamente o señalar paradojas. Algo que volvió a ocurrir el día en que su banda de españoles, viendo que las paredes del Zut permanecían durante meses sucias y arañadas, decidió ponerse manos a la obra y redecorarlas. Ramón Pichot se empleó entonces en el fresco de una torre Eiffel sobrevolada por el dirigible de Santos-Dumont. Y Pablo, en una sucesión de desnudos femeninos que a Mateo Fernández de Soto le hizo exclamar:

—¡Coño, *La tentación de san Antonio*!

—Calla, cretino, que lo mío nada tiene que ver con ese cuadro —replicó Pablo, tirando inmediatamente los pinceles al suelo. A nadie toleraba que le interrumpiese la concentración cuando pintaba, y menos para juzgar lo que hacía...

—«Harto ya de esperarte, harto, hasta las diez menos cuarto»... —canturreó Manolo Hugué, desde la trastienda y en mono de faena.

—¿No será a mí? —volvió a refunfuñar Pablo.

—Tranquilo, campeón, que no va nada contigo. Hoy no hay quien te tosa. «Harto ya de esperarte, harto»... —siguió canturreando Manolo.

—«Espérame levantada en la cama, cariño», le dijo ella. Y no era «lesbi»... ¿A quién se referiría? Adivinad... —propuso Mateo.

–¿Tú a quién esperabas, Manolo? –quiso saber Ramón Pichot.

–A la dama que debía liberar del bloque de piedra en el que ahora trabajo.

–Eso ya lo dijo Miguel Ángel en el Renacimiento, chico –terció Mateo Fernández de Soto.

–Mira este guapo al que lo único que le afea es la cara... –replicó Manolo–. Mi dama lleva aprisionada siglos y ni aquel italiano universal la pudo liberar. Su piedra es de cantera románica...

–¿Qué pesa más, un kilo de hierro o un kilo de paja? –le retó a responder Mateo.

–Quítale hierro al asunto y pesará más la paja.

–Pues quédate tú con la paja. Sepárame el grano de la paja, por favor. Así se verá la miga a lo que yo te digo.

–Por un quítame de allí esas pajas eres capaz de encadenar majadería tras majadería.

–Incluso de ver la paja en el ojo ajeno y no la viga en el propio.

–Es que las vigas no salpican... Va a ser que sí, Mateo. Va a ser que te duele la cara de ser tan guapo, desde que el insigne Pablito te la copió en una tela marinera. ¡Estás de daguerrotipo, Mateo! –sentenció Manolo.

–¡Si apenas se me parece! –protestó el aludido, al que Pablo realmente había retratado, a su manera.

–No te preocupes por eso. Ya te parecerás tú al retrato... –intervino Pablo, por alusiones, empuñando de nuevo los pinceles para desfigurar su panel de desnudos y evitar ninguna comparación.

–Tiene Pablo tan altísima opinión de sí mismo que un día se nos cae –murmuró Ramón a la oreja de Mateo, evitando que el aludido pudiera oírlo y enfadarse más...

Y lo cierto es que Pablo empezó a desfallecer con los fríos del invierno parisino, a sumirse en un estado de letargo, que incluso le puso al borde de la precariedad económica, dado que no conseguía vender pincelada alguna, tras lo facturado a la galería Vollard. Seguía alimentando su imaginación de arte egipcio y fenicio en el Museo del Louvre; de impresionistas, esculturas góticas de Cluny y estampas japonesas... Aun así, Pablo sintió de nuevo que sus días en París estaban contados. Desde que el barón Haussmann se había propuesto ensanchar con bulevares la ciudad, no se veían más que trabajos de cartelistas bajo formación *art nouveau* o prerrafaelista: carteles bajo formato *colombier* o *grand-aigle*, en todas las empalizadas de sus obras públicas, anunciando espectáculos, remedios de botica y bicicletas. Pan para hoy y hambre para el mañana de pintores como él... Y, encima, Toulouse-Lautrec, el artista más evolucionado de aquel arte al servicio de la publicidad, acababa de morir... Así que Pablo, contra su costumbre de no revelar nunca sus planes, anunció a los amigos que se marcharía en breve, escribió a casa pidiendo dinero para el billete de tren y, mientras llegaba, en vez de confraternizar con nadie, evitó en lo posible las compañías de siempre. Sintió de pronto la necesidad de seguir rastreando la pista del pañuelo y, sin ganas de confiar a nadie su misterio, recorrió a solas los locales donde Louise Weber «la Goulue» había cantado alguna vez, con ánimo de encontrarla. Aparte del cabaré Elysée-Montmartre, eclipsado en cuanto el Moulin Rouge hizo girar las aspas del cancán, la sala Cigale, entre otras. Se comentaba que un rico heredero estaba por retirar del *music hall* a la mismísima Jean Avril, otra *vedette* de su pañuelo, con lo que vio más fácil tirar de la lengua a la Goulue sobre los secretos de la prenda, si es que la encontraba viva...

Preguntó Pablo por la Goulue a conocidas de Yvette Guilbert, la diva con guantes negros de la que había heredado su predicamento sensual, a mitad de la década pasada. Pasó luego por el Divan Japanais y los cafés conciertos de la Scala y l'Horloge, donde la Guilbert había actuado de meritoria. Y por los de Eldorado y les Ambassadeurs, en los que ya mandaban espectáculos satíricos como los de Aristide Bruant, el maestro de la excentricidad, el icono con más réplicas en los carteles que empapelaban París. Un personaje que, según se rumoreaba, recibía al público con insultos antes de entonarles coplas sobre la miseria de los pobres, la prostitución y la vida golfa. Interrogó Pablo sin éxito al mismo Aristide sobre el paradero de la Goulue, «la tragona». Nadie sabía nada de la *vedette* buscada, hasta que, por fin, por indicación de un «hombre sándwich», apelativo dado en la época a quienes se paseaban con carteles publicitarios colgados de su cuerpo, halló a la Goulue en una casa de comidas de Pigalle. Anunciaba pelucas «el hombre sándwich» y por eso sabía de la mujer, que las usaba...

–*Bonjour*. ¿Es usted Louise Weber, «la Goulue»? Perdone que interrumpa su desayuno...

–¿Qué te trae por aquí, chico? ¿No querrás un autógrafo a estas alturas de feria? –le contestó la Goulue con ojeras que llegaban al *café au latí de l'aprés midi*, al lado del cual tenía servido también un vaso de ajenjo.

–Buscaba conocerla personalmente y me dijeron que tal vez aquí la vería, Mademoiselle Louise. He oído hablar mucho de usted y de su belleza.

–Pues ya ves que me pillas sin maquillaje y con cuatro pelos mal peinados en la cabeza. Una se quita el penacho de plumas cuando baja del escenario y se le cae el pelo literalmente...

–Poco importa eso ahora. Sigue estado usted guapísima –repuso Pablo, tragando saliva y calculando sobre la marcha de qué manera la interrogaría por el pañuelo–. Quería hacerle un par de preguntas confidenciales.

–¿A estas horas de la mañana? Dispara, pregunta lo que quieras. ¿Has desayunado? ¿Quieres tomar algo? ¡André, tráele lo que quiera al chico! ¿Cómo te llamas?

–Pablo, señora, para servirle... Y era un ferviente admirador de Henri Toulouse-Lautrec, el pintor que más guapa la sacó, creo yo, en los carteles. Recuerdo aquel que rezaba *Moulin Rouge. La Goulue.* ¡Soberbio!

–¡Qué tiempos! ¡Pobre Henri! Para él la vida era siempre «excelvillosa», excelsa y maravillosa, pese al físico que Dios le había otorgado. Lástima que se abandonara tanto a los placeres baratos.

–Tengo conmigo una prenda en el que figuran los nombres de ambos, el suyo y el de Henri.

–La sífilis, amigo mío. La sífilis es lo que le mató, igual que a tantos cráneos privilegiados de su generación –continuó diciendo la Goulue, como si no hubiera escuchado a Pablo. Y, en ese momento, sacó del bolso un pulverizador, con el que se perfumó, dejando en el aire un aroma capaz de aromatizar no sólo el olor a sopas de ajo que pese al café desprendía su aliento, sino también la atmósfera acre de la fonda. Sintió arcadas Pablo al recibir a modo de bocanada aquella emulsión, pero aguantó el tipo.

–Le comentaba, señora, que poseo una prenda en la que aparecen su nombre y el de Henri. Un pañuelo, para ser exactos.

–¿Sabes que Henri acabó tras la faldas de Jean Avril, el muy bribón, después de hacerme beber ajenjo con él, cada noche, a la salida de mis funciones? ¡Cómo son los hombres! Te engatusan hasta que caes a sus pies y, luego... luego, si te he visto no me acuerdo... ¡Con los que yo había tenido antes lanzándome monedas de oro al escenario! ¡Con los que me mandaban flores al camerino del Moulin Rouge, cortejándome, suplicándome una cita! Aristócratas sin chepa, políticos, burgueses encanallados, que me daban a beber buen champán y no matarratas de ajenjo... Y tuve que perder el sentido por un tipo que sólo me vio eternamente guapa en los carteles que me pintaba... Mejor me hubiera ido liándome con «el deshuesado», mi pareja de baile en las grandes noches del Moulin Rouge. Aquel hijo de notario parecía un acróbata mal alimentado, que decía Yvette Guilbert. Grandes narices sobre su chaqué negro y, bajo sus pantalones amarillos, pies enormes. Entre bastidores parecía dormitar, hasta que la orquesta tocaba los primeros compases. Pero, después, ay, amigo, después era un primor la agilidad de sus brazos y piernas al bailar. Y quien baila bien, pensamos muchas mujeres, seguro que no ha de moverse mal en la cama...

–Dicen que usted se reía en público de Henri llamándole «el pequeño hombre frondoso» y refiriéndose a sus «labios con reborde de bañera» como eróticos...

–Es verdad. Pero a Henri le divertía la broma... Por eso cada miércoles me contaba entre los privilegiados que acudían a su *atelier* de la Rue Tourlaque, para ver nuevos dibujos suyos. «Henri, *mon cheri*, cuando yo veo mi culo en tus pinturas lo encuentro bello», le decía por entonces, enamorada como nunca hubiera imaginado. Pero, para entonces, él había puesto sus ojos ya en la presumida Jean, la única a la que en el Moulin Rouge dejaban poner una nota de color en su vestuario. «Es como una flor de narciso, pálida toda ella», pregonaba Henri.

–Pensaba yo que Jean Avril y usted eran buenas compañeras de reparto en el *music hall*...

–Qué va, hijo mío. Era y sigue siendo una remilgada. Parecía una institutriz en mitad de la vorágine. No sé qué pudo ver Henri en ella. Dicen que tenía rancio abolengo y que por eso la prefirió a mí, finalmente. Por eso y porque era carne joven... Yo sólo sé que me hervía la sangre cada vez que los veía comer juntos en la Place Blanche, poco antes de la función en el Moulin Rouge. La verdad del cuento es que estaba loca, y no de amor precisamente. Sé de buena tinta que le trataron la histeria de joven, me lo dijo su propio médico, un tal doctor Charcot, que también se dejaba caer por el Molino.

–Vaya, lo siento.

–Me ves ahora en este estado lamentable y soy yo quien siente darte una penosa impresión. Pero has de saber que el mismísimo príncipe de Gales me lanzó jubiloso su sombrero al escenario y que hizo historia la patada que yo le di, al grito de ¡viva Francia! Después, el Molino perdió su *grandeur*, la noche en que me derrumbé bajo los focos y sus gerentes me pusieron de patitas en la calle. ¿Estaba borracha? Sí. Henri me había enseñado a beber para olvidar sus defectos físicos y acabé perdiendo mi propia belleza como por solidaridad hacia él... Lo que son las cosas...

–Pero luego la ayudó a poner en marcha un local de danzas árabes, enteramente suyo...

–Por pura lástima... Sí, me dibujó como en mis mejores tiempos para los carteles que lo anunciaban. Sin embargo, no fue suficiente para evitarme el infierno de recuerdos y resacas en el que ahora vivo. Cualquier día de éstos me veréis vendiendo cerillas a la puerta del Moulin Rouge... Tú y los miles de admiradores que allí tuve, cuyos ojos devoran de un tiempo a esta parte las nalgas de otras chicas.

–Tiene usted todavía mucho que bailar. Una larga carrera por delante.

–Lo dudo. El cancán me abrió de piernas hasta partirme en dos. No hay quien resista su velocidad y el número de cambios de vestuario que exige el *music hall*: tres cada quince minutos. Cualquier chica de provincias suspira por entrar en la revista del Moulin Rouge y convertirse en una estrella. Bailar, vestir lentejuelas y ganarse así el pan... ¡Qué maravilla! Pero las que consiguen cumplir ese sueño acaban rotas a las dos temporadas de cartel y, entonces, sin lugar mejor adonde ir, piden que se las releve del cancán a cambio de bailar desnudas, si hace falta. Es el principio de su fin... Pierden al poco la reputación y acaban en el arroyo... Chico, te hablo de lo que conozco. Aquí la única chica avispada fue Yvette Guilbert, que triunfó en el género musical de la vida alegre, con repertorio de Xanrof, Marinier, Favart y Fragson, resuelta luego a abrir una escuela de canto en América. La Goulue fue educada por una madre lavandera y así le ha ido... Chico, tienes ante ti, hecha trizas, a la que un día fue «reina de la sensualidad parisina». ¿Qué edad crees que tengo?

–A una dama nunca se le presupone edad.

–Qué coño. ¡Déjate de cumplidos! Treinta y seis años. Tengo treinta y seis y ya no sé qué hacer con mi vida. Habrás oído que antaño saludaba a mi público mostrándoles el corazón que me había hecho bordar sobre los pololos... Que mi público varonil aullaba de gusto cada vez que me veía tirar el sombrero al aire, arreglarme el escote con picardía o salir con una cabra al escenario soltando ordinarieces... ¿Quién estaría interesado en ver mi trasero ahora, tal cual estoy, aunque me bajara hasta los pies pololos y bragas?

–*Mademoiselle*, me gustaría que me contase algo sobre el pañuelo que ya le he mencionado –insistió Pablo.

–Ya te oí... ¿Y crees que eso me delata? ¿Buscas dinero por encubrirme de algo? –le reprendió la *vedette* visiblemente airada de pronto–. ¡Al diablo con el club del pañuelo y otras patrañas! A esta vieja que tienes delante sólo le interesa recordar que las noches locas de la Goulue se contaron por miles y que estuvo en mi cama hasta el pobre Henri, enamorado perdidamente de mí. ¿Por qué te crees que me pintó en tantos carteles? Pues sí, Henri acabó ablandándome el corazón, ya te lo he dicho. Pero bien pudo haberme ofrecido, entonces, el castillo de su familia, en vez de lo que acabó regalándome...

–¿Con qué le obsequió? Porque el pañuelo se lo pasó usted a él...

–Con una enfermedad venérea, querido. Un principio de sifilazo que se quedó en enfermedad venérea, gracias al doctor al que acabé pagando con mis favores, para ser curada sin que su factura me dejase tiesa.

–¡Rediós! –acertó sólo a exclamar Pablo, pegando un respingo.

–Y, encima, tonta de mí, en un arrebato le di un pañuelo que al menos me hubiera venido bien para secarme las lágrimas. Ojalá a Jean Avril le haya dejado, como mínimo, el mismo regalito...

–No sé qué decirle, *mademoiselle*... –vaciló Pablo–. Perdone que le haya hecho rememorar episodios tan dolorosos.

–Tú sigue tirando del hilo y verás. Deshilacharás el pañuelo hasta quedarte con las manos vacías, simplemente manchadas de tinta.

Según hablaba con la Goulue, no sólo a la vista de su aspecto sino de sus revelaciones, Pablo perdió todo apetito de entrar en relaciones carnales con las mujeres de la prenda. ¿Y si el pañuelo no venía a ser sino testigo de una infección, pasada de amante en amante, hasta acabar en sus propias manos? No podía presentar peor aspecto la *vedette*. Y a Germaine, la verdad, también la había encontrado desmejorada.

–Gracias por su tiempo, *mademoiselle* –cortó de repente la charla Pablo, levantándose como movido por un resorte de la silla. Necesitaba escapar, alejarse de aquel adefesio de inmediato y ordenar sus pensamientos.

–¡Eh, chico! Págame, por favor, el desayuno antes de irte. Y si no sabes qué hacer con el pañuelo, llévaselo a la sociedad de Saint-Germán. ¡Lo están buscando y te recompensarán! –le gritó en última instancia la Goulue al pintor malagueño, que ya abandonaba la fonda a grandes zancadas. Y tanto elevó su voz carrasposa para hacerse oír que la parroquia alrededor se dio por enterada también de cuanto decía. «Está de la cabeza esta mujer», pensó Pablo, mientras se alejaba calle abajo. «¡De la cabeza!» ¡Todo el barrio sabría enseguida que tenía aquel pañuelo en su poder! Y, lo que era peor...: ¡acaso le había hecho contraer la sífilis! ¿Cómo había podido divertirse con meretrices y *coquettes* sin tomar precauciones? ¡Qué loco había sido!... Pocos datos conocía Pablo sobre aquella enfermedad, cuyo solo nombre pronunciado sonaba a sentencia de muerte. ¿No tendría que acudir lo más pronto posible a quien le sacara de dudas?

En lugar de hacerlo, sin embargo, los días siguientes al de su encuentro con la Goulue se los pasó en el hospital prisión de Saint-Lazare, observando el comportamiento de quienes verdaderamente estaban infectados y allí recluidos. En un primer momento, decidió confiar sus zozobras a un médico amigo, pero finalmente sólo le pidió paso franco a las dependencias del hospital, so pretexto de querer pintar el ambiente en el que se movían sus internos con el bonete calado y distintivo que los identificaba. Tomó precauciones para no tocar nada que pudiera infectarle, si es que no estaba ya infectado... Pasó horas enteras en el café donde los reclusos departían con sus familiares. Y, no contento con ello, hizo llegar nota a Germaine de que le visitara, cosa que enseguida hizo la «viuda» de Carles, sorprendida y alarmada por el lugar del que venía la propuesta...

–¿Qué pasa, Pablo? ¿Qué haces tú aquí?

–¿No lo ves? Pintar en la antesala de la muerte.

–¿Estás infectado?

–Un artista nunca está sano. Si no, se dedicaría a vivir sin más.

–Déjate de frases, ahora. ¿Lo estás o no?

–¿Y tú? ¿No me habrás pegado la sífilis?

–¡Dios me libre!

–¿Seguro que no? ¿Cómo lo sabes?

–Conozco los síntomas de la enfermedad. Si tienes la sífilis, otra te la habrá contagiado.

–Quizás Antoniette...

–Alma de Dios. Ésa no pega ni sellos.

–¿Me harías un favor, en recuerdo de los buenos tiempos? ¿Posarías para mí con el bonete de estos internos en la cabeza? Quizás sea lo último que te pida...

–Si eso te hace feliz...

Y fue así como Pablo se dispuso a resolver sus zozobras, al menos por aquel día. Se tranquilizó razonando que si pintaba a su enemiga íntima bajo el distintivo de la infección, acaso alejaría de su lado la enfermedad, la conjuraría... Y es que, quince días después de copular con Germaine y al margen de los cuadros que le pedía Vollard, la mano se le había ido al óleo sobre cartón, para representar de nuevo la cabeza inerte de Carles Casagemas. Su cabeza ya como tumefacta después de llevar tanto tiempo sobre un cuerpo sin vida. ¿Podía encomendarse de alguna manera a tal cabeza, proyectar sobre su lecho de cartón la deuda moral que creía tener con Casagemas, para liberarse de su peso? Además, Pablo pintó en aquel período *Evocación*, un cuadro de gran formato también conocido como *El entierro de Casagemas*, donde recurría al estilismo de El Greco, entre vapores, para representar a las plañideras y a un enigmático caballero montando corcel blanco en el centro de la escena. Pasaba Pablo, pues, en su pintura, del impresionismo atmosférico al trato simbolista de la forma... ¿No era él tan enigmático y sombrío caballero?

El busto de Carles Casagemas en azul tumefacto... Comenzaba Pablo, entonces, la época azul de su carrera, sin saberlo. Aquella producción que más desapercibida pasaría en su tiempo, tal vez porque más altos destinos y cotización le aguardaban en el futuro. Pero Pablo sólo alcanzó a saber por esas fechas que el fantasma de su amigo le volvía a la mente, para pedirle cuentas sobre su *affaire* con Germaine o la razón de que le hubiera abandonado a su suerte cuando buscaba balas para suicidarse. Es más, en las semanas posteriores a la puesta a punto del segundo óleo dedicado a la muerte de Casagemas, Pablo se dio a dibujar mujeres de aparato genital potente, junto a varones apocados, cuando no castrados. Y, después, prescindió de cualquier motivo sexual en cuanto pintaba, como temiendo alguna forma de castigo, si seguía abundando en su semántica como artista o como persona. Incluso, movido por el espanto y la angustia, comenzó a ver las metáforas más inquietantes en los cuadros que acumulaba su *atelier* del Boulevard Clichy. Una vagina en la vela que alumbraba incandescente la anterior tela a Casagemas, síntoma de la perdición a la que terminaban conduciendo las mujeres, con poder para traernos a este mundo y echarnos de él por los mismos labios. Otra vagina en la cara del Cristo crucificado que también tenía pintado, lo que le llevó a sentirse peor que un sacrílego. ¿Estaba a las puertas de alguna revelación tan espantosa como magnífica de la historia del arte? ¿Adónde conducía aquel camino de peligrosísimas iluminaciones? ¿Se estaba quedando sin juicio? ¿A qué amigo íntimo podía mostrar la aberración de su pintura? Por cierto..., ¿no decían que los aquejados de sífilis sufrían delirios relacionados con el sexo, que lo veían por todas partes, hasta donde no lo había?

La muerte de Toulouse-Lautrec le traía de nuevo a la memoria la de Carles. El fantasma de la sífilis. La necesidad de dinero en el bolsillo se volvía acuciante... No faltaba quien comentaba, en los mentideros, que lo ganado con su última exposición se le había ido en dolorosas curas de aquel mal tan francés y no en el pago de deudas, que es lo que aseguraba Pablo. La locura... Y, a tantos motivos como encontraba una vez más para largarse de París con viento fresco, el pintor malagueño sumó, por si fueran pocos, el deterioro de sus relaciones con Pere Mañach. Un tipo que, también al decir de sus amigos, había empezado a mostrarse autoritario con él, cuando no a tirarle los tejos. «Dios sabe si podremos hacer más carrera de ti, Pablito», acostumbraba a suspirar él, cuando estaba de buenas. «En fin, tampoco podrás vivir siempre en mi apartamento, mano sobre mano, si persistes en tus deprimentes pinturas azules. Cualquier día de éstos vas a tener que cambiar de profesión y aprovechar ese cuerpo serrano que Dios te ha dado...»

Ésas tenía Pablo con Pere Mañach y, en consecuencia, se propuso evitarle el máximo de horas al día. Ya era mucho que no le quedaran más cáscaras que compartir apartamento con él, obligado por las circunstancias económicas... De ahí que Pablo se diera largos paseos con su «escudero» Sabartés por París, matando el tiempo, para llegar al Boulevard Clichy y recogerse cuando su marchante se hubiera dormido. Jaime le acompañaba hasta allí charlando. No parecía aún lo suficientemente tarde y entonces Pablo se ofrecía a caminar con él hasta el barrio latino. Y, al llegar, desandaban nuevamente el camino a Montmartre, como adolescentes que no quisieran separarse...

–¿Sabes, Pablo? De puro miope como me sacaste en tu último retrato, creo que salí hasta coqueto...

–Te sientan bien las gafas, Jaime.

–Recuerdo cuando me dejaste ver la tela en tu taller, donde la tenías tapada contra el muro. Al ponerla en el caballete, bajo la claraboya, me asombré al reconocerme tan distraído. ¿Qué viste en mí al pintarme? ¿Por qué me captaste ese gesto tan fugitivo?

–No sé, Jaime. No tendría otro a mano...

–¿Así lo explicas?

–Qué culpa tengo yo si llegaste tarde al reparto de caras, cuando nacías...

–Pablo, no me ofendas...

–Bueno, ahora en serio. Jaime, yo te veo a menudo tal cual te he pintado.

–Creo que supiste capturar al espectro de mi soledad. Mi pensamiento divagando, mi mirada disuelta en el éter y sin capacidad para penetrar en nada... Mi pensamiento y mirada miope reunidos en la vida para perderse.

–Por Dios, Jaime, no te autocompadezcas.

–No haces otra cosa tú, amigo mío, cuando me cuentas por activa y por pasiva que Vollard y Pere Mañach detestan tus nuevos cuadros de tono azul, que preferirían verte pintar siempre con colores cálidos y explosivos.

–Es la verdad. A mis marchantes no les gustan los cuadros que respiran al borde de la vida, las atmósferas nocturnas al límite de la penumbra anímica y la extinción. Pero... ¿qué es la vida, al final, sino un valle de lágrimas? Si quieres, lo comprobamos visitando a las putas y *clochards* que bichean bajo cualquier puente de esta ciudad, mientras tú y yo gastamos suela de zapato paseando sobre ellos.

—No me deprimas más de lo que estoy, Pablo.

—En fin, chico, qué puedo decir para consolarte yo, que también ando hecho polvo. ¿Sabes que en los últimos autorretratos que pinto me parezco a Pere Mañach como una gota de agua a otra? Increíble, pero cierto... ¡El tío está consiguiendo meterse en mi piel!

No ganaba para fijaciones Pablo aquel invierno de 1901 y acabó con Jaime la ronda, tras entonarse el cuerpo con vino barato en el taller del escultor Paco Durrio. Y lo hizo, según la costumbre, sosteniendo la compañía de Jaime hasta la misma puerta del *atelier* de Mañach, en el Boulevard Clichy, donde le esperaba una sorpresa. Porque quiso la suerte que el cartero se hubiera acordado horas antes de él y que Mañach durmiera a pierna suelta, sin reparar en intervenirle el correo, como solía, con lo que Pablo se encontró un sobre más que deseado bajo la puerta: el giro con el dinero paterno que esperaba, a fin de comprar otro billete de tren y huir nuevamente a Barcelona.

7

HORAS MUERTAS EN EL DIQUE SECO

Mañach se había quedado en París, compuesto y sin artista encomendado al que alimentar, proteger, amonestar e intentar seducir, según las lenguas. No se esperaba el marchante la huida de Pablo... Quizás por eso, para atraer nuevamente su atención o bien sacar beneficio postrero de la relación profesional que les unía, le anunció por carta que treinta pasteles suyos se exponían en la galería de Berthe Weill, *Naturaleza muerta*, *Mujer con collar de gemas* y *El Luxemburgo*, entre ellos. Material de su entera propiedad, correspondiente al tiempo en que le tenía pintando asalariado.

«Encanta nuestros ojos esta pintura brillante, con tonos crudamente brutales y retenidos a conciencia», rezaba el prefacio que el crítico Adrien Farge redactó para el catálogo de aquella retrospectiva. Sin embargo, tuvo muy poca repercusión y no reportó ningún beneficio a la maltrecha economía de Pablo, que en Barcelona le llevaba a moderar muy mucho sus antiguas costumbres de *dandy* vividor. De hecho, hasta los hábitos que viste Pablo por aquellos días se resienten: sólo se permite fantasías en materia de corbatas o chalecos y gracias al sastre Soler, amigo fiel, que se los proporciona a cambio de ser retratado junto a su familia. A falta de efectivo, Pablo se vio obligado a pagar en especie...

Aparte de la segunda faz yacente de Casagemas, *La niña del moño, El niño con la paloma,* un autorretrato bien barbado y *El arlequín de codos,* anuncio de la larga serie circense que desarrollaría luego, fueron obras que Pablo pintó en París, anticipando lo que enseguida daría de sí su época azul en Barcelona: sangre, sudor y lágrimas en pos del estilo propio, capaz de tapar la boca a quienes le acusaban de ecléctico en pintura. Una travesía del desierto anímico que a Pablo le encontró trabajando, pero, eso sí, cuidado y mantenido por su familia. Y él, que se las había prometido felices, años antes, independiente y viviendo del arte... Las escenas de vida alegre desaparecieron en 1902 de su taller, ahora en Barcelona, una ciudad que perdía nivel de vida por momentos, dejando ver cada vez más desarrapados en sus calles. De ahí que el prototipo de la madre tan devota como menesterosa, así como la prostituta degradada, se hallaran entre los motivos pictóricos que manejó en el *atelier* de Ángel Fernández de Soto, donde se instaló con otro pintor de nombre Roquerol: el taller de la calle de la Merced, cerca de la denominada Conde del Asalto y las Ramblas. Pablo se levantaba tarde los días de aquel invierno y caminaba por las calles estrechas del centro hasta su lugar de trabajo, a eso de las once. Trabajaba hasta la hora del almuerzo en Els Quatre Gats y, tras la sobremesa de tertulia, volvía al taller, del que regresaba con la noche cerrada a casa de sus padres, buscando acción, de café en café. Por tanto, algunas madrugadas se las pasaba en blanco, charlando o tomando apuntes rápidos sobre tal o cual escena espontánea, en el primer papel que encontraba a mano.

Acaso por ello y porque Barcelona carecía de la oferta parisina en materia de pinacotecas y galerías de arte, las salidas de Pablo se reducían a beneficio de su disciplina laboral. Apenas si le interesa en Barcelona lo que pudiera mostrarse en la galería Parés y la escultura policromada del país, mal iluminada en los museos y escondida, la mayoría de las veces, en los chaflanes de iglesias abiertas al culto.

Pablo había pedido tiempo muerto a quienes les rodeaban. Carecía de energía con la que relacionarse. Necesitaba la poca que tenía para crear y prueba de ello fueron las caricaturas que propuso a sus amigos de Els Quatre Gats, una vez rediseñada la versión a pluma del *affiche* con clientela elegante que en su día pintó para el local. Esta vez dominaba él mismo en la escena, con sombrero y bastón, dejando en segundo plano a su regidor Pere Romeu, cariacontecido y fumando en pipa, a Jaime Sabartés, Ángel Fernández de Soto y dos clientes más, acompañados de perro. «Se sirve de comer y de beber a todas horas», podía leerse a pie del dibujo...

A renglón seguido, puño y letra del mismo pintor andaluz, comenzaron a circular por la taberna viñetas de quienes no aparecían en aquel retablo... A Santiago Rusiñol y Ramón Casas les dibujó bajo aspecto de ancianas. Al pintor Sebastia Junyer, blanco propicio de sus burlas, le convirtió en torero grotesco, en artista romántico ataviado de faldones y en rapsoda angelical armado de arpa y pergaminos. Lo merecía su cara de pan con mostacho negro... Es más, al pobre Sebastia se le reconocía, también en aquellas obras, ofreciendo frutas a una odalisca travestida en enorme negrazo... Toda una caprichosa versión que le operaba al cuadro *L'Olimpia* de Manet. Una escena de cama en la que el propio Pablo tuvo a bien colarse, desnudo... Tanta era la necesidad que el malagueño tenía, en suma, de zaherir, de escupir veneno y arrancarse espinas del alma, pinchando a los demás. Porque la procesión iba por dentro... Se encontraba desasosegado, inquieto, deprimido.

Característicos del año 1902 en Barcelona son los croquis rápidos que Pablo trazó, con mano maestra, sobre papel, a falta de dinero para lienzos y bastidores. Asociaciones fortuitas de dibujos, que parecen fruto del ejercicio pictórico más abigarrado y automático, con *leitmotivs* de lo más variados cruzándose en todas direcciones. Extraordinarias siluetas de desnudo femenino, como la de una mujer postrada, con un cráneo bajo su corazón y una flor roja saliendo de su sexo. Sin embargo, dado el aprovechamiento que Pablo hacía de cada soporte sobre el que pintar, el tema principal de aquella lámina fue un mendigo sentado junto a su perro, al que deja caer limosna el arquetipo de burgués orondo, no lejos de donde otro personaje se muestra con peluca negra y tocado egipcio.

Pablo trasladó al papel su confusión y contradicciones anímicas. Aun así, no todo es batiburrillo en la producción anárquica y artesanal que desarrolla, a estas alturas de su carrera. Guardó Pablo láminas en blanco para la *vedette* reina del Paralelo barcelonés y a tales papeles le encontraba abrazado Jaime Sabartés una mañana en casa de sus padres. Había ido a buscarle tal como quedaron, pero Pablo roncaba después de haber pasado la noche en el *music hall* de la Chelito, una belleza que al menos podía «poseer», trasladando la sinuosidad de sus movimientos danzantes al papel...

El período azul que Pablo afrontó habría acabado con su talento en el ostracismo, caso de no haber vivido en una ciudad costera, frente al Mediterráneo, también azul... Por eso, Pablo se alivió momentáneamente, como quien se masturba, pintando la tela titulada *Mujer y niño al borde del mar*. Se alivió, feliz ante todo de tener a mano una tela en la que pintar. No difería su tono escultural del que usaba en sus escenas de taberna sórdida, pero al menos su pincel recuperaba un punto de luz... «Azul cielo raso de los pobres. Azul en el cielo del paladar para quienes, puestos a comer, no se comen sino la cabeza. Azul pescado que no se multiplica en el milagro de los panes y los peces. Azul Danubio que no le cuenta al Sena sino penas negras. Azul sangre de príncipe destronado. Azul tumefacto en el pincel de Pablo Ruiz Picasso»... Así rezaban los versos que, por entonces, Kiner di Pontrémoli le hizo llegar en una nota manuscrita a su casa, especificándole día y hora del mes de mayo, para ver el amanecer desde el puerto. «Yo estaré allí escuchando cuanto tiene que decirte el mar. Si no vienes, le guardaré el secreto y nunca lo sabrás», añadía la nota. Hacía tiempo que Pablo no hablaba de tú a tú con aquel poeta de la extravagancia y le intrigó que conociera los derroteros que ahora llevaba su pintura. ¿Dónde la habría visto expuesta? Tal vez los amigos comunes le contaban sobre ella, preocupados por su estado melancólico y huidizo... Kiner parecía querer platicar sobre su pintura, así que Pablo se planteó acudir al encuentro matutino, si el cuerpo le aguantaba hasta un minuto antes de farra.

—A punto estuve de no venir. ¿No se te ocurre otra hora a la que quedar? Me dolía la cabeza horrores, después de pasar la noche tomándola por ahí —le dijo Pablo a modo de saludo, cuando llegó hasta el rompeolas donde le esperaba Kiner.

—Fíjate en lo frágiles que somos. Nos duele simplemente la cabeza y todo el cuerpo se nos resiente —contestó el poeta, sin apartar la vista de la marea.

—Y tanto...

—Lo milagroso está en que caminemos cada día sobre dos pies, sin aparente esfuerzo. Milagro es que todo ande equilibrado en nosotros y no pongamos la voluntad en respirar, amigo mío. Yo apuesto por ver crecer la hierba. Por plantar una piedra para que nazca un roquedal... Me he convertido en un ser primitivo, vagabundo y carroñero incluso. Me alimento de sobras en mi casa, porque creo que el metabolismo humano las dignifica. Te recomiendo esa profesión... El cerdo que mejor jamón ibérico da se alimenta de sobras, no de bellotas...

—¿De qué me hablas, descerebrado?

—Te preguntarás si no me correspondería ser vegetariano, con tales arranques de mística... Pues no. ¿Para qué comer verde, si ya lo comen para mí los herbívoros que me meto en el cuerpo a filetes? Soy el último eslabón de la cadena alimenticia montada por la madre naturaleza, el resumen en el paladar de su ciclo completo.

—Vale... ¿Y quién te devora a ti antes de que lo hagan finalmente los gusanos?

—Me come el gusanillo, chico. Hazme caso. Te lo repito, Pablo: el cerdo que mejor jamón da se alimenta de sobras...

—¿Me estás llamando cerdo, acaso?

—No voy a ofender al pobre animal... Bastante desprecian su carne por impura las grandes religiones. Tu egocentrismo se debe convertir en ciencia. Si con él ni siquiera sabes sacar partido de ti mismo, apaga y vámonos. Apaga este amanecer y dedícate a compadecerte y autodestruirte.

—No estoy para filosofías ahora... Me duele la cabeza.

—Las llamas apuntan al cielo flores gualda, anaranjadas y rojas, sobre tallo de savia azul. Saca el infierno que llevas dentro pintando. Moja el pincel en el mar o en el cielo para hacerlo habitable...

—Estás sembrado a estas horas de la mañana. ¿Cuántos cafés llevas en el cuerpo?

–La vida es el camino más largo hacia la muerte, Pablo.

–Estoy enfermo, Kiner. Compadécete de mis entendederas...

Entre tanta sentencia apocalíptica, metáfora y metonimia, Kiner acababa de dar en el clavo. «A este paso –pensó Pablo al separarse de él–, puede que acabe como mínimo hipocondriaco, si no desquiciado.» No tenía sentido que la profunda comprensión del dolor humano que presumía poseer acabase debilitándole así. No era justo, ni necesario... ¿Qué beneficio reportaba a las putas y los pobres de las Ramblas pintándolos y deprimiéndose al hacerlo? ¿Se mejoraban así las condiciones abyectas en las que vivían, responsables además del vacío estético y expresionista en el que se ahogaban? Quizás por eso sus autorretratos del pasado, los que se pintó con aires de guapo o despistado, parecían envejecer cada vez que los volvía a contemplar Pablo... Por tanto, empezó a dibujar parejas solazadas. A veces apasionadas entre sí. A veces sólo desnudas... Y, al poco, atreviéndose a escribir en francés, con más o menos corrección, reanudó la correspondencia con los colegas de París. En concreto, con Max Jacob, al que debía carta desde hacía tiempo: «Muestro lo que hago a mis amigos artistas de Barcelona, que lo encuentran con demasiada alma y poca forma. Me resulta difícil relacionarme con tal ralea. Escriben libros malos y pintan cuadros peores, imbéciles ellos. Así es la vida (...). Max, quiero hacer un cuadro de estos dibujos que te envío, donde aparece una puta de Saint-Lazare y su madre. Envíame cualquier cosa escrita por ti, para publicar en *Pel y Ploma*».

Pablo seguía colaborando asiduamente con la revista de Rusiñol. Por eso quería renovar sus contenidos con ismos parisinos. Por otra parte, en la carta a Max Jacob incluía ilustraciones taurinas y hasta un nuevo autorretrato bosquejado, con sombrero negro, pantalón estrecho y bastón. Más aún, en la misiva «amenazaba» con dar vida a *Las dos hermanas*, formidable lienzo sentimental y crudo que pintaría ese mismo año, adaptando la influencia formal recibida de El Greco a la atmósfera dramática que respira su cromatismo. Sin embargo, ello no impidió la apreciación que, en esos momentos, el crítico Félicien Fagus dedicó desde París a los pintores españoles, en cuya nómina le incluía sin más: «Ellos no tienen todavía a su gran hombre, al conquistador que todo lo absorbe y renueva, hace partir todo de él y fabrica un universo iluminado –escribía Félicien sin reparar en el talento de Pablo–. Se acuerdan a menudo de Goya, Zurbarán y Herrera. Se asombran con Manet. Monet, Degas, Carriere, nuestros impresionistas...».

«¿Cuándo abriría los ojos el mundo a su galería de mártires, santos y monstruos interiores?», se preguntaba Picasso, más alejado que nunca del sentir general en el arte de su época. Sus tribulaciones hubieran seguido hundiéndole en sí mismo, de no ser porque en octubre de 1902 recibió una carta certificada que le devolvió al sentido de la realidad ipso facto. La patria le llamaba a filas como a cualquier mozo de su quinta, pendiente como estaba de cumplir el servicio militar obligatorio... Entonces, le tocó movilizarse por su cuenta propia, antes de acabar cual títere en manos de un estamento que no reconocía sensibilidades a su paso marcial. Como siempre que estaba en aprietos, recurrió a su madre y doña María fue su tabla de salvación, otra vez más. Una madre a la que años atrás había retratado avejentada, con menos de cuarenta años, que continuaba siendo su mejor aliada en la familia.

–Mamá, no quiero ir a la mili.

–Todos tus amigos se han incorporado a filas, hijo. ¿Por qué tú no?

–Tengo que pintar, mamá. Ya sabes que no es un problema de valentía, que me fui a París solo, con apenas dieciocho años –argumentó Pablo, ocultando que la idea de ser soldado le producía tanto miedo como el que sentía de niño al maestro, sentado en un banco del aula–. ¿Por qué no hablas tú con tío Salvador? Sé de buena tinta que me libro si alguien paga dos mil pesetas al gobierno militar. ¿No prefieres verme en casa que visitarme en un cuartel, sabe Dios dónde?

–¡Qué va a pensar del patriotismo familiar el tío!

–Anda, mamá, hazlo por mí...

–No estoy nada convencida de que sea bueno. Dicen que en la mili se hacen hombres de provecho...

–¿Y si España entra en guerra otra vez con los americanos y me matan?

–Dios no lo quiera, hijo.

–Mamá, por favor.

–Si tú crees que es lo mejor, intercederé por ti. Pero que no se entere antes de tiempo tu padre. No creo que le siente bien tu decisión.

–Gracias, mamá. Te quiero y tú lo sabes.

Dicho y hecho. Los ruegos e intercesión de doña María ablandaron el corazón de tío Salvador, que pagó religiosamente la exención militar de Pablo, sin arengas mayores acerca de su cobardía. «Mejor así a que se nos vaya a declarar prófugo en París», se limitó a comentar, sacudiendo la cabeza en señal de desaprobación, seguida de consentimiento. «Mira su amigo Manolo Hugué. Tardará muchos años en poder volver a España y nunca lo hará con la cabeza bien alta. Mejor así que no prófugo en París –repitió tío Salvador–. Porque, María, no te quepa duda de que el chico se os va otra vez a Francia, en cuanto tenga la cartilla militar sellada.»

Cuánta razón tuvo en aquellas palabras el jefe natural de los Picasso... No pasaron ni dos meses desde aquella conversación y ya Pablo soltaba amarras, liando a Sebastia Junyer para que le acompañara en su tercera aventura parisina. Esta vez debían salirle las cosas bien, se dijo a sí mismo. El arte con mayúsculas tenía que liberarle de obsesiones. No podía seguir sintiendo la injusticia social que se respiraba en Barcelona, piel adentro, como epidemia de lepra: un temblor de tierra que no arreglaban las huelgas.

Tenía que descansar en paz, además, la memoria de Carles Casagemas. En cuanto a la sífilis... nada indicaba hasta ahora que la tuviera. Y, por lo demás, Jaime Sabartés, su fiel Sancho Panza, permanecería en Barcelona, para avisarle si algo le llamaba urgentemente a volver: una exposición que se le organizara por sorpresa, la mujer de su vida paseando frente a la casa familiar, el gran mecenas que esperaba le aviara económicamente de un plumazo... Nunca se sabía por dónde podía saltar la liebre.

8

PARÍS BIEN VALE UNA MISA...
DE RÉQUIEM

Nadie le esperaba en la estación de Austerlitz al llegar. No tenía ningún *atelier* reservado. A la tercera va la vencida, dice un refrán, que se hizo bueno demostrando a Pablo cuán difícil lo tenía como artista independiente en París. Allí tocó fondo esta vez. Pasó los tres meses más agobiados económicamente de su existencia, gastándose de antemano el poco dinero que poseía al pagar el tren en el que llegó y una habitación en el Hôtel des Écoles, barrio latino adentro. De ahí que pronto cambiara de residencia, volviendo a Montmartre, para alojarse en la pieza más barata que encontró: una mansarda en el Hôtel du Maroc, compartida además con el escultor Sisket, a la espera de vender cuanto antes alguna tela a través de Ambroise Vollard o la galería Durand-Ruel.

Los marchantes de la Rue Lafitte, sin embargo, ya no estaban interesados en su obra. Los dioses y protectores de antaño le habían abandonado. No parecía haber clientes para los lienzos de su período azul. Si el primer viaje a París fue todo desenfreno universitario y durante el segundo se había visto en puertas de consagrarse como artista, con este tercero, en cambio, nada indicaba que la fortuna le fuera a sonreír. No había pasado un fin de semana todavía en la capital francesa cuando su presupuesto de manutención se agotó, en la estancia sombría y exigua del Hôtel du Maroc. Una pieza en la que Pablo no podía transitar de pie hasta que el escultor con quien la compartía se acostaba en la cama. Es más, a pesar de todo, nunca había lugar donde poner las telas que el pintor malagueño acumulaba. Poco le valía, pues, que la Rue de Seine donde se hallaba el hotel abundara en librerías y marchantes... Y, por las mismas, se entiende que Pablo buscara esos días espacios abiertos donde explayarse, visitando más que nunca el Museo del Louvre. La pobreza material se había trasladado de los cuadros que pintaba a su propia vida, con lo que, en adelante, debía defenderse al menos de la pobreza espiritual... Un abismo al que le empujaba la relación que mantenía con la colonia española instalada en su misma Rue de Seine, buscavidas y mezquina por demás. Tenía que andar con cien ojos para que ningún compatriota le robara en un descuido el *croissant* que desayunaba con el café. Alguno había comprado ya en la tienda de ultramarinos, abriendo cuenta de crédito a su nombre... No se le ocurría abrir ya su mansarda a ninguno de ellos, desde que notó que le faltaban pinceles, tras la última fiesta organizada en ella. «Aquí, el que no corre vuela», pensó. Es más, hasta había recibido propuestas deshonestas de algún paisano, a falta de mujeres con las que animar sus noches al calor del vino barato. Así se explica, por otra parte, que Pablo se pintara desnudo, aterido y desamparado, por aquellos días, en su enésimo autorretrato.

También el crítico de arte y poeta Max Jacob pensaba que Pablo era bello, brillante el pálpito de sus ojos y una caricia su cabello... Pero sus piropos correspondían a los de un *gentleman* respetuoso. Cariño de homosexual, eso sí, perfectamente respetuoso hacia su heterosexualidad. Max era calvo, corto de estatura y lucía un monóculo que le otorgaba doctorados en leyes o anatomía, con independencia de que hiciera valer su sensualidad femenina. Sin embargo, Pablo nunca lo consideró un peligro para su integridad y, en consecuencia, aceptó pronto la invitación de compartir vivienda que le había extendido, viéndole agobiado. No es que el quinto piso de Max Jacob, en el 137 del Boulevard Voltaire, fuera gloria bendita. Se trataba de una *chambre* con altillo... Pero más estimulante que el lugar del que venía Pablo, desde luego, era. Sólo una cama tenía la pieza, sobre la que Max dormía de noche y Pablo de día. Con todo, la buena voluntad de los contrayentes hacía posible y llevadera la convivencia.

«Mi homosexualidad es un accidente atroz. Un desgarro en la falda de la naturaleza, mi pequeño muchacho...», solía decirle Max a Pablo, con la autoridad que le daba no precisamente su altura, sino los cinco años de edad que le llevaba. «Max, lo tuyo es la poesía. Ni la pintura, ni la afectación de los mariposones», le contestaba el artista malagueño, considerando por primera vez en su vida perfectamente natural y comprensible la inclinación sexual de su amigo. Porque, antes que nada, Max Jacob se definió con él enseñándole poesía francesa y las estrechas relaciones que existían entre letras y pintura, en tanto que disciplinas artísticas complementarias. El poeta judío le descubrió la metáfora, además, como figura literaria idónea para captar el mundo desde su sensibilidad, hasta que Pablo pudo entender que siempre había sido su herramienta, a la hora de saltar por encima del espacio y el tiempo con su pintura. La lógica, la razón y el sentido común no eran sino armas en manos del enemigo, con vistas a reducirle, explicó Max a Pablo... La razón bien podía estar personificada por su padre, aconsejándole cuanto había que hacer para vestir el traje del artista respetado. Las buenas maneras gobernaban el mundo, bajo una estratificación social a todas luces injusta. Y, en definitiva, de hacer caso al sentido común, jamás hubiera abandonado Barcelona para intentar el asalto a la Bastilla artística de París no una, ni dos, sino hasta tres veces... Claro que, bien mirado, a lo mejor iba siendo hora de apelar a él, al sentido común, para poner coto y límites a tanto afán de conquista... ¿No se hacía notar también su ambición en la trastienda de las depresiones que sufría?

En absoluto corrían buenos tiempos para la lírica aquel fin de año de 1902. A los tres años de su asentamiento en París, Max Jacob era ya un crítico ilustre, temido y respetado, pero se ganaba la vida trabajando en unos almacenes. Por eso, el día que le echaron de allí hubo llanto y crujir de dientes... Y, al poco, la indigencia llamó también a su puerta en el Boulevard Voltaire. Empezó a faltar lo básico para cocinar siquiera unas gachas. Así que Max y Pablo se acordarían durante mucho tiempo de la *boucherie* del barrio que colgaba, entre barras de *fuet* impagable, la mayor salchicha imaginada por sus estómagos. La mayor salchicha de origen alemán, a precio increíblemente barato. Pasaban los dos por la calle, la vieron, se miraron y, sin decirse palabra, al alimón, dieron a rascarse los bolsillos buscando desesperadamente los últimos céntimos que aún les pudieran quedar. Pero resultó que no tenían bastante calderilla para hacer sus sueños realidad...

–Tú espera aquí y monta guardia, para que nadie más que nosotros compre esa salchicha. Subo en un tris a casa. Allí tiene que haber monedas perdidas entre los papeles y cuadros o bajo la cama –le alentó, todo resuelto, Max a Pablo.

–Date prisa. Voy hablando con el carnicero para que nos la envuelva.

No tardó Max ni diez minutos en volver, pero a Pablo se le hicieron eternos. Minutos segregando jugos gástricos que se le atragantaban y amenazaban con cortarle la digestión de lo no ingerido en las últimas treinta y seis horas, cada vez que alguien entraba en la tienda y examinaba aquel trofeo de carne. Porque el dependiente se había negado a envolvérsela, si no la pagaba en aquel mismo momento.

–Ya está, Pablo –entró jadeando en la carnicería Max–. Aquí están los veintitrés céntimos que necesitamos para la salchicha.

–Por favor, ahora sí, descuelgue esa joya para nosotros –pidió Pablo, como quien pide la extremaunción a un sacerdote.

–Tengan, señores, que a ustedes les aproveche.

Corrieron los dos a la *chambre*, calle y escaleras arriba, tan rápido como les permitieron sus piernas. La desenvolvieron, encendieron el hornillo, pusieron la sartén sobre un quemador con tres gotas de aceite y, acto seguido, la salchicha enroscada en la sartén.

–¡Lástima que no tengamos para pan y vino con que acompañar esta bendición de Dios! –exclamó Pablo.

–No importa. Esta vez comulgaremos sólo con una salchicha. Cuerpo de Cristo. Carne de su carne... –le respondió Max, místico como nunca por tanto ayuno forzoso.

La salchicha comenzó a dorar su piel a fuego lento y, entonces, Max le aumentó la llama a la sartén, para freírla más rápido. El hambre se les hacía insoportable, a la vista de aquel manjar...

–Max, no sé si veo visiones –planteó Pablo–. Lo normal es que la carne mengue al freírse, que suelte jugo, ¿no? Pero esta salchicha crece de tamaño a medida que se calienta...

–¡Es cierto! No apagues el fuego, a ver si se nos vuelve pata de cerdo.

–¿Tú crees?

El aceite se les consumía en la sartén, la *chambre* comenzaba a inundarse de humo y, cuando Pablo se dispuso a retirarla del hornillo, considerando la salchicha sobremanera hinchada, a punto de chamuscarse, ¡pum!, el embutido explotó en mil pedazos, esparciendo pellejo por doquier. ¡Pum!, esparciendo fibra viscosa por paredes, claraboya, cama y cuadros almacenados, hasta dejar la mayor pestilencia en el aire... Esa que suele hacerse mal sabor de boca, con la digestión pesada del fiambre más graso. ¡La salchicha estaba hinchada de aire! Si al menos les hubiera sentado mal a sus estómagos...

Decir que el infortunio se cebaba con el poeta y el pintor era poco. Les había mirado un tuerto. ¿Podía Germaine haberle echado mal de ojo, ofendida por la manera en que se apoderó de su cuerpo hace un año? ¿No sería, la posesión del pañuelo, por cierto, lo que acarreaba tanta desgracia? ¿No tendría que haberlo pasado ya a otras manos?, se preguntó Pablo. Tentado estuvo el pintor de confiarle sus sospechas y miedos a Max, pero no lo hizo. ¿Qué iba a pensar aquel intelectual de él? No lo hizo ni la madrugada en que se asomó al balcón de la *chambre* que ocupaban, con los pensamientos más negros en la cabeza.

–¿Y si nos tiramos desde este quinto piso a la calle, Pablo? Seguro que así se acaban nuestros problemas –propuso Max desde la cama.

–Vaya, se me estaba pasando por la cabeza la misma solución.

–Sería un buen final para nuestras penurias. Y, además, sellaría del modo más romántico el amor que te tengo...

Por primera vez Pablo escuchaba a Max declarársele. Siempre había evitado exquisitamente las insinuaciones que pusieran en tela de juicio su camaradería, pero se le acababa de soltar la lengua... Quizás la desesperación o las privaciones de alimento le desinhibían. Tal vez lo pedía la solidaridad entre dos desgraciados como eran ellos. Lo cierto es que aquella propuesta de suicidio incomodó a Pablo, por sus implicaciones... No le faltaban ganas de acabar con su vida de perro sin olfato, pero la idea de estamparse contra la *rue* abrazado a Max le repugnó. Y el qué dirán de los transeúntes que les fueran a ver, empapados en el mismo charco de sangre. El uno se rompería el cráneo. El otro, tal vez el tórax. De cualquier forma, la sangre se les mezclaría. Adquirirían para los restos la misma consanguinidad que había logrado de él, años atrás, el gitano encontrado con Pallarés en Horta de San Juan. Aquel que desenfundó su cuchillo, se abrió las venas de la muñeca e hizo lo propio luego con él, para certificar una suerte de hermanamiento con visos de boda. El episodio en el recuerdo aún le resultaba confuso y un punto vergonzante...

—Se nos acaba de ocurrir a los dos la misma idea. Y si la llevamos a cabo, a la hora de morir, perderíamos la originalidad de la que nos jactamos el uno y el otro. No debemos permitirnos ideas tan paralelas, por muy bien que nos entendamos. He aquí una buena razón para no suicidarnos por esta vez, Max. Carles deberá esperarme algún tiempo más en el averno... Siempre tendremos razones para suicidarnos, tú tranquilo.

—¿De qué Carles hablas?

—Olvídalo, Max. Cosas mías.

Max Jacob era un asiduo consumidor de éter y cuanto estupefaciente y alucinógeno cayese en sus manos. Pero ni semejante portazo a la realidad podían los dos amigos permitirse, por esas fechas. Es más, Pablo se negó a que Max, nigromante en sus ratos libres, le echara las cartas del tarot. No quería en aquel momento predicción alguna de futuro, que se le antojaba negro como la piel del toro más zaino. Negro y, curiosamente, brillante, como su piel... Puestos a escapar del entorno que le ahogaba y a tomar las riendas de su destino, lo mejor era volver a España... Era lo mejor y así lo hizo de nuevo Pablo para pasar el fin de año a cubierto, en compañía de la familia. Sangre de su sangre, maldita sea, que no había elegido tener. Al menos entre los de su apellido comería caliente. Comería, al menos... La euforia irracional que a Pablo conducía hacia la bohemia y el arte en estado puro conocía límites. Los encontraba cuando se daba de bruces con el sentido práctico necesario para sobrevivir, del que también estaba dotado. Un sexto sentido que acudía en su auxilio cuando las musas, el ángel de la guardia y la buena estrella que creía poseer se largaban de vacaciones navideñas, como era el caso. Por tanto, no deshizo sus planes de huida cuando la víspera de tomar el tren hacia Barcelona logró vender *Mére et enfant sur la plage*, el primer cuadro en tres meses de estancia parisina. Los doscientos francos que cobró por el pastel se los ofreció a Ramón Pichot, para que le guardara en su *atelier* las telas que sacaba de la *chambre* desahuciada en el Boulevard Voltaire, que había compartido con Max. Manos le faltaban para llevar consigo a Barcelona tanta pintura propia, cuadros pequeños, en su mayoría, que nadie estaba interesado en coleccionar. Y eso que muchos de sus cartones y papeles con croquis y hasta dibujos terminados habían sido pasto de las llamas... Hubo de quemarlos para calentar la estufa, en la *chambre*, cuando llegaron los fríos a la capital del

Sena. «La belleza siempre se sacrifica a la salud», pensó entonces, tratando de ponerle a su decisión palabras mayores que
le consolaran, epitafio y sentencia digna de pasar a la historia. ¡Estaba siendo capaz de echar al fuego sus dibujos!
¡Dibujos, algunos de los cuales no hubiera vendido por todo
el oro del mundo!

9

BARCELONA, BUEN LUGAR PARA NO DESFALLECER

Tan agotado del viaje y famélico llegó Pablo a Barcelona que apenas dijo palabra hasta no verse entre las sábanas del cuarto que seguía teniendo en casa de sus padres. Entonces, se limitó a dar las buenas noches a su madre, la más preocupada de la familia por el estado en el que su hijo venía de París. «Parece que volvieras de las trincheras, hijo. ¿Tan mal te fue allí? Bueno, ya contarás mañana. Descansa.» Sin embargo, lo primero que hizo Pablo al despertarse fue bufar y más que eso: bramar, montar en cólera, al comprobar que su madre le había limpiado la chaqueta de polvo y encerado los zapatos, hasta dejárselos brillantes...

–¡Cómo se te ocurre limpiarme nada sin consultarme antes!

–¿Qué pasa, hijo? Venías hecho una calamidad.

–¡Era polvo de París lo que has cepillado!

–El polvo es polvo en cualquier parte, ¿no? ¿Cuál es el problema?

–Mi porquería es sólo mía, coño. Y si alguien ha de limpiarla, soy yo.

–No te consiento palabras malsonantes en casa.

–Qué palabras malsonantes ni qué leches...

–¿Qué ocurre? ¿Qué escándalo es éste? –preguntó don José, desde el pasillo, al oír gritos.

–Nada, José, nada –se adelantó a responder su señora, medio gimiendo, abandonando la alcoba de Pablo y cerrando tras de sí la puerta.

¿Cómo iba a comprender su madre la importancia del polvo parisino? ¿Cómo? El mismo polvo impregnado en sus zapatos por el que Ambroise Vollard le había mirado de reojo durante su última visita a la galería, polvo que allí le daba aspecto de *clochard*, resulta que en Barcelona era mágico: un signo de distinción... Ni él mismo sabía por qué atribuir tanta importancia al polvo parisino, con lo mal que lo había terminado pasando en la capital gala. A pesar de todo, algo le decía que no podía desprenderse de él, así como así, en Barcelona. Porque perdiendo aquel testigo del andariego en París no se quedaba sino en pintorcillo de provincias llegado a la capital catalana, donde apenas un puñado de amigos le comprendían... Semejante confusión sentimental le duró a Pablo algún tiempo. De ahí que, hacia el mes de mayo, escribiera a su amigo Max bajo estos términos: «Mi viejo Max, pienso en la habitación del Boulevard Voltaire y en tortillas, judías, queso de Brie y patatas fritas. Pienso en aquellos días de miseria y me pongo triste».

Viviendo de prestado, ciencia en la que ya era doctor, nada más pisar tierra peninsular Pablo se acomodó en el taller de Ángel Fernández de Soto. Y, por toda renta, recompensó a su colega dedicándole una acuarela silueteada de tinta china, en la que aparecía intercambiando masturbaciones con una cabaretera. Ángel tenía libre la mano derecha en esa acuarela, detalle que no pasó desapercibido a los amigos, luciendo como lucía un guante... No un guante de amaestrar halcones, sino el único que le correspondía del par comprado a medias con Pablo, para resguardarse del invierno en la Ciudad Condal. Tan escaso de recursos se veía Ángel Fernández de Soto por aquella época. Tan paupérrimo como Pablo, que volvió a España, a costa incluso de pasar frío también con un solo guante. No le daba la economía para más y se acostumbró a pasear por las Ramblas con una mano en el bolsillo y la otra enguantada a la intemperie, en su caso la izquierda, destinada a gesticular lo que hiciera falta para que nadie le tuviera por artista fracasado en París...

Pablo no tenía otra forma de pagarle el hospedaje a su amigo que con un *portrait*. Pero, allí, en el taller de Fernández de Soto, es donde concibió *La familia Soler*, quizás el cuadro más grande, ajeno y autónomo de su época azul, esta vez en pago al sastre que continuaba engrosándole el ropero de balde. Hablamos de una escena costumbrista que le representaba comiendo con su familia, en las antípodas de la carga sexual que el malagueño quería recuperar para sus telas. Su fondo desarrollaba un bosque convencional que ni siquiera Pablo acabó, acaso por desgana, encargándole a un amigo que lo hiciera por él. Sin embargo, cuando diez años más tarde el marchante y galerista Kahnweller adquirió *La vida* y se lo mostró a Picasso antes de revenderlo, el pintor no dejaría pasar la ocasión de corregir su fondo bajo parámetros cubistas. Es más, no contento con ello, lo oscureció del todo, antes de que el cuadro acabase en el Museo de Lieja... Nada que ver con los tonos y texturas que durante el año 1903 le ocupaban, en plena carestía y período azul de su pintura.

El arte de Pablo Picasso era calificado de sentimental, solidario y tierno, cuando sus obras taciturnas obedecían a crisis nerviosas. Fue entonces, sintiéndose hombre y débil, doblemente débil, cuando frente al todopoderoso género femenino dudó

hasta de su propia identidad sexual. Y, puestos a dibujar mujeres, vino a tomar nuevamente como modelo para sus lienzos a
las de la familia, como ya hiciera con su hermana Lola, dos años
antes, a sus espléndidas diecisiete primaveras. Porque, además,
aunque se forzó a volver sobre los desnudos femeninos que siempre habían reinado en su producción, apenas pudo trazar alguno sin descargar mala bilis en la tarea. Tanto es así que, al pie
de uno de ellos, no pudo resistirse a escribir: «Cuando tengas
ganas de joder, jode». Y con ello aludió a la aversión que empezaban a producirle las relaciones sexuales, lo que tampoco fue
óbice para que, a cada tanto, sus veintidós años le pidieran guerra muscular de cintura para abajo y rodillas para arriba... Pablo
seguía excitándose como un toro...

¿Sería la sífilis, que, como la rabia, provocaba sed y, al mismo tiempo, hidrofobia? A Pablo le habían contado que los sifi-
líticos tenían frecuentes y dolorosas erecciones, lo cual aumentó sobremanera sus arrebatos hipocondríacos. Es más, en el
colmo de su neurosis y confusión mental, no vio otra manera
de descargar su volcán interior de ira, remordimientos y obsesiones que autorretratándose bajo la apariencia caricaturesca
de un simio. Tan monstruosamente pecador se sentía frente a
los crucifijos y almanaques marianos que en la casa de sus padres
se colgaban por doquier. De hecho, por esos días dibujó a Cristo
crucificado en su *Visión celeste*, en tanto se «consolaba» pensando gráficamente, dibujando sus pensamientos y entendiendo así que sólo un hombre de verdad podía verse a sí mismo
como un sátiro o mono libidinoso...

–Me conmueve *El viejo guitarrista* que has trazado al estilo
manierista de El Greco, querido Pablo. Anticipas los ejes de un
estilo que puede hacer fortuna en el futuro, sobre naturalezas

muertas. Desprende melodías tu guitarrista... –le comentó Kiner
di Pontrémoli a Pablo la última vez que se vieron, tras haber establecido con él, a lo largo de los años, cierta complicidad verbal.
Y es que la suya era una manera de entenderse cifrada en encuentros furtivos y espaciados en el tiempo, pura coincidencia en
tertulias, inauguración de exposiciones o fiestas de amigos comunes, que les daba para tratarse como si se vieran a diario.

–¿Por qué no te dedicas a pregonar mis cuadros por ahí? Lo
haces muy bien. Con tu labia, los venderíamos todos... –le propuso Pablo, que tenía a Kiner de invitado a café en su *atelier*,
con el propósito de dejarle hablar por ver si de su exégesis, fantasía y verbosidad se desprendía alguna luz que le descifrase el
sentido de los propios cuadros que pintaba. Cuadros que, en
ocasiones, no se explicaba ni a sí mismo.

–Voy a desaparecer de tu vida y sólo puedo darte ya mi bendición. Llegarás lejos... Claro que no más que yo, que soy un
hombre sin pasado, pero del futuro.

–Es cierto que nunca dices adónde vas y menos de dónde
vienes. ¿Por qué?

–Para no caer en sentimentalismos como los que inyectas tú
en telas como las que titulas *El goloso* y *El niño con la paloma*,
expresión de un pasado romántico que te hubiera gustado tener.

–Pero son cuadros en los que existe tratamiento psicológi-
co de la infancia y densa pincelada a lo Van Gogh, para compensar las debilidades que me permito.

–La psicología avanza a pasos agigantados, por su propio
camino científico.

–Nada me parte el corazón como los niños mugrientos,
pobres, deformados o enfermos que se ven por Barcelona...

–Pues monta una institución de caridad, entonces. Socórrelos
de veras.

–¿Qué te parece *La chica del moño* recién sacada de mi horno?

–Más dramatismo que te permites, distorsionando y alargando sus manos, como si quisieras sacarlas del cuadro. Más trucos, en fin, para ganarte a quien mira el cuadro, agarrándolo con esas manos por el pescuezo.

–Para mí las manos son muy importantes. Suponen la manera de implicarse en la realidad.

–Sí, está claro que son los oídos del sordo, la lengua del mudo y, sobre todo, los ojos del invidente en tus meditaciones sobre la invidencia. Esas que están presentes en las telas que dedicas precisamente a *La comida de un ciego* y al *Viejo judío*. Tomadas así, a solas y en plena acción, las manos no entienden de pecado ni de culpa, sino de supervivencia laboriosa, con dedos organizados como ejércitos de hormigas. Las manos remiten al instinto de conservación que define al hombre. Son el instrumento cuyas articulaciones nos diferencian de los animales y mueven a transformar la realidad, no a rendirla simplemente tributo a través del instinto.

–Vale, vale, Kiner. No me des sermones sobre lo que pinto. Sabré yo lo que quiero contar...

–A veces sí y a veces tampoco... Déjate halagar, coño... Tu viejo judío se pretende la viva imagen de la sabiduría y la luz interior, acompañado de lazarillo en el cuadro. Revela similar determinación en el mundo el invidente al que haces protagonista de *La comida frugal*. Eres afortunado al haber detectado la gran diferencia existente entre tocar y conocer un objeto a través del hombre ciego.

–Le digo lo mismo de antes, señor poeta. La realidad se me impone. Cada esquina de esta ciudad tiene ciegos, vaya por Dios, que nos ilustran sobre la diferencia entre percibir y comprender la realidad.

–Importante diferencia...

–Ciertos pájaros a los que se les revientan los ojos cantan como ninguno. Pues quizás lo propio habría que hacerle al pintor de raza, para que creara a la luz de su visión interna y esencial.

–Elucubraciones, amigo mío, que nunca verificarás sobre el terreno... ¿O estás dispuesto a que te saque los ojos, ahora mismo, para demostrarme cuánto vales como artista?

–Te bastaría con arrancarme sólo un ojo para hacerme grande... En el país de los ciegos, el tuerto es el rey, el pirata que mejor se ajusta un parche en el ojo inútil, dados los tiempos que vivimos.

Era cierto que España iba de mal en peor. Que la monarquía del veinteañero Alfonso XIII no solventaba el enfrentamiento de Cataluña al Estado central, la debacle de su industria textil, el empobrecimiento de sus clases populares y la bancarrota de valores general en la nación, consiguiente a la pérdida definitiva de las últimas colonias, fuente de materias primas y mercado. Pero, más allá de la realidad interpretada por el lúcido cronista sociopolítico, que veía crecer la hierba, ojo avizor, a Pablo le importaba la percepción del visionario, así fuera artista fuera de la ley, político o simple caballero andante en busca de dama fuera de época... ¿No decían, por otra parte, que suele ser ciego el amor? A raíz de conversaciones peregrinas con tipos desocupados como Kiner, asociaciones de ideas tales ocupaban la cabeza de Pablo, como un avispero. Y es que ahora podía pensar y pintar sin preocuparse de vender nada para comer, puesto que la familia se encargaba nuevamente de su manutención. «Todo sea por olvidarme del fantasma de Casagemas, de Germaine y del fracaso de mi pintura en París», discurría para sí el pintor. «Y de la sífilis que puedo haber contraído, aunque ninguno de sus terribles síntomas se aprecie en mí.» «Todo sea por descubrir pintando, lo único que sé hacer bien, qué hay más allá de mis obsesiones y la depresión que me tiene acogotado»... A vueltas con la sífilis, Pablo no pudo pasar por alto que seguía teniendo el pañuelo en su poder y resolvió dirigirse al barrio chino en busca de la samaritana, para seguir indagando sobre él. No parecía conocer mucho sobre el particular la buena mujer cuando se lo dio, pero nunca se sabía...

–¿Qué tal, guapo? Hace siglos que no te veíamos por aquí –le dijo la *madame* al verle entrar en el liceo del amor, que antaño frecuentara tanto...

–No habéis cambiado ninguna. Seguís tan hermosotas como siempre.

–¿Qué chica te gustaría llevarte esta vez al catre?

–¿Está ocupada la samaritana? No la veo por aquí –quiso saber Pablo, acodado ya en la barra donde otros clientes bromeaban con las chicas.

–La samaritana es ya muy mayor para ti, Pablo. Tú necesitas pantorrillas más prietas. Noto que te hierve la sangre –respondió la *madame* acariciándole la mejilla–. Ven y verás. Te voy a presentar a la Chata...

–Perdone, *madame*. A mí me gustaría estar con la samaritana –insistió Pablo.

–¿Pero qué te dio esa verdulera, niño?

–Arte en la cama. Sabor... ¿No trabaja ya con usted?

–Se retiró del oficio hace un año. Fíjate tú que le tocó la lotería a la buena mujer y trajo champán del bueno para todos, el día que nos lo dijo.

–¿De verdad?

–Sí. Nos vino reguapa ese día, con un collar de perlas que su Jordi le había comprado para celebrarlo.

–¿Sabe dónde puedo encontrarla?

–Cariño, ya no querrá acostarse contigo ni por otro billete de lotería premiado...

–No la quiero para eso. Debo preguntarle un par de cosas importantes.

–Nadie sabe dónde fue a parar. Dejó la ciudad para comenzar una vida nueva, cerca de algún balneario. No sé si marchó para La Toja o para Biarritz.

–Con esas señas me puedo volver loco buscándola.

–Pues es lo que hay. Normal que quisiera dejar este barrio con olores a orín y desagüe, ¿no?

Pablo no podía salir de allí sin noticias sobre la samaritana, así que sacó dinero del bolsillo y volvió a preguntar a la *madame*, poniéndoselo en la mano...

–Necesito encontrar a la samaritana, por favor...

–¿Qué crees, que somos soplones de la policía, niño? ¡No me ofendas! –le increpó la *madame*.

–¿Le parece poco dinero?

–¿A que te suelto una bofetada, payaso? Con esto sobra para que te acuestes con cualquiera de mis chicas. ¡Disfruta y no fastidies más, coño!

–Hoy no vengo a disfrutar de nada.

–¡Pues te has equivocado de sitio! ¡Aquí no queremos ni amargados, ni soplones, ni sabuesos! ¡Lárgate! –le dijo finalmente la *madame*, sin más contemplaciones.

Total, que la samaritana desaparecía de su vida, igual que había aparecido: sin avisar. ¿Le habría tocado la lotería realmente? Pinta tenía de haberse borrado con algún asunto feo en el camino que la *madame* le ocultaba. Cómo fiarse de ella... La samaritana poseía el pañuelo y lo dejó escapar... ¿Habría cambiado su suerte, entonces, para bien o para mal? ¿No sería, por cierto, la sífilis lo que terminó retirándola? Cómo saberlo...

Compuesto y sin novia se quedaba Pablo, que en ese momento sintió cómo el pasado también parecía darle la espalda. La samaritana, ese modelo de madre, amante y buena prostituta. Ese modelo, a fin de cuentas, que alguna vez pintaría, para no olvidarla... Con Carles muerto y la samaritana desaparecida, no parecía quedar nadie en Barcelona que pudiera darle razón del pañuelo. Cuanto le restaba saber sobre él, por tanto, eran sus efectos, una vez saliera de sus manos... ¿Debía darlo a la mujer de la que se enamorara o a la que se enamorase de él? Para saberlo tendría que haber cruzado cuatro palabras siquiera con la samaritana, aclarando lo que llegó a sentir por sus huesos el día de aquel ayuntamiento carnal memorable... ¿Disfrutó especialmente con él y por eso le dio el pañuelo, tras haberlo recibido de Carles, que había vivido a su vez algo especial con ella? ¿Logró Carles hacerse querer por la samaritana y, por tanto, la prostituta aprovechó para soltarle el pañuelo a Pablo, que le requería de amores? Sentirse amada y amar. Amar y sentirse amada... En ambos casos se explicaría que a la samaritana le hubiera tocado la lotería a modo de premio. Pero existían muchas más posibilidades de que la bendición del pañuelo no se hubiera cumplido con ella. Y de cualquier manera, barruntaba Pablo, tales razonamientos no arrojaban luz sobre lo que la suerte podía depararle a la vuelta de la esquina. Acaso sólo necesitaba un gran amor para ser feliz, pañuelitos aparte. Acaso sólo precisaba eso, un gran amor..., como si fuera tan fácil encontrarlo. El pañuelo prometía recompensas en la vida... Claro que, para recompensas, igual le interesaba más dar el pañuelo a quien se la diera en metálico. La samaritana le había insinuado que existía una logia dispuesta a pagar por la prenda de seda. La Goulue se lo había gritado...

Las dudas sentimentales de Pablo condicionaban el uso que pudiera hacer en el futuro del pañuelo, pasándolo a otro destinatario. Pero, si de veras repartía golpes de suerte, él los necesitaba ahora. Al menos uno que le sacara del dique seco en el que se hallaba, pese a seguir pintando... Pablo apretó en su mano la tela de seda que se había echado al bolsillo, con la esperanza de ver a la samaritana. Mientras permaneciese bajo su custodia, como los caballeros medievales custodiaban el Santo Grial, las espadas también estarían en alto. Todas las posibilidades de bienaventuranza se mantendrían intactas para él.

Necesitaba Pablo creer en sortilegios y señales del cielo para tomar determinaciones, antes de liarse otra vez la manta a la cabeza y echarse el atillo al hombro... No estaba para fiarse únicamente de su talento artístico a la hora de abrirse camino... De ahí que escribiera de nuevo a Max Jacob para comunicarle su intención de no volver por París a la vuelta del verano, según acostumbraba los últimos años. No quería seguir huyendo hacia delante. «No habrá buenos propósitos de colegial para el otoño de 1903 –se dijo Pablo–. Parece mentira que mis expectativas se ordenen todavía en formato de curso escolar.»

Sólo el trabajo podía redimir a Pablo, mientras aguardaba a que el sol saliese por Antequera... Y se lo tomó tan en serio que, a principios de 1904, gracias a un préstamo de sus sufridos padres, vino a estrenar taller en la calle Comercio, con más espacio y aislamiento que el compartido con Ángel Fernández de Soto: tenía que almacenar los muchos lienzos que llevaba pintados en los últimos meses.

Puestos a trabajar a destajo, Pablo pintó incluso los muros del nuevo apartamento que Jaime Sabartés también se agenció, próximo al suyo, allí donde el Carrer del Consulado se estrecha y hace esquina. Un taller de dos piezas y cocina al que se accedía por una escalera de caracol raída y oscura. Poco importaba su deterioro, que sus baldosas de barro estuviesen mal cocidas, su falsa viga vista. Tenía muros blanqueados a la cal, sobre los que se aplicó Pablo nada más llegar a la vivienda, con la intención de ilustrar un fresco alegórico de mucho fuste.

–¿Qué tal, Pablo? –le saludó Sabartés, encantado de tenerle para él solo, en aquella tarea. ¡Iba a decorar ni más ni menos que su apartamento!...

–Me sentiré mejor cuando dé colorido a esta madriguera –contestó el aludido, cargado de pinceles y botes de pintura para la ocasión.

–¿Quieres que lo pintemos a medias?

–Ni hablar. Tú déjame a mí.

No despegó los labios en las siguientes tres horas Jaime. No se atrevió. Bastante fascinado estaba viendo a Pablo pintar sin apartar el pincel del muro, concentrado y autista como siempre que lo hacía. Empezó Pablo por dar relieves asirios a los tabiques. Las líneas que trazaba parecían salir de ellos, más que de la voluntad que el pintor le ponía al fresco. Apenas se detenía Pablo para resoplar y respirar profundamente, como olisqueando el aire en busca de ideas... Su facilidad plástica era asombrosa. Embebido en su obra, pensaba Jaime, se diría que alguna fuerza oculta conducía su mano y la llevaba con el extremo del pincel a seguir senderos de luz que sólo él percibía... Sin aparente esfuerzo, hacía surgir ante sus ojos la figura de un moro con torso desnudo, colgado de un árbol y agonizando, no lejos del cual retozaba una joven pareja, tomando el sol.

–Por hoy, basta. Ya vendré otro día y continuaremos –dijo por fin Pablo, como hablando consigo mismo, en tanto se alejaba hacia atrás para percibir la escena en toda su extensión. Poco parecía importarle lo que opinara al respecto Jaime, sentado lo más lejos posible de su campo de acción, para no molestar.

Pasaron varios días sin que Jaime supiera de su amigo, y cuando volvió por sorpresa a terminar lo empezado, fue para transformar en un gran ojo de Yahvé la claraboya que daba luz a su pieza principal. Claraboya bajo la cual dejó escrito lo siguiente: «Los cabellos de mi cabeza son dios, como mis uñas, incluso si están separados de mí». Casi nada... Y es que a Pablo le habían obligado en casa a cortárselas y su negativa había desatado la bronca. A regañadientes había accedido, por fin, pero advirtiéndole lo mismo a su madre... Que sus uñas eran divinas, como él, por más que le forzaran a separarse de ellas... ¿Pensaba acaso que perdía la fuerza como Sansón, si le cortaban las uñas o el pelo?

Los quince meses que Pablo pasó trabajando en Barcelona trajeron cuadros y cuadros apilados en su taller. Pintura azul por vender, lo mismo deudora de su neurosis progresiva que de la destreza más impresionante. Y, eso sí, con puntos de fuga rabiosamente eróticos, como su dibujo en tinta sepia y lápiz que hizo del escroto masculino una placenta donde se acurrucaba un desnudo de mujer: puro descenso a los infiernos del sexo como clave de la convivencia más devoradora. Sea como fuere, la producción que Pablo firmó en su época azul despertaría un interés inversamente proporcional al precio que alcanzaría, con el tiempo, en el mercado. Mendigos, ciegos, madres desconsoladas, la Celestina más torva que quepa imaginar... Pablo estaba seguro de que alguna vez pagarían caro el desprecio que hacían a su pintura azul quienes estaban en condiciones de comprarla: los millonarios que tarde o temprano buscarían sentirse exculpados de su riqueza, colgando semejantes telas en su salón de estar.

A Pablo le arrastraba aquellos días la fuerza de la creación, por encima de su imperiosa necesidad de reconocimiento o bienestar. Y, en consecuencia, prescindió del método de trabajo que su padre le sugirió en el taller, presto a poner orden en el caos existencial de su hijo, costeándole grandes lienzos en los que pudiese explayarse y dar con alguna obra magna. Poco, ningún respeto le merecían a Pablo las expectativas que pudiese ya levantar y en tal lujo de lienzos pintaba directamente, sin estudios previos en papel que le asegurasen su buen aprovechamiento. Pablo sobrevivía anímicamente en el torbellino de la creación, al margen del desasosiego que le provocaba el eterno retorno de fantasmas como el de Casagemas, a quien no dudaba en representar resucitado en un óleo precisamente titulado *La vida*... ¿O es que aprovechaba, como caudal creativo, el propio miedo al recuerdo de Carles, administrándoselo a sí mismo en dosis de terror razonables? Sea como fuere, ese año terminó trasladándose al taller que en su día compartiera con él, todavía pintado con las cestas de frutas, estanterías y doncella que antaño había hecho surgir de su pincel, para sentirse mejor entre sus cuatro paredes. Allí Pablo podría haber seguido pintando a Carles, muerto, enterrado y resucitado, hasta volverse realmente loco... Sin embargo, en vez de echar más leña al fuego de sus obsesiones, acumuló retratos del resto de sus amigos vivos, Sabartés y Sebastia Junyer, entre otros, para no sentirse solo. Y, además, dio la pincelada final al de Corina, la mujer de Pere Romeu, años después de haberle propuesto que posara para él.

Pablo esperaba alguna señal para tomar determinaciones y la señal llegó cuando Santiago Rusiñol hizo las maletas para irse a París, coincidiendo con que Pere Romeu, por su parte, decidía dejar la regencia de Els Quatre Gats. Proyectaba dedicarse sólo a montar en bicicleta, su gran pasión. Adiós, pues, a los cenáculos que su taberna reunía. Adiós a sus tertulias...

Entonces, Pablo cayó en la cuenta de lo mucho que su café restaurante había supuesto en la ciudad portuaria. El único faro que alumbraba hacia la modernidad. Toda una era tocaba a su fin, con su sentido mágico de la vida por montera. De pronto, se dispersaba cuanto parroquiano interesante tenía. Cada cual buscaba su propio camino y el de Pablo pasaba por seguir dando esquinazo a las llamadas de la edad adulta, que le encontraban más que desorientado... «Se sirve de comer y de beber a todas horas», había dejado escrito Pablo en el último dibujo a pluma que llevó a cabo para la taberna, una carta gastronómica que le costó no pocos estudios en papel, bajo inspiración *belle époque*... Semejante ilustración de menú quedaría para los restos, testigo de la mayor efervescencia artística vivida por taberna alguna en Barcelona. Sin embargo, no estaba Pablo para alimentar la nostalgia a su edad, en una ciudad donde se preconizaba ya el *noucentisme*, movimiento culturalista con vuelta a los cánones clásicos, que a él le encontraba con el paso cambiado. ¿Dónde ir y a quién encontrar, pues, cada vez que saliera de su taller, si seguía en Barcelona?

Se asomó el año 1904 al calendario, trayéndole aún peores augurios. Aquejado de tuberculosis, Pere Romeu moría y, además, en la pobreza... La noticia dejó a Pablo helado. Así que, en ese momento, ya sí, sintió que su porvenir no estaba, no podía estar de ningún modo en la capital catalana. El escultor Paco Durio le anunció por carta que dejaba su *atelier* en Montmartre y allá se fue, sin pensárselo dos veces. Porque, de habérselo pensado..., acaso le hubiera faltado confianza para poner rumbo de nuevo a París, pese al dinero familiar que su padre insistía en meterle dentro de la faltriquera. Dinero para costear su viaje y las primeras semanas de manutención allí. Dinero que en esta ocasión no tuvo que pedir.

Lo mismo que no había dos sin tres, tampoco debía de haber tres sin cuatro... A la tercera no iba la vencida, se dijo para infundirse a sí mismo valor al cruzar el paso de Portbou, en asiento ferroviario de tercera clase, con Sebastia Junyer-Vidal como colega de trayecto. Tanta importancia atribuía Pablo a este nuevo viaje que, para animarse al afrontarlo, empleó las horas de ferrocarril que exigía en garabatear los croquis de un «aleluya». Así se llamaba en España el conjunto de viñetas que solía ilustrar la adversidad de la vida, con humor. Sin embargo, Pablo no contempló el final desgraciado que para ellas pedía el género. En la cuarta viñeta, dibujó a Sebastia con un baúl bajo el brazo, escribiendo a pie de grabado: «A las 9 horas llegaron por fin a París». Y, en la última de sus viñetas, Sebastia cambiaba un cuadro por el saco de monedas de oro que le tendía un galerista calvo, a tenor de la leyenda con que se acompañaba: «Quedo con Duran-Ruel y me da mucho dinero». Duran-Ruel, el galerista más adinerado de aquellos días en París... Dibujar los deseos era una manera de sugerir, invocar, proponer su cumplimiento...

10

PARÍS, CASA DE ARTISTAS

Bateau Lavoir vino a bautizar Max Jacob el inmueble donde Pablo encontró taller propio, por primera vez, regresado a París en abril de 1904. Pero con ello no se adecentó nada en él... Según el poeta, se trataba de un edificio con aspecto de barco lavadero, al estilo de los amarrados a orillas del Sena. Será por el modo en que permanecía a la deriva el laberinto de estudios en que lo había convertido Maillard, su propietario, una vez dejó de ser factoría de pianos hacia 1899. Y es que se descolgaba peligrosamente por la pendiente de Montmartre, cara a la Rue Garreau, haciendo flotar los ventanales que anunciaban a sus inquilinos bohemios, en cuatro niveles de piso combado y piezas irregulares. Pintores, estudiantes, viajantes de comercio, anarquistas sin patria, poetas y actores en ciernes que separaban sus estancias con tablones en funciones de tabique, dando lugar a que sus risas, peleas, cantos, lloros, imprecaciones, jadeos y gemidos resonasen sin discreción, cuando no se oía el estruendo de portazos, palanganas golpeando sobre la reja de la fuente y cubos de latón que se vaciaban y dejaban caer con estrépito al suelo, desde las primeras horas de la mañana...

En aquella colmena sórdida no reinaba precisamente la limpieza. Según se entraba al segundo piso del edificio por el número 13 de la Rue Ravignan, su fuente de patio comunal nutría
los aguamaniles del inquilinato, alojado en desvanes y sótanos
sin baño. El único *toilette* que presentaba el edificio era también colectivo, despedía siempre olores nauseabundos y acusaba el vaivén de una puerta sin picaporte que impedía cualquier
privacidad, abatiéndose con cada corriente de aire que venía del
exterior, cada vez que se abría el portón de la calle. Se trataba
de un excusado que no ventilaba por ningún ventanuco, sólo
iluminado a través de la vidriera alambrada y oscurecida por
la mugre que conformaba su techo. Por lo demás, tan deterio-
radas estaban las treinta barracas del Bateau Lavoir y sus escaleras de madera y corrala, sus tuberías, enrejados y persianas,
cristaleras, trampillas y ventanas de marco carcomido que ninguna compañía había querido asegurar la residencia, desde
que fuera habitada por la generación de Gaugin y los simbolistas finiseculares. Ahora, en cambio, eran pintores como
Rodolphe Armbruster, Jean Chavrand-Naurae y Auguste Agero
quienes la ocupaban. Y una buena colonia de artistas españoles, entre los que se encontraban no sólo el escultor Paco Durrio,
sino además los pintores Joaquín Sunyer y Ricard Canals, artistas ambos que ese mismo año encontrarían alojamiento más
digno en la Ville Lumière. Continuamente entraban y salían
inquilinos del Bateau Lavoir, de modo que a Pablo no le costó
mucho amueblarse la pieza por ocho francos, incluyendo en el
lote vendido por el viajante que desocupaba la suya y liquida-
ba enseres, cama, mesa y armario desvencijado. Jean-Pierre se
llamaba quien se marchaba de allí y le dijo a Pablo hacerlo con
pena, dado que la pestilencia y la ruina del lugar le recordaban
su infancia...

Nunca hasta la fecha Pablo había determinado vencer o morir en París... Pero esta vez facturó desde Barcelona un buen número de cuadros a semejante dirección de Montmartre, pensando en no volver sin haberlos vendido. Y los apiló en su nuevo *atelier*, junto a los que Ramón Pichot le tenía guardados de su anterior estancia, por doscientos francos. Tan bien escondidos que costó encontrarlos bajo el armatoste de su buró.

Ramón Pichot, dicho sea de paso, había contraído matrimonio con la mismísima Germaine Gargallo, en su ausencia. Así, como suena... Tremenda noticia que Pablo supo por boca de Max Jacob, quien nada más llegar a la capital francesa le puso al corriente de cuanto peón se había movido en el suelo ajedrezado de su bohemia. Y eso que el poeta dijo vivir aislado, concentrado en la inminente publicación de la *Histoire du roi Kaboul 1.º et du marmiton Gauvain*, su ópera prima literaria, concebida como cuento infantil.

–¿De veras, Max, que Germaine se ha vuelto a casar? –quiso asegurarse Pablo, incrédulo ante lo que acababa de contarle su amigo.

–Como lo oyes –volvió a repetirle Max, que como buen sibarita recibía a Pablo con un café muy parisino en el hotel Crillon de la Place Concorde, sin importarle que la factura del detalle le costase ayunar los dos días siguientes.

–¿Y qué fue de su primer marido al que tanto quería? –se interesó en saber el pintor.

–Lo mandó con viento fresco.

–Fantástico... Si esa decisión la hubiera tomado antes, ahora estaríamos charlando también con el pobre Carles Casagemas, que perdió la vida por ella. Me hubiera encantado presentártelo. Era mi *alter ego*. Alguien verdaderamente entrañable. Seguro que hubierais sido muy buenos amigos.

–Nunca me hablaste de él.

–Algún día lo haré.

–A la boda de Ramón Pichot y Germaine acudió toda la colonia de pintores españoles en París, Pablo –siguió relatando Max, en tanto pedía *pâtisserie* al camarero del hotel, bajo la lámpara de araña más perlada que había encontrado en su vestíbulo.

–Todos los que alguna vez se pasaron por la piedra a Germaine, ¿no? Todos menos Carles... Qué callado se lo tenía el avispado de Ramón. Creerá que así gana respetabilidad. Creerá que cuando sea padre comerá huevos...

–Supongo que sabrá con quién se ha casado... Ella continúa trabajando a diestro y siniestro, como modelo. Y el caso es que se les ve por ahí felices...

–Esto no va a quedar así, te lo aseguro, Max –sentenció finalmente Pablo, sin saber muy bien de qué manera podía exhumar la memoria de Carles, ante la afrenta que suponía cualquier felicidad conyugal de Germaine.

París, esa corte de los milagros... La meca del arte no podía dejar nuevamente abatido a Pablo. Esta vez no se mediría a ella de frente, con aires de conquistador. Se daría tiempo por delante, sin impaciencia, para bailar a su ritmo. Aguardaría su momento, ahora que parecía llegar por fin la hora del pintor Cezanne, durante tantos años ignorado... Y es que el Salón de Otoño parisino, ese año, se rendía a su constructivismo, consagrándole, ya él sexagenario... «A medida que se pinta, se dibuja... Cuando el color es rico, la forma es plena», dejaba dicho el maestro, con ocasión del evento. «Si Cezanne hubiera trabajado en España, seguro que le queman vivo», comentó Pablo cuando la buena nueva sirvió de comidilla y acicate a la gran comunidad de pintores vanguardistas que habitaba la Butte. De 1866 databan los primeros cuadros que Cezanne había enviado al Salón Oficial de pintura en París, envío que fue rechazado, lo mismo que todos los siguientes, durante casi cuatro décadas. Con carta de recomendación por delante, sólo un lienzo había logrado colgar allí, que, por supuesto, pasó inadvertido... Sin embargo, ello no le impidió pintar *Aldea de pescadores, La carretera del Coueur-Volant, Mercado de vino, La casa del ahorcado, Paisaje en Auvers* y otros tantos cuadros gozosos, uniendo la vivacidad predicada por los impresionistas al compás y la cadencia que exigía una buena composición. Y eso al margen de los modelados y claroscuros propios de la pintura tradicional.

Pablo no se desplazaba para pintar al bosque de Fontenebleau como Cezanne, artista convencido de las bondades de la intemperie en la creación. Tampoco asumía a pies juntillas su escolástica, tal cual hacía Emile Bernard, entre otros pintores. Con todo, meses antes de que Cezanne fuera laureado, su perseverancia le animaba a seguir en la brecha, explorando la soledad consiguiente al placer que sentía pintando y al aplauso a sus telas por parte de los amigos. Porque los mendigos que tomaban sopas de la beneficencia en París eran los mismos que en Barcelona. Y los locos en harapos que removían el aire y mascullaban la misma jerigonza. Y el ciego arrugado y famélico tendiendo su mano vacía a la limosna... En definitiva, la desazón que traía de España, el sentimiento trágico de la vida, seguía acompañando a Pablo, como perro fiel: se le había vuelto rictus de melancolía el rostro. Dorian Gray preservaba su rostro joven en la novela de Oscar Wilde, teniendo en cuenta que sus miserias sólo se reflejaban en la imagen que su retrato en un cuadro le devolvía, cada vez más depravado. Pablo sentía, sin embargo, que la procesión le iba por dentro y sólo se le manifestaba exteriormente a través de caretas, más o menos cariacontecidas. Sentía Pablo, además, que no lograba hacer de sus autorretratos el espejo del alma, por más que se los practicase.

Pablo pintó aquel verano, también, *La mujer con la corneja* y *La comida frugal*, evocando el manierismo de El Greco. *La comida frugal*, un aguafuerte en placa de zinc, sobre la cual aún quedaban huellas del paisaje pergeñado por el anterior dibujante que se había servido de ella para sus grabados. Placas de zinc, más baratas que las de cobre. Grabados sobre las ya usadas por otros... Había que economizar. El propio Ricard Canals, al que seguía frecuentando en París, le había instruido en las técnicas del aguafuerte, cinco años atrás, cuando el malagueño se empleaba en escenas taurinas de picador y diestro. Pero si julio de 1904 tuvo su importancia para quien se acostumbraba a sentir la ciudad de la luz, piel adentro, es porque reparó en una joven vecina, que a cada tanto acarreaba agua de la fuente en el patio del Bateau Lavoir. Una chica de ojos verdes y almendrados, con estatura mayor que la suya, desparejada a lo que parecía en aquel inmueble... No, no podía ser posible que semejante belleza campara por sus fueros sin enamorado detrás. Demasiado guapa para estar sola aquel mes de calores...

—¿Te ayudo con el cántaro? —le preguntó la tercera vez que la vio Pablo.

—Ten cuidado, no te manches el precioso vestido que llevas —insistió en abrir conversación a la semana, adoptando maneras más galantes.

—Deberías saludar al menos a tus vecinos. *Politesse* obliga... —le dijo por fin un día, viendo que le daba la callada por respuesta cuando intentaba pegar la hebra con ella.

Pablo clavaba sus ojos con intensidad en cuanto miraba y la chica lo sabía, desde la primera ocasión en que se lo cruzó por la escalera, sin que el pintor se apercibiera de encuentro tan fugaz. Tenía Pablo aquella tarde las pupilas fijas en la madera del pasamanos, extraordinariamente fijas, indagando algo en sus vetas.

Sabía también la chica que Pablo buscaba hacerse el encontradizo con ella, por la cantidad de veces que la habían acorralado luego sus ojos vivos y pensativos, intensos hasta decir basta. El contorno de sus labios hacía pensar que era joven, si bien las aletas de su nariz le daban aire vulgar y una arruga en la comisura de sus labios envejecía su rostro. Fernande, que así se llamaba la chica, sabía que Pablo la buscaba, pero sólo las contingencias meteorológicas le decidieron a dirigirle la palabra. Una tormenta que descargó el 4 de agosto ese año sobre París, aguacero que la obligó a dejar su banco en sombra de la Place Ravignan, bajo los castaños, para subir a la carrera las escaleras del Bateau Lavoir hasta su estudio. En ésas se topó inesperadamente con Pablo, que tenía una cría de gato en las manos y se la ofrecía a bocajarro, impidiéndole seguir avanzando por el pasillo. La situación no podía por menos que ser cómica, de modo que ambos rieron la gracia y se llevaron a efecto las presentaciones. Es más, esa misma tarde Fernande accedió a visitar su *atelier*, no sabiendo con qué excusa resistirse al ofrecimiento. Y la ocasión le permitió comprobar el lamentable estado de higiene y desorden en que Pablo vivía... Tenía dos perros olisqueando por la pieza, un ratón en el cajón a medio abrir de su buró, el piso constelado por la huella negra de las colillas, una silla rota, un baúl que hacía las veces de butacón, polvo a discreción, botes de pintura a medio acabar en el somier, tanto la bañera como la cocina oxidadas y telas arañadas por todos los rincones. Olía inequívocamente a él...

Poco o nada se había cuidado el artista de ofrecer una buena imagen a su dama galanteada, teniendo en cuenta, además, el aspecto desastrado de andar por casa que presentaba. Sin embargo, a Fernande le dejó igualmente boquiabierta la pareja famélica y mísera de bodega, revelada por el aguafuerte que tenía a medio terminar. Puro impacto visual que convertía la penuria en estética... Y más aún asombró a Fernande el dibujo que Pablo le enseñaba al día siguiente, apareciendo como aparecían en él, flotando en el mar, los rasgos de ambos: los del pintor y los suyos. ¿Se le había enamorado Pablo a primera vista?

—¡Es precioso! ¿Lo has dibujado de memoria? —le preguntó Fernande.

—Sí, para combatir la canícula de este verano. ¿Hace tanto calor en tu taller como en el mío? ¿Pintas tú también?

—Yo no vivo en un taller, sino en un estudio no tan caluroso como el que tienes. Será que no soy pintora y que, por tanto, no necesito tanta luz como tú. Date cuenta de que estás en un ático, siempre expuesto al contraste de temperaturas del invierno al verano.

—Debe de ser eso. ¿Vives en un piso más bajo? —le preguntó Pablo sin atreverse a indagar, por lo pronto, si vivía sola o no.

—Ya sabes muy bien que no. De sobra sabes cuál es mi puerta... —contestó Fernande despidiéndose de él, no sin antes guiñarle el ojo en un gesto que sugería tanto descaro como camaradería y jovialidad inocente, a gusto de quien lo interpretara.

Al segundo *rendez-vous* que tuvieron, siguieron semanas en las que se presentían el uno al otro, cada cual haciendo vida doméstica y pública por su lado. Ella sacando una silla al exterior de su estudio, para hacer corrillo con los amigos que la venían a ver. Él, también, a la puerta de su *atelier*, rodeado de dicharacheros pintores españoles, cuyas risotadas sonaban por encima de los decibelios permitidos incluso en una corrala, dando color y exotismo al lugar. No por ello, sin embargo, Pablo dejó de poner circunstancial oído a las charlas en tono menor de Fernande, charlas por las que pudo saber que se «entendía» con un escultor de nombre Laurent...

Fernande vivía acompañada... A pesar de todo, el dato no supuso obstáculo para que Pablo dejase de cortejarla, mientras tomaba por modelo para sus cuadros a Madeleine, joven delgada de talle que convenía a su pintura azul y desamparada. Una joven que pasaría hasta el invierno posando para él, lo cual tampoco escapó al rabillo del ojo de Fernande... Así se explica que aquel final de verano fuera ella quien más de una vez se les hizo la encontradiza, con aire tan recatado como coqueto, aunque sólo fuera para recordarle a Pablo que debía seguirle el rastro como un trovador. Le gustaba a Fernande sentirse observada, admirada y espiada por el pintor. Sentía sus ojos en la espalda cuando cruzaban saludos, al coincidir atravesando el zaguán en pendiente del Bateau Lavoir o camino del fregadero que poseía en el sótano. Si en algún momento iba más allá su relación con él y cometía alguna estupidez, pensaba Fernande, muy a la francesa, habría que echarle la culpa a la lluvia de aquel mes de agosto en que hablaron por primera vez...

–¿De dónde es usted, Fernande? –quiso saber Pablo una de las muchas tardes que la observó volver de su trabajo como modelo, dispuesta a pasar la tarde leyendo un libro en la Place Ravignan.

–Nací en París, hace veintidós años.

–¡Anda, lo mismo que yo! Quiero decir que tenemos la misma edad.

–Yo nací el 6 de junio.

–Entonces celebró su cumpleaños a poco de que cayeran mis huesos por aquí. Yo estoy a punto de cumplir ya los veintitrés, en octubre, el 25 de octubre a las 23.15 h.

–Pues mis amigas dicen que parece mayor.

–Vaya cumplido... ¿Por qué?

–Por las arrugas que le van de la nariz a los labios...

En ese momento Pablo se echó la mano instintivamente a la cara, como tratando de alisársela, lo cual arrancó risas a Fernande. Y a punto estuvo la chica de corregirle el gesto con sus dedos. Hubiera sido la primera vez que se tocaban y ella reprimió el impulso, aunque sin lograr que le pasara desapercibido a su vecino, que en ese momento quiso animar la conversación.

–¿Prefiere que me dirija a usted con tratamiento de *mademoiselle* de la Baume? Tal nombre se lee en su buzón...

–Mi nombre es Amélie, no Fernande. Y el apellido que usted pudo leer se lo tomé prestado a un escultor.

–Entonces tendría que llamarla *madame* de la Baume.

–No estoy casada con él, *monsieur*.

–¿Cómo se llama usted, en realidad?

–Amélie, Amélie Lang.

–Bonito nombre...

–¿Le gusta más que Fernande?

–No he querido decir eso.

–Descuide, que no me lo tomé a mal. ¿Es tan tímido usted como parece?

–¿Lo parezco de veras?

–No exactamente. Sospecho que tras sus gestos simples y su aparente discreción, se esconde un orgullo inmenso. Usted sonríe, pero sus ojos permanecen solemnes y tienen, además, un punto de melancolía que no sé yo...

–Orgulloso sí que soy...

—En realidad, no hay nada de seductor en su porte, hasta que no se le conoce un poquito —pensó en voz alta Fernande—. Sin embargo, su extraña e insistente mirada fuerza la atención de aquellos a quienes mira. Por su aspecto, a medio camino entre el obrero y el artista, resulta difícil situarle socialmente. Pero la luz de sus ojos, su fuego interior, tiene *charme*. Se lo aseguro... Aprovéchelo. Es usted singular...

El piropo pilló con la guardia baja a Pablo, con lo que de inmediato subió el color a sus mejillas. ¿Cómo reaccionar frente a tanto halago en labios de mujer? París, abierto en canal por las muchas obras públicas que se le practicaban, desde la Belle Époque, se había llenado de albañiles. Y, por consiguiente, de galanterías hacia las mujeres que transitaban despacio, con tacón de aguja, por su pavimento a medio adoquinar. De peones y canteros había aprendido Pablo lindezas de toda ralea hacia las damas parisinas, pero nadie le había enseñado a encajar los piropos que proferían ellas...

—¿Ejerce usted de bruja, por un casual, en sus ratos libres? Me ha retratado con palabras más rápido de lo que yo hubiera podido hacerlo, pincel en mano. Y eso que no hay pintor tan veloz como yo disparando líneas y colores... —trató de disimular su rubor Pablo.

—Es usted pequeño, negro, fortachón, inquieto, inquietante... Pero, sobre todo, tiene ojos oscuros, profundos, extraños, penetrantes, agudos..., capaces de clavarse como una daga sin pestañear —volvió a la carga Fernande.

—¿Usted cree?

—¿Le incomoda lo que le digo? Perdón —se excusó la chica—. Quizás le parezco demasiado atrevida...

—No, qué va... Me estaba preguntando cuántos libros leía usted por semana. A cada poco la veo con uno nuevo.

–¿Sabe qué es lo mejor que una chica puede llevarse a la cama?

–¿Qué?

–Pues eso, un libro...

–Yo pensaba que no tenía mejor amigo que un collar de diamantes.

–Tampoco está mal, a falta de pan...

–¿Pasa usted hambre?

–¿Y quién no, en estos barracones, *monsieur*? ¿A usted le sobra?

–En absoluto... Quiero decir que tengo un bien pasar –corrigió sobre la marcha su respuesta Pablo, no fuera a pensar Fernande que hablaba con un pobretón...

–Me refería a lo satisfecho que estaba su apetito de chicas...

–¿Qué?

–Oh, perdone. Otra vez me he excedido...

–En absoluto... No se preocupe por lo que oigan estas orejas mías.

–Hablemos de pintura, mejor, que veo difícil entendernos con medias palabras –propuso Fernande, rectificando el curso de la conversación, puesto que Pablo no parecía ducho en el juego de las insinuaciones.

–Sabrá usted mucho de arte, si se gana la vida como modelo... ¿Me ha dicho ya su profesión o me la he figurado yo?

–Supongo que la ha deducido, después de espiarme por ahí.

–¡Señorita!

–O señora... ¿cómo prefiere tratarme?

–Me confunde usted. Quiero decir que me deja perplejo, no que se confunda de persona al tratar conmigo... Bueno, yo me entiendo –se embrolló Pablo, intentando salir del paso, frente a la desinhibición de Fernande. Esa chica no parecía tener pelos en la lengua ni atenerse al manual de las charlas y observaciones previsibles, entre personas que simpatizaban guardando las distancias.

—¿Por qué piensa que me gano la vida posando para los pintores?

—Porque su belleza no deja de florecer. Porque tiene un cuerpo sano y robusto que sería una pena desaprovechar.

—¿Cómo lo aprovecharía usted?

—¿Cómo?... En fin, retratándola, desde luego. Brinda usted alegría de vivir a quien la contempla.

—¿Eso es todo?... Hablemos, pues, de pintura.

—Usted dirá.

—¿Le gustan los fauvistas?

—Depende de quién.

—¿Conoce a Emile-Othon Friesz y a Raoul Dufy? Ahora son famosos, pero yo supe de ellos frecuentando la escuela de Bellas Artes en la que estudiaban. Ellos me contagiaron el entusiasmo por el impresionismo.

—Si hablamos de impresionistas, no puede usted pasar por alto a Cezanne. Ni a Toulouse Lautrec, refiriéndonos a los neoimpresionistas. Aunque ya se haya muerto, Toulouse-Lautrec sigue siendo más moderno que cualquiera de sus amigos.

—Tanto Dufy como Friesz aprendieron en el taller del pintor León Bonnat.

—Pura academia, *mademoiselle* —objetó de nuevo Pablo, seguro de sus opiniones, pues la conversación había derivado hacia terreno conocido.

—Y, además, mis amigos pintores tuvieron por dioses a Monet, Pisarro y Guillaumin.

—Dioses menores comparados con aquellos que yo le he citado.

—Bien, veo que no me pasa una... La verdad es que yo ando todavía refinándome el gusto.

–¿Hace mucho que no visita el Louvre?

–Mi tío solía llevarme allí, pero evitaba que me fijase en los desnudos y hasta en *La fuente* de Ingres. Supongo que pretendía educarme del modo más puritano...

–¿Y qué le mostraba?

–*La Gioconda*, entre otras telas clásicas. Telas frente a las que yo no sentía emoción alguna, aunque la buscara dentro de mí.

–¿No se emocionaba con Leonardo da Vinci?

–Es un decir... Me dejaba fría la copia exacta de la naturaleza, que es lo que mi familia valora más en un artista.

–¡Dios nos asista!... Si los pintores no pudieran ser valorados más que como documentalistas de la realidad, se verían condenados a desaparecer con el auge del daguerrotipo, la fotografía y el cinematógrafo. ¿No ha ido después por su cuenta a otros museos?

–En la pinacoteca de Luxemburgo di con lo que andaba buscando, mucho más tarde. Supe de Sisley, Manet, Seraut, Monet, Degas, Van Gogh y Renoir, del que me llama su primera época...

–¿Y Gaugin?

–También, por supuesto –asintió Fernande, para que Pablo no pensara que desconocía a quienes parecían sus pintores de cabecera.

–¿Eran aficionados a la pintura sus padres?

–Gustaban de Bouguereau, al que tenían por pintor moderno, habida cuenta de los bellos tonos que imprimía a la piel en sus cuadros... Admiraban también a Carrière, que les parecía bien poético. Y, tras decorar el Panteón, valoraban a Puvis de Chavannes.

–¿A qué se dedicaban sus padres?

–Tenían una pequeña industria de flores, plumas y arbustos artificiales. Cultivaban la decoración que nunca fuera a mar-

chitarse en jarrones, jardineras, parterres y sombreros de da-
misela...

–La naturaleza imitando el arte de las naturalezas muertas
–reflexionó el pintor–. ¡Vaya tela!

–Pues sí... Flores de tela es lo que vendían.

–¿Hasta qué edad vivió con sus padres? –continuó interrogando Pablo a Fernande, casi en plan policía, olvidándose por
un rato de hablar largo y tendido sobre sí mismo... Le interesaba saber con quién se jugaba los cuartos y, dejando hablar a
Fernande, de paso disimular sus malas mañas con el francés,
aquel que llamaban el idioma del amor, en el que apenas se
manejaba...

–Viví con la familia, hasta descubrir que la *bohème* de los
artistas me atraía mucho más que cualquier otro modo de vida
–respondió vagamente su vecina.

–¿Y mientras lo descubría?

–Dejemos eso para otro día –se desentendió la chica, sin ánimo de profundizar más en su vida.

–Yo le enseñaré a valorar la sencillez del trazo pictórico, allí
donde se encuentre: en mis cuadros o en los de aquellos maestros de la pintura que no dejaron escuela, porque son inimita-
bles... La sencillez nada tiene que ver con la simplicidad –le
aseguró Pablo sacando pecho, dado que la charla con Fernande
volvía una y otra vez a la materia aparentemente neutra del arte,
allí donde todo parecía favorable a su lucimiento personal y dis-
cursivo.

De cualquier forma, poco reveló en aquel ten con ten Pablo
sobre sus gustos y opiniones artísticas. Apenas lo suficiente para
que Fernande apreciara cuánto podía callar alguien que seguro poseía fina inteligencia, aparte de mostrarse delicado, a bote
pronto. Lo dedujo Fernande de la mecha espesa, negra y bri-

llante que acuchillaba su frente, acaso también testaruda. Y
del recuerdo nítido de su destreza pictórica, la tarde de aguacero en que Pablo no cejó hasta lograr tenerla en su *atelier*...
Por lo demás, a la chica se le antojó que el pintor llevaba los
cabellos demasiado largos, montados de mala manera sobre la
americana. Algo que se podía solucionar con un buen corte de
barbero. Igualmente, su descuido al vestir tenía arreglo, pensó
Fernande, sorprendiéndose sobre la marcha de cuánto se preocupaba por el aspecto de un extraño que, en principio, ni le iba
ni le venía... Ahora bien, si algo le fascinó de Pablo, en aquella
oportunidad, la primera en que hacían ademán de conocerse,
fue que al despedirse se quedase en la plaza buscando qué hacer,
entre los niños que allí jugaban... Porque, al volver la cabeza
para decirle de nuevo adiós con un gesto, ya entrando al Bateau
Lavoir, Fernande observó que Pablo les pedía que le dibujasen
de un solo trazo conejos, gallinas y pájaros, en el polvo de los
cristales, portones de hierro y respaldos de poyete que tenían a
mano... A buen seguro que los vecinos del barrio no comprendían ni la lengua ni las excéntricas aficiones de aquel pintor
español con quien ella se entendía en mal francés. Ya le com-
prenderían...

Pronto Fernande archivó en la retina la imagen de Pablo
pintando como un niño entre niños... Quizás por eso mantuvo
la guardia baja el siguiente día de agosto en que, sin saber muy
bien cómo, se vio nuevamente en el taller de Pablo y esta vez
desnuda, tendida en el lecho junto a él. Cómo y por qué «con-
sintió» en tal situación no lo recordaría nunca muy bien. Lo
único cierto es que el *post coitum* que dejó a Pablo adormila-
do a ella le trajo arrepentimientos. Los juegos de manos tenían
sus riesgos... Las caricias que tanto le habían faltado de niña
terminaban a menudo en trato carnal como el sucedido, a fina-

les de aquel caluroso mes en que toda la ropa sobraba para soportar la calima. «Nada que pudiera hacerle tensar a Cupido el arco», se curó en salud finalmente Fernande...

Una muesca más en el fusil del cazador, se felicitó a sí mismo Pablo, por su parte, al despertar la mañana siguiente...Y paladeó su conquista erótica a modo de trofeo, durante semanas, hasta darse cuenta de que el lance no debía entenderlo como ninguna «misión cumplida», porque aspiraba a más roce, a mucho más roce con aquella vecina que tan libre parecía andar por el mundo. «El cigarro viene a ser el mejor de los placeres: resulta intenso, corto y deja insatisfecho», había escrito Oscar Wilde. Y, aspirando tabaco de liar, se percató Pablo de cuánta razón le asistía, considerando que el literato irlandés era homosexual y no conocía el atractivo del sexo opuesto, cuando se convierte en nicotina que respirar... «Debo de haberme enamorado», concluyó Pablo. «Así de sencillo»... Y comoquiera que Fernande pareció volverse esquiva en adelante, nada dispuesta a seguir en «deslices» con él e incluso a dejarse ver, resolvió Pablo pedir consejo a Max Jacob sobre cómo obrar para enseñarle de nuevo a la chica el camino a su lecho...

—Monta un altar que tire de su intención —le aconsejó Max sin despeinarse...

—¿Qué?

—Sí, hombre. No es idea mía, sino receta de cualquier manual de zahorí que te eches a la vista.

—¿Un altar? ¿Para qué un altar?

—Ya te lo he dicho. Así podrás invocar su presencia tanto espiritual como física.

El altar no se hizo esperar, tras semejante recomendación de Max Jacob. Pablo tenía en su taller una cámara oscura, tras un telón, cámara que en épocas de abundancia libidinosa ser-

vía al inquilino artista para amartelarse con cualquiera. De ahí
que recibiera indistintamente los sobrenombres de «morgue» y
«alcoba del bien». El tabernáculo, pues, se armó en ella, con
dos vasos azules modelo Louise-Philippe, flores artificiales y
una blusa de lencería fina que Fernande se había dejado olvidada la tarde en que retozó con Pablo. Todo ello presidido por
el retrato a tinta que el pintor malagueño había hecho de su
dama; retrato que, casualidades de la vida, guardaba cierto parecido con su modelo de nombre Madeleine...

Los llamamientos del altar no funcionaron tan rápido como
Pablo quería, de manera que siguió pasando el tiempo sin que
pudiera intimar más con Fernande. Ni noticias tenía de ella.
Diríase que se la había tragado la tierra... ¿Dónde estaba, que
ni aparecía por su estudio en el Bateau Lavoir? ¿Tanto le había
decepcionado la aventura erótica con él que ahora le huía? Sería
por eso que, para consolarse, Pablo estrechó aquel otoño las
relaciones con Madeleine, de resultas de lo cual tuvo que resolver y disolverlas por la vía rápida... La dejó embarazada y
ambos acordaron el aborto, como remedio a la falta de recursos para criar un niño en sus condiciones de pobreza. Así de
taxativos. Sin titubeos por parte de Pablo, al menos... De ahí
que el lozano retrato a Madeleine, practicado a comienzos de
las relaciones laborales que con ella había tenido, en nada se
asemejase al que Pablo tituló luego *Mujer en camisa*, óleo sobre
tela que la representaba pálida y ausente... Óleo que corres-
ponde al fin de su *liason* erótica y, poco después, a la liquida-
ción de los encuentros meramente profesionales entre pintor y
modelo.

Pablo penaba por Fernande y en esa pena existían motivos
suficientes como para que su mente se desentendiera de Madeleine,
al anunciarse la primavera de 1905. Pero, además, dos fuertes

impresiones en su pupila contribuyeron a la tarea. Por una parte, el traspié de un hombre encaramado a los tejados con las últimas nieves de la plaza Ravignan, resbalón que le estampó de bruces en la acera y acabó con su vida. Por otra, la estufa de petróleo que al poco vio volar, lanzada desde una ventana a manos de un lugareño furioso... Ni una escena ni la otra le inspiró cuadro alguno a Pablo, pero le dio para comentarlas largo y tendido entre los amigos españoles con quienes seguía despachando chanzas, en detrimento de la lengua de Molière que, por tanto, apenas practicaba. Por lo demás, Pablo seguía acusando el «flechazo» con Fernande, entendiendo del modo más adolescente que la distancia nunca es el olvido para el verdadero amor... Cosa distinta a la satisfacción inmediata de la libido era su devoción platónica por la vecina, sentimiento que permanecía incólume, al margen de amoríos y escarceos...Y es que se trataba de una devoción alimentada en público por la timidez y en privado por la fe con que mantenía, custodiaba y enriquecía su altar. Porque al tabernáculo le añadió velas y, finalmente, en el colmo de sus ofrendas y a modo de señuelo, capaz acaso de atraer a Fernande, hasta el mismísimo pañuelo de la samaritana. Por qué no confiar cuando lo necesitaba en las propiedades de su tejido: todo tenía que ir como la seda con su adorada Fernande...Y, si hacía falta, para reforzar tanto conjuro, dispuesto estaba Pablo incluso a regar las flores artificiales que su altar mostraba, en recuerdo de aquellas que la chica debió de ver de pequeña en el negocio familiar...

¿Se merecía Pablo la monogamia? ¿Lo amaba realmente? ¿No sería un error comprometerse más con él? Tales preguntas se había hecho Fernande, tras el fortuito amartelamiento con el pintor, del que tampoco guardaba especial recuerdo... Además, pesaba y mucho, como para pararle los pies, la falta de dinero que siempre regía los movimientos de Pablo. Aquello de «contigo pan y cebolla» ya lo había probado Fernande... Así que la adoración que adivinó en Pablo hacia ella no le vino a resultar sino monótona e insidiosa. «Me aburro desde que no estoy sola. No me aburren los libros, pero sí los amantes», decía a sus amigas, por aquella época. Y, por si fuera poco, aunque le hacía cierta gracia el desorden en el que Pablo vivía, para nada soportaba su falta de aseo. Es más, estaba enfadada consigo misma por no haber sido capaz de hacérselo saber, a cara descubierta, pensando que podía herir su sensibilidad, tan gentil y dulce como se le mostraba el chico. Tanto que empezaba a descuidar la férrea disciplina de trabajo que inicialmente le había conocido, perdiendo el tiempo en observar sus pasos de diosa inalcanzable... Por todo ello Fernande decidió dar largas a Pablo sobre las expectativas de relación despertadas y cortarlas por lo sano, hasta nuevo aviso...

Las mujeres ejercían sobre Pablo una atracción y magnetismo irresistibles, que a menudo lograban correspondencia por motivos puramente físicos. Así parecía haber ocurrido la primera vez que se acostó con Fernande, un día tonto de esos en los que la chica necesitaba caricias con urgencia e inyección de autoestima. Con la cabeza sobre los hombros, sin embargo, Fernande terminó considerando el desliz un puro disparate, razón insuficiente como para entablar con Pablo lazos regulares. En consecuencia, Madeleine fue sustituida por Alice frente al caballete del pintor, asimismo destinada a calentarle el camastro, por más que la nueva modelo cohabitara en aquellos momentos con el matemático Princet y estuviera a punto de prometerse con él. «Mejor. Algunas mujeres que se ven cerca del tálamo nupcial aprovechan la menor ocasión para montarse despedidas de soltera a lo grande, cuando menos se lo espera nadie», había comentado Pablo a sus compatriotas de tertulia, que le llamaron la atención sobre los planes de matrimonio albergados por Alice. De cualquier forma, en su nueva modelo no veía Pablo futuro de fidelidad a un solo hombre... Era evidente, por su carácter lunático, que la boda no la llevaría muy lejos, como así fue, dado que en 1906 se casó con Princet y enseguida se divorció de él para contraer esponsales con el pintor fauvista André Derain...

La «culpa» de que Pablo y Alice se conocieran sexualmente la tuvo *L'Anti-Justine*, un libro pornográfico que al malagueño le había prestado Guillaume Apollinaire, por entonces crítico de arte. Pablo comenzaba a frecuentarle, persuadiéndole sobre sus extraordinarias dotes como poeta, por aquello de tener al «enemigo» contento... Su repertorio del artista seductor valía para tener en el lecho a mujeres como Alice. Pero, puestos a seducir de veras, Pablo había encontrado más interés en ganarse a quienes juzgaban su pintura, con o sin pincel en la mano. Tal como le había dejado dicho al marchante Pere Mañach, tenía que haber una manera de meterse al crítico en el bolsillo, cuando el bolsillo no daba para sobornos. Tenía que haber una manera y Pablo creía encontrarla con Apollinaire, haciéndole sentir a su lado un creador... Guillaume había nacido en Roma veinticuatro años atrás. Y, aunque trasladado a París en 1899, sólo entonces buscaba integrarse en sus círculos literarios, tras pasar como preceptor por Alemania de 1901 a 1902. De ahí que se esmerase no poco, cuando tuvo ocasión de escribir sobre la pintura de Pablo, para la revista *Pel y Ploma*, en mayo de 1905. Fue el suyo un artículo referido a quienes poblaban la época azul del pintor español, bajo los siguientes términos poéticos: «Sus niños no se abrazan (...). Sus mujeres no aman (...). Ellos se acurrucan en el crepúsculo, como una vieja iglesia. Con el día des-

aparecen y se consuelan con el silencio, envueltos de bruma gla-
cial (...). Sus ancianos pueden mendigar sin humildad (...). Este
malagueño nos hiere con un frío breve. Sus meditaciones se des-
nudan en el silencio...». Pablo había esperado años hasta encontrar exegeta capaz de expresarse así sobre su pintura... Por eso
conservó como oro en paño el escrito de Apollinaire y lo rele-
yó tantas veces como le fue necesario, para combatir accesos
de desánimo artístico, instantes de angustia y otras tribulaciones. Sin duda se quedaba corto a la hora de valorar con estra-
tegia aplicada el talento literario del crítico...

¿Dónde estaba Fernande, a todo esto, tras decidir poner distancia frente a Pablo? Pues, a su vez, recomponiendo el mapa
parisino de los encuentros carnales que mantenía todavía abiertos, mientras el español la buscaba, apañándoselas para satisfacer entre tanto su instinto sexual. En concreto, Fernande «la
belle», que así se la conocía en los corrillos bohemios, daba carpetazo por entonces a la relación con Roland, un estudiante
del barrio latino a quien demandaba caricias y no el coito sis-
temático que tan fogosamente anhelaba él. Fernande alternaba
amantes de ocasión sin dejar de convivir con Laurent, valorando
aún si le merecía o no la pena abandonarle definitivamente.
Pues, aunque desestimaba cada vez más su compañía corporal,
acaso la libertad de movimientos que le daba no fuera a encontrarla conviviendo con ningún otro hombre. Ejemplo de ello
eran los domingos de campo que pasaba con su escultor, hasta
el momento de acudir a casa de su amigo Ricard Canals, so pretexto de negociar una sesión pictórica como modelo y a sabiendas de que allí hallaría animación, las risas y chistes que necesitaba su azarosa vida de mujer que pasaba de mano en mano,
en tanto lograba procurarse medios propios para subsistir.
Casado y bien casado como estaba con la pelirroja Benedetta,

el pintor Canals no inquietaba a Laurent, por más que recibiera a Fernande en su domicilio y medio desnudo, considerando el inesperado calor tórrido que llegaba de nuevo a París, fuera de temporada. Allí fue donde Pablo volvió a reencontrarse con Fernande, invitado a comer un domingo primaveral de 1905. Ricard le anunció que vendría y, loco de contento, Pablo se dispuso a esperarla cuanto hiciera falta, con una guitarra entre las manos, instrumento musical sobre el que tenía nociones, aprendidas del tiempo en que pintaba gitanos por las tabernas de Málaga.

No fue aquella la única vez que Fernande y Pablo se vieron, como si acabaran de conocerse, pisando terreno neutral. En casa de Ricard coincidieron una y otra vez, recuperando poco a poco el hábito de tratarse, lejos de inquietar inicialmente a Laurent. Sin inquietarle hasta que, a eso del mes de mayo, Ricard Canals sugirió a Fernande que se instalara entre sus muros, le ofreció comida y cama a cambio de que posara para él durante semanas de sesión. En ese momento, Laurent protestó y Fernande se dijo que había llegado la hora de soltar amarras bajo los dominios de quien, años atrás, viéndola en París sin dinero y con hambre, la había auxiliado. Fernande calculó entonces pagada la deuda moral que tenía con Laurent no sólo por las noches en que le había concedido el coito, sino contando, además, el dinero que se había embolsado como intermediario en los trabajos de modelo que le proporcionaba para otros artistas amigos. Los llevados a cabo para varios escultores de Neuilly, sin ir más lejos...

Ricard Canals proporcionó a Fernande cama, plato y, por añadidura, juergas con los amigos que se dejaban caer por su casa, montando *sets* de canción española a los postres. Veladas a las que pronto se apuntó Pablo, que no dejaba de mirar a

Fernande de soslayo y con tristeza, cuando tocaba que los hombres se pusieran a charlar de trabajo por un lado y ellas, Benedetta y Fernande, las mujeres, se recostaban en el diván a divagar, sintiéndose deseadas y admiradas por los varones allí presentes. De hecho, abonado a semejantes reuniones estaba también otro ferviente admirador de Fernande, el pintor Joaquín Sunyer, al que la chica había conocido, días atrás, siguiéndole los pasos hacia tal domicilio.

—¡No es usted el primer hombre que me persigue!, ¿sabe? —le dijo en aquella oportunidad Fernande, aminorando la marcha y volviendo repentinamente la cara hacia él, para pillarle *in fraganti*.

—Disculpe, *mademoiselle*, no era mi intención...

—¿Cómo que no, si no ha hecho otra cosa que venir tras de mí, como perro faldero, desde hace un buen rato?

—Quiero decir que no era mi intención asustarla —acabó la frase Joaquín Sunyer.

—¿Cree que me impresionan las trazas de *dandy* que lleva?

—No me negará que voy bien vestido para la ocasión...

—¿Qué ocasión?

—La de comprobar con gozo que usted se dirige a casa de un buen amigo mío, el señor Ricard Canals...

—Puede que viva en ella, *monsieur*, cosa que a usted no debería importarle.

—Tanto mejor... Me está diciendo con ello que la hospeda Ricard, que es familia, camarada o conocida de él.

—¿Le conoce?

—Somos uña y carne, señorita. Pintores los dos llegados a París, desde España. Le conozco a él y ahora la conozco a usted... Tengo por costumbre que las amistades de mis amigos también sean las mías, a no tardar... Permítame que me presente: soy

Joaquín Sunyer, para servirle. A sus pies... –le dijo el apuesto artista a Fernande, tomándole la mano sin perder un segundo y disponiéndose a besarla.

–¿Qué pretende, buen hombre? –protestó Fernande.

–Sólo mostrarme caballeroso, cuando el momento lo pide. Y le aseguro que éste lo exige a gritos...

Por Ricard Canals supo Fernande, enseguida, que Joaquín Sunyer derrochaba donaire, bajo su aspecto de hombre mundano e iluminado, cualidad de la que se servía para tirar los tejos a cuanta mujer se le ponía al alcance. Asimismo supo que su especialidad eran las damas de alto copete, a menudo encargadas de mantenerle pulcro y perfumado... Algo en sus cumplidos, pues, le inspiraba desconfianza a Fernande. Y, por otro lado, mejor que Pablo no se enterase de que empezaba a rondarla, puesto que ahora el malagueño le mandaba cartas, requiriéndole que se fuera a vivir con él y fantaseando sobre la felicidad que les esperaba. Cartas redactadas en un esforzado francés que daba realmente lástima... Así que, a sabiendas de que se encontraría con Sunyer hasta en la sopa, mientras siguiera en casa de Canals, Fernande se hizo el propósito de marcar las distancias con semejante donjuán: sin descortesías, pero monosilábica a la hora de tener que seguirle una plática con segundas intenciones. No hay fortaleza, sin embargo, que resista asedio persistente... De modo que la chica terminó cayendo en brazos de Sunyer, maestro consumado en el arte del piropo al oído femenino, sentido por el que Fernande se estremecía, percibiendo caricias en la voz de sus pretendientes, antes de que llegaran a tocarla con las manos.

Más pronto que tarde Fernande se vio entre las sábanas con Sunyer, otra vez a medio camino entre dos amantes, si tenemos en cuenta que todavía compartía lecho con Laurent. Pero ante la disyuntiva, en lugar de olvidar a Pablo, como había hecho meses atrás, ocupada como estaba en pasar de la cama del escultor a la de un estudiante, la figura del pintor malagueño cobró para ella nuevo sentido. Se reveló como tercera vía para solucionar su conflicto de intereses sentimentales. Laurent la mantenía y guardaba silencio sobre su pasado, cobrándose su precio en carne. Poseía Laurent las llaves de su pasado y a Fernande no le convenía que fuera del dominio público entre la bohemia parisina donde se buscaba la vida... Sunyer le endulzaba el presente, sin llegar a más, dado que no estaba acostumbrado a mantener a nadie, sino a ser mantenido... Lo supo, esperándole en su destartalado taller, el día que le vio llegar de punta en blanco, sin duda vestido impecablemente por alguna viuda hacendada de la que se hacía querer. Con Sunyer no había porvenir más allá del contacto piel a piel, por más que también le pidiera vivir juntos, pensando convertirla en sufrida ama de casa. Por tanto... ¿quién sino Pablo podía ocuparse de su futuro, a tenor de las promesas que seguía haciéndole por carta? Porque sus promesas parecían lo bastante apasionadas para no desvanecerse cuando ella le revelara secretos sobre sus orígenes y estado. Intimidades no confiadas más que al desaprensivo Laurent, otrora protector suyo... «Ojalá pudiera amar a Pablo», se repetía a sí misma Fernande, viéndole suspirar y lagrimear por ella. «¿Vienes a mi casa? ¡Te amo! ¡Haré de todo por ti! ¡No sabes lo que podría hacer!», le había dejado dicho el pintor andaluz, con grandes ojos suplicantes, encendidos y esperanzados, la última vez que se le cruzó en un descansillo del Bateau Lavoir. Sin embargo, con ello no logró Pablo sino que Fernande le sonriera amable, a la par que se negaba con un ligero vaivén de cabeza a la propuesta. No sabía, no podía saber que Fernande temía acabar correspondiendo el amor de Pablo, si persistía en su papel de sufridor empedernido... Tanta lástima le daba y tan débil sentía su carne, máxime teniendo en cuenta que empezaba a disfrutar con Sunyer no sólo la temperatura epidérmica de los hombres, sino también el coito, como nunca hubiera imaginado...

Pablo, no obstante, estaba en su derecho de interpretar como desaire la relación de Fernande con Sunyer. Desaire definitivo... Por eso aceptó la invitación de Tom Schilperoort a pasar parte del verano en Schooredam, pueblo perdido de los Países Bajos, entre las dunas que presenta su costa norte. Amigo de pintores holandeses conocidos por Pablo, al periodista le había caído en suerte una herencia que decidió gastarse con él de vacaciones y justo tierra de por medio es lo que necesitaba poner Pablo, para no sufrir mayor mal de amores, viendo inalcanzable a Fernande. Así que, para consolarse, en Schooredam pintó mujeronas locales, de caderas y pecho abundante... Poderosas matronas, no muy distintas a su abuela paterna y sus tías, que una vez más venían a enseñorearse en sus lienzos, tentándole a probar la escultura con tanta masa de carne a la vista. La escultura, como relieve y autonomía necesaria para los motivos pictóricos que parecían salirse de sus cuadros...

La bella holandesa se tituló el primer desnudo bajo cofia de encaje con el que Pablo inmortalizó a semejantes amazonas, como si «la bella Fernande» no hubiera existido nunca... «Fernande es mujer fuerte, pero las mujeres holandesas son enormes. Una vez que estás dentro de ellas no encuentras el camino de salida...», le aseguró Pablo al poeta André Salmon, nuevo confidente que incorporó a su círculo íntimo nada más volver de su viaje. Y lo curioso del caso es que, por aquella época, Fernande había comenzado a posar en plan «bella holandesa» para el pintor Kees van Dongen, también holandés, para más inri...

Las caricias del galante Sunyer eran impagables para Fernande. Estimulaban sus sentidos y acabaron por vencer su aversión a dejarse penetrar sexualmente por nadie, sin exigirle por ello profesión de fe amorosa. Porque su corazón seguía cerrado a cal y canto... Prueba de que aquel lance no respondía al amor con mayúsculas era que rara vez, tras la cópula, le apetecía pasar la noche con su amante... De ordinario, pues, Fernande terminaba durmiendo sola en el Bateau Lavoir, a riesgo de desvelarse muchas madrugadas, añorando más caricias de Sunyer; sobre todo, cuando sospechaba que podía pasar más de veinticuatro horas sin verle. Aun así, a mitad de agosto, uno de aquellos días en que Sunyer desaparecía del mapa sin decir adónde iba, accedió a quedar con Pablo, por aquello de no perderle de vista a su vuelta de Holanda y mantener en vilo sus expectativas. Cita a las cinco para tomar café... Nada que pudiera comprometerles, ni dejar de hacerlo.

–Hola, Fernande, ¿por qué tanta prisa? –le dijo Pablo sonriente a la puerta del Bateau Lavoir, viéndola llegar arrebolada por la calle Ravignan.

–He salido ahora mismo de posar para Cormon y temía llegar tarde al *rendez-vous* contigo –contestó la chica recuperando el resuello.

–Tranquilidad... Te presento a Guillaume Apollinaire, gordo y simpático él... El mayor poeta de estos pagos –siguió hablando Pablo con toda cortesía.

–A sus pies, señorita. Es un placer casi sexual saludarla...

–¡Guillaume! –protestó Pablo.

–Cualquier cosa que haga o diga está marcada por mi sexo masculino. No te escandalices, querido amigo... Por eso he dicho «casi sexual», porque a tu vecina la veo con los ojos de ángel de la guarda asexuado... ¿De qué te quejas?

–Encantada, Guillaume –intervino Fernande sonriendo la chanza...

–Bueno, yo me despido aquí de vosotros –concluyó Apollinaire–. Tengo consulta con las musas... Que disfrutéis de la tarde como merecéis. Fernande, nuestro trabajo de artistas nos cuesta la puesta en escena para los profanos...

Fernande no supo a qué se refería el poeta, sino al entrar en el taller de Pablo y verlo ordenado como nunca. Qué ordenado... Limpio como una patena. Esterilizado como si fuera el quirófano de un hospital. De hecho, olía a petróleo, a fragancia de colonia y de Javel que mataba. Algo que valía la pena soportar, con tal de ver a Pablo tan emocionado como estaba. Por primera vez emocionado y contento en mucho tiempo...

–Suelo desnudarme de cintura para arriba cuando llego aquí, dado el calor que hace: el mismo sofoco que tú conociste el año pasado –le comentó Pablo a Fernande–. Pero, en honor a ti, me privaré esta vez de hacerlo... No me parece decoroso.

–Por mí no te prives... No me van a impresionar más tus músculos que la limpieza de cara que le has hecho a tu madriguera. ¿Tú solo la has adecentado? No me extraña que quieras enseñarme los bíceps que has echado, friega que te friega...

–Me ayudó Guillaume, un buen amigo. Toda la mañana estuvimos de faena, con la escoba y la bayeta... De todas maneras, esta vez no te hablaré con el cuerpo, descuida. Tengo algo que te va a interesar más... O eso creo.

–Me tienes en ascuas... ¿qué es?

–Opio, querida. Ayer compré una pipa en casa de los amigos donde a veces suelo fumarlo.

–¿Lo has probado ya? ¿Qué efectos produce? ¿Es tan potente como dicen? –quiso saber enseguida Fernande, curiosa y amiga de cuanta novedad pudiera llegar a su vida.

—Ya me dirás... Tú misma comprobarás su poder...

Entonces Pablo comenzó a desarrollar, con todo lujo de detalles, el ritual de preparación que exige la flor de la adormidera para ser fumada. Instalado junto a Fernande sobre la estera que ahora cubría su estancia, desembaló una minúscula y misteriosa lámpara de aceite, imprescindible para volver combustible la pasta rojiza y acre del opio, contenida en una caja de ámbar viejo. Y luego sacó del bolsillo el largo bambú con punta de marfil que hacía las veces de pipa donde fumarla. Y la aguja con la que ir depositando gotas de pasta en el horno octogonal de la pipa, susceptible de ser calentado y conservar el calor al ser de barro. Después, ya con todo ello al alcance de la mano, convirtió Pablo su taller en un fumadero, tiñendo pronto el aire de hedor, del ácido y penetrante aroma desprendido por el narcótico, según se sucedían las caladas de quienes las inhalaban. Dolor de estómago y cabeza pesada es lo primero que sintió Fernande al probar el opio, mientras Pablo parecía disfrutarlo más... Así que, no contenta con ello, la chica pidió que se le cargara la pipa, acercándosela a los labios para aspirar lenta y profundamente sus esencias, con los pulmones bien abiertos. Y, a partir de ese momento, su mareo inicial dio paso a una suerte de euforia, tan relajada como desconocida en su vida. Más que bienestar, alcanzó entonces un estado de beatitud, que le llevó a ver con ojos nuevos la relación mantenida hasta la fecha con su ahora compañero de aventura opiácea. Los cuadros apilados en aquel taller, su camastro, el fogón... Si todo a su alrededor se volvía bello, bueno, claro, pleno de luz y razón natural, para estar donde estaba, ¿cómo había podido permanecer tan ciega y no reconocer en Pablo al hombre de su vida? Aquella tarde creía entenderle, por fin, tal como era: maravilloso, vital, visionario... La palabra «amor» adquiría por primera vez sentido para ella, mirando a Pablo, sonriéndole, abrazándole, hasta perder el tacto de su piel y notar que formaban parte de un mismo cuerpo. Y en ésas fue, anochecido ya el día, cuando Fernande descubrió el altar que Pablo le tenía consagrado, tras unas cortinas...

Laurent había salido y no echó en falta esa madrugada a Fernande, que durante el verano de 1905 le tenía temporalmente alojado en su estudio del Bateau Lavoir. Pero los días que siguieron le llevaron a temerse lo peor, frente a las continuas ausencias de su protegida.

Instruido ya en el arte de burlar esposos, prometidos y protectores, tanto como en las artes pictóricas, Pablo no se dejó amilanar por la guardia que Laurent montó, en adelante, frente a los pasos de Fernande. No hacía especiales migas con él, así que tampoco le supuso un problema moral, según sus amigos, «chulearle», «buscar las cosquillas» a su chica, hasta «levantársela» definitivamente. En cualquier caso, de opereta fueron las primeras citas que Fernande y él cerraban a hurtadillas para el amor. Fernande abandonaba a Laurent, después de cenar, sin ofrecer datos sobre su rumbo. Y, tras merodear por el barrio, para despistar, volvía de puntillas al Bateau Lavoir para verse con Pablo en su taller, treinta metros más allá de donde Laurent la esperaba despierto, sospechándolo todo menos que la tenía de vecina en otro catre. No faltaron incluso noches en que la pareja furtiva se quedó dormida después de fumar más opio, con lo que, al alba, Fernande tenía que vestirse a toda prisa para cambiar de pareja en la cama. Sea como fuere, carecía de sentido dar más explicaciones de las pertinentes a Laurent. No procedían, a juicio de Fernande, hasta no tener claro a qué puerto llevaba su volcánica y repentina *liason* con Pablo, que a veces la aguardaba escondido tras el portón del inmueble, si planeaban pasear por la Butte antes de acostarse juntos...

Los problemas empezaron cuando Laurent se propuso seguir a su chica la pista para descubrir adónde le conducían las correrías nocturnas... Ojo avizor, entonces, Fernande dejó plantado más de una vez a Pablo, a fin de evitar el cara a cara entre sus dos pretendientes...

Pablo imploraba besos a Fernande. Se le postraba, pidiéndole amor eterno... Renunciaba al trato con los amigos por aprovechar cada minuto posible en su compañía. Recogía de la basura cuanto su mujer ideal tiraba y le parecía digno de conservar: polveras gastadas, cintas del pelo o frascos de perfume vacíos... Pero lejos de alimentarle la autoestima, como las galanterías de otros hombres, tanta entrega a punto estaba de agobiar a Fernande. Y fue en ese momento cuando decidió «ahora o nunca», antes de que la situación le explotara en la cara... Se dijo que debía afrontar ya mismo la vida junto a Pablo, porque de lo contrario el sentido común la haría descartar tamaña locura...

Por fortuna para Fernande, que detestaba el escándalo, nunca los vecinos habían sorprendido sus correrías a medio vestir por los pasillos del inmueble, en tanto cambiaba de cama. Sí, Fernande arriesgaba y mucho, inventando excusas de trabajo, citas con familiares y amigas, para reunirse con Pablo. Y, cuando el roce diurno ya era mínimo con el escultor, puesto que Fernande abandonaba su estudio en cuanto Laurent estaba a punto de subir a él, todavía le quedaban por liquidar las noches a su lado. En consecuencia, aguantó rapapolvos, ruegos y reproches de marido celoso y despechado, aunque no fuera su esposa oficial, en tanto exigía a Pablo visillos en su ventana, para evitar a los fisgones y no dar que hablar... Así las cosas, el juego llegó al límite de toda excitación el día en que Pablo se hizo con un revólver, préstamo que el escritor Alfred Jarry, al que no conocía, le hizo llegar a través de un amigo común. Un revólver que le vino empaquetado, con tarjetón entusiasta, donde podía leerse la admiración que el literato profesaba por su obra «tan intensamente trágica». «¿Será que el famoso Alfred echa en falta tiros en mis cuadros?», se preguntó Pablo al recibirlo. «¿Qué pretende dejándome un revólver en préstamo que nunca le pedí? ¿Habré conocido al escritor alguna noche de farra en el Lapin Agile que no consigo recordar? ¿Le habré dicho algo, entonces, de lo que vaya a arrepentirme?»

Pablo no se explicaba a qué venía aquel arma, pero lo cierto es que caía del cielo que ni pintada, por si las cosas se ponían mal con Laurent y se le presentaba en plan basilisco para ajustar cuentas. Nunca eran previsibles las reacciones de un hombre celoso... Ahora bien, por más que hizo Pablo para averiguar el paradero de Alfred Jarry, con idea de conocerle, darle las gracias y saber las intenciones de su obsequio, nadie alrededor supo indicarle dónde encontrarlo en aquellas fechas. «¿Por qué semejante préstamo de un desconocido?», insistió en preguntarse y preguntar a sus íntimos Pablo. ¿Sabía el enredo que se traía entre manos? ¿Cómo se habría enterado? Poco importaban en ese momento los detalles, si el arma se le acababa revelando necesario...

–¿Qué haces, Pablo? –preguntó Fernande al pintor, llamando con los nudillos a su *atelier*, la primera tarde otoñal de domingo ese año.

–Trabajo.

–Llevas pintando todo el día... ¿Vienes a dar un paseo?

–¿No tienes nada que leer a estas horas?

–El libro que tenía entre manos se me ha caído de puro aburrido. La pereza me vence y hace un sol espléndido. Anda, vamos.

Los pasos les llevaron aquel día de septiembre a merodear entre las cepas de la Butte, que se encontraban a punto de la vendimia. Todo un lujo paisajístico en París... Tomaron anisete en la Place du Tertre y al volver a la de Ravignan, tras un buen rato paseando en silencio, Fernande tomó de nuevo la palabra.

–¿Tienes vacía esa gran maleta que trajiste de Barcelona?

–Está llena de papeles, ¿por qué?

–Podrías vaciarla y prestármela por una semana.

–¿Para qué?

–Me mudo de estudio, Pablo.

–¿Adónde?

–No hagas más preguntas y déjame la maleta, por favor. Te la devolveré. En las que yo tengo no me caben las cosas que he terminado acumulando en la pieza –argumentó Fernande, toda ella circunspecta.

Pablo dejó sus pesquisas y volvió a su taller cabizbajo. Vació la maleta solicitada, la trasladó a la puerta del estudio ocupado por Fernande, llamó a ella y se marchó, antes de que la chica abriese. De Fernande se esperaba cualquier cosa, pero esa decisión repentina sin venir a cuento... ¿Habría conocido a otro hombre? ¿Por qué no se había enterado él hasta ahora? Quizás un familiar la esperaba, para darle mejor alojamiento que aquel que tenía.

No pudo retomar su trabajo Pablo, como hubiera querido, echando en falta una explicación lógica al cambio de domicilio emprendido por Fernande. Ni siquiera le había pedido ayuda para trasladar sus bártulos... En ésas estaba cuando llamaron a su taller con insistencia y, al abrir, vio en el umbral a Fernande, con los brazos abiertos y la maleta en el suelo, diciéndole:

–Buenas noches, cariño. ¿Qué hay para cenar? ¿Y para desayunar mañana? ¿Y para comer? ¡Me quedo contigo para siempre!... Soy feliz si me abrazas.

Aconsejada por sus amigas Renée y Benedetta, Fernande dio un paso adelante en septiembre de 1905. Dejó a Laurent para siempre y empezó a cohabitar con Pablo, pensando en trasladarse pronto a pieza más amplia del Bateau Lavoir. Una pieza que le permitiría al también pintor Auguste Agero ocupar el ático que el malagueño iba a dejar libre, puesto que salía de otro aún peor... Tan cotizados estaban los cuchitriles en aquella residencia, por desvencijada que fuese. Residencia que a Fernande, sin necesidad ya de fumar opio, le pareció bendecida por el sol en aquellos días, santuario de una bohemia cuya libertad se hacía valer entre las vidas mediocres que los burgueses de a pie llevaban alrededor. El amor había comenzado a liberar humores en su organismo, produciéndole efectos más alucinantes y alucinógenos que los de cualquier droga. Y, de resultas de ello, pasó días flotando en las nubes, dormitando a cada tanto, con la más agradable sensación de duermevela nunca conocida. De hecho, Fernande se acostaba hacia las nueve y no se despertaba hasta bien entrada la mañana, confiada a la sensación de confort que acababa de descubrir. Y, en cuanto a Pablo..., el efecto que la convivencia con Fernande le produjo fue exactamente el contrario. Aumentó sobremanera su vigilia. Contemplaba dormirse a su compañera y luego permanecía trabajando hasta las seis de la mañana, so pretexto de que bajo las estrellas podía hacerlo sin visitas que le interrumpieran. Total, que luego apenas dormía, cuando con el sol los amigos se le colaban en el taller.

En cuanto se dieron a vivir juntos, pese a la disparidad de horarios, la luna de miel se hizo carne entre Pablo y Fernande. Pablo pensaba que nunca había querido a nadie como a ella, que jamás quiso a nadie, en realidad, hasta quererla a ella. Y que, por fortuna, no había tenido que disparar revólver alguno para demostrárselo... Fernande se convenció de que con Pablo valía la pena aprender a querer... De ahí que aceptara dejar de posar para otros artistas que no fueran él, a petición suya, cancelando incluso sesiones con Sicard y Cormon, previstas semanas antes de convertirse en mujer oficiosa del pintor malagueño. Una carta de Sicard le rogaba a Pablo comprensión, pero ni por ésas... No estaba dispuesto el andaluz ni a perder el tiempo aceptando estar presente en las sesiones, tal como le sugería el colega francés, a modo de perro guardián. Sabía Pablo lo que ocurría a menudo entre pintor y modelo, por experiencia propia. No le inspiraban confianza sus compañeros de trabajo. Creía el ladrón de corazones que todos eran de su condición... Y, sobre todo, teniendo en cuenta que a su chica la llamaban «la bella Fernande».

–¿Para quién has posado hasta ahora, Fernande? –quiso saber Pablo, en plena discusión amable, sobre si debía o no seguir haciéndolo.

–Desde que lo hice para Laurent y Othon Friesz, años atrás, he frecuentado el taller de varios escultores. Y a Ricard Canals. Y a Cormon, al que tú conoces.

–Pues ya es hora de que te retires del oficio.

–¿Por qué?

–Porque gente como Friesz no tiene mucho que aportar a la historia del arte.

–Para él, que ahora está casado con mi hermanastra, dicho sea de paso, posé pensando en adquirir rodaje. Luego, con Laurent, supe la paciencia que debes echarle a este trabajo.

–Por eso mismo, Fernande. Está mal pagado para las horas que te exige frente a un caballete.

–Es verdad. Hace unos años, ni pluriempleada lograba salir adelante. Trabajaba por la mañana con un escultor de Neuilly. A mediodía para un pintor, que me quería desnuda. Por la tarde, para Laurent...

–¿Ves lo que te digo? –intervino sintiéndose investido de razón Pablo y tragando sapos y culebras para no enfadarse, al saber que Fernande había posado ya sin ropa.

–Pero necesitaremos dinero. Teniendo en cuenta lo poco que tú vendes, con perdón, no saldremos en mucho tiempo de pobres.

–Ya veremos, Fernande. De momento, tú quédate en casa... Y, a propósito, cuéntame acerca de tu hermanastra. ¿Fue tu padre o tu madre quien se volvió a casar en segundas nupcias?

–Mi madre. Bueno, en realidad, yo me crié con unos tíos en París. Ya te contaré la historia más despacio...

–¿Por qué nunca quieres hablar de los tuyos? –insistió Pablo.

–A mí me gustaría saber qué hay de malo en posar para otros artistas. Tú siempre has tenido modelos, ¿no? Y aquí estamos los dos, juntos. No te has fugado con ninguna de ellas.

Las espadas quedaron en alto, aquella vez. Fernande echó en falta mayores explicaciones sobre la negativa de Pablo a que siguiera trabajando y, por su lado, Pablo tampoco pudo bucear más en el pasado de su compañera.

Pablo comenzaba a mostrarse tan posesivo con Fernande como con sus cuadros, de los que le costaba desprenderse cuando aparecía comprador para ellos. No deseaba que su odalisca trabajara y, a menudo, tampoco podía trabajar él, absorto como estaba en su contemplación... Por tanto, a los días con mariposas en el estómago que bendijeron la coexistencia inicial de la pareja siguieron otros de carestía, ya con el frío del invierno parisino llamando a las puertas del *atelier* que ocupaban. Bajas temperaturas que la pareja combatió permaneciendo arropada en la cama buena parte del día. Y, cuando se reveló insuficiente el calor humano para no acusarlas, Pablo tuvo que revisar los principios del hombre celoso que dominaban su relación sentimental. Por algo era la primera vez que se las veía con una mujer que no era puta, ni profesional del posado frente al lienzo...

—Cariño, tengo los pies fríos, muy fríos –le dijo una madrugada Fernande a Pablo, despertándole de su profundo sueño–. Y la nariz. Y las orejas.

—Pues ya no quedan más chaquetas ni abrigos que echarnos encima de la cama.

—Dame friegas, frótame los dedos con tus manos.

—Lo puedo hacer durante un rato, para que entres en calor. Pero enseguida volverás a estar destemplada.

—¿Cuánto hace que no echamos carbón a la chimenea? ¿Tampoco tenemos petróleo para encender al menos el fuego del hornillo en la cocina y hacerme un té?

—Debe de haber medio vaso hecho por ahí.

—Sí, los restos del té de las cinco, convertidos en *marrón glacé*. ¿No nos quedan siquiera fósforos para hacer fuego con medio kilo de tus papeles mal garabateados?

—Fuego es lo que desprenden tus ojos, cuando te me pones con fiebre de resfriado o te enfadas...

—Déjate de monsergas, que estoy hablando en serio.

—Espera que mañana me pase por la galería de Ambroise Vollard, a ver si esta vez me compra algún aguafuerte.

—Eso me dices, noches tras noche. Yo sólo sé que sales a patear París y vuelves sin un franco en el bolsillo.

—Todavía no he conseguido hablar con Vollard, pero un día de éstos...

—Y, mientras tanto, a congelarnos, ¿no? –le interrumpió Fernande con muestras de irritación en su tono de voz y rostro.

–¡Qué guapa te pones cuando te enojas, cariño!

–¡Mira que me enfado de verdad, eh! Podrás pensar que soy una friolera, pero no aguanto más esta situación. Mañana mismo soy yo quien sale a buscarse la vida por ahí, a ver si le doy lástima al carbonero...

–¿Qué dices? –se alarmó Pablo.

–Digo que ya está bien... Paso porque comamos las salchichas que el carnicero le regala a tu perra *Frika* y la pobrecita nos trae sin devorar. Animalito... Paso por decirle al tendero del ultramarinos que estoy desnuda y no puedo abrirle para pagarle, esperando que deje su pedido a la puerta y nos lo fíe. Pero de frío no me pienso morir...

–Ten paciencia, mujer, que todo se arreglará pronto...

–Si no quieres que salga de casa, para trabajar, trae tú las lentejas para los dos. Si eres tan hombre como para tener celos hasta del cura que me dice *bonjour*, gánate al menos la vida como tal...

Aquélla fue la primera pelotera seria entre Pablo y Fernande. Y a partir del día siguiente, en su hogar entró el carbón de balde, servido por el cisquero de la esquina, que andaba prendado de la bella Fernande como tantos otros jóvenes y no tan jóvenes del barrio. Los ojitos que la perspicaz Fernande se dio en hacerle, sin pasar a mayores, fueron suficiente para que el chico no perdiera la esperanza de lograr sus favores algún día y, entre tanto, decidiera hacer méritos y celebrar sus pupilas negándose a cobrarle por gentileza el combustible. Nada podía objetarle Pablo, cuando comprobó la productividad de su coquetería. Y que se le ocurriera... El genio de Fernande rara vez aparecía en escena, pero cuando lo hacía era temible...

El dinero comenzó a entrar en aquel hogar, poco a poco, destinado a su manutención tanto como a satisfacer los peque-

ños caprichos de Fernande. Una manera urdida por Pablo de
que siguiera atada a la pata de la cama... Si quería nuevos libros
para leer, él acudía a la librería de viejo de la Rue des Martyrs
y los compraba al peso. Alimento para el alma en días de ayuno forzoso y nada religioso... Que añoraba los perfumes olidos
alguna vez en su adolescencia, dos o tres luises le valían al pintor español para traerle agua de colonia... Horas muertas se
pasó Fernande en el diván del estudio que compartía con Pablo,
bien bostezando, bien leyendo entre vaso y vaso de té. Horas
muertas que a veces contaban con la contemplación absorta de
su compañero, al que gustaba sobremanera admirar su cuerpo
inmóvil y recostado, cuan agraciado era. Tanto es así que, aparte de las compras, Pablo asumía también de ordinario las tareas
domésticas. Fregaba la vajilla y barría el estudio, sin importarle que ella se abandonara a la pereza, retardando el momento
de dar el callo. Pablo porfiaba por la convivencia en pareja,
revelándose amito de su casa, limpio como no lo había sido
viviendo solo. Bajo ese punto de vista, no se le podía acusar de
señorito andaluz... Así que, a las malas, Fernande se sentía feliz,
asumiendo cada vez más su papel de esposa indolente. Se acostumbró a disfrutar el estado de gracia que el destino parecía
reservarle, por fin, tras relaciones de pareja fallidas sobre las
que no quería contar nada a su actual compañero.

—¿Te quieres casar conmigo, Fernande?

—Cómprame primero unos zapatos para salir a la calle, que
me tienes recluida en el estudio, secuestrada como un rehén.

—Imagina que ya tienes puestos los zapatos de Cenicienta...
¿Me tomas por esposo?

—No, cariño. Te quiero mucho, pero no.

—¿Por qué?

—Ya te lo explicaré algún día.

–Pues te lo seguiré preguntando hasta que me des las razones de tu negativa.

–Y yo te seguiré diciendo que no, mientras no llegue el momento de contarte por qué –zanjaba la conversación la bella Fernande, dispuesta a seguir en sus trece, frente a las proposiciones de matrimonio que Pablo le hacía. Y es que, teniendo en cuenta cuándo y con quién había madurado como mujer, no podía tener hijos, detalle que le ahorraba saber a su *partenaire*.

Cohabitando con Fernande, Pablo temió de entrada que pudiera quedarse encinta. Pero viendo que no concebía, por más actividad sexual que les uniera, pasó de nuevo a temerse que sus testículos llevaran tiempo incubando la sífilis, esa maldición que tanto le obsesionara tiempo atrás. Y razonó que, si bien la enfermedad no parecía manifestársele en toda su virulencia, acaso le había dejado ya estéril... Un barrunto que por su parte tampoco confió a Fernande, por lo que pudiera ocurrir... Pablo pensó en la sífilis y, por asociación de ideas, le vino a la memoria la reciente boda «a traición» de Germaine y también el pañuelo recibido en su día de la samaritana. Una prenda que seguía conservando entre su ropero. ¿Por qué no retomar, pues, las indagaciones sobre ella, buscando a la sociedad de Saint-Germain que parecía estar en la trastienda de todo su misterio? No estaría de más, ahora que tampoco se veía motivado para pintar sin descanso. En fin, acudiría con sus preguntas a la sociedad secreta, cuando pudiera estrenar traje con el que pasearse por los elegantes bulevares que Napoleón III había trazado en París, allí donde la casquivana Germaine le había dicho que se ubicaba la logia con respuestas a sus preguntas. Claro que, antes, debía comprarle zapatos a Fernande, a fin de poder cenar con él, por ahí, celebrando que tenía dinero para una buena americana de sastrería... Que ni alpargatas decentes tuvo la niña, para bajar al retrete, durante dos meses, en las épocas más paupérrimas de su vida en pareja...

El cuento de la lechera ocupaba a menudo la fantasía de Pablo, que vendía ya algún que otro cuadro de pequeño formato, a finales del año 1905, dando pie a que Fernande demostrara su inopinada y buena mano para la cocina. Dos francos diarios tenía de presupuesto para las tres comidas, a las que a menudo se apuntaban comensales inesperados. De ahí que Fernande sirviera cazuela de pasta especiada a discreción, muchas noches, cuando su compañero sentimental volvía al estudio acompañado de amigos tan hambrientos o más que él. Suyo era el milagro de los panes y los peces hecho macarrones, para llenar la tripa al menos con hidratos de carbono... Para la tripa de tipos tan corpulentos como Guillaume Apollinaire, que instalado en la Rue Passy se había hecho íntimo de Pablo y, llegado a su hogar, permanecía hasta las tantas disertando sobre poesía vanguardista. Eso si no le ocupaba alguna apasionada discusión sobre lo mismo en el restaurante La Closerie des Lilas, a espaldas de los jardines de Luxemburgo, epicentro de veladas literarias anunciadas de verso y prosa.

—Comencé a vivir en pareja, sin saber cocinar —contó un buen día Fernande, mientras servía macarrones al orondo Apollinaire—. Mi *partenaire* se llamaba Paul. Yo tenía diecisiete años. Él, veintiocho. Me dejaba en casa sola y no era capaz sino de comer pan y chocolate, para alimentarme. Tenía miedo hasta de peinarme frente al espejo. Y no digamos de salir sin él a la calle...

—¿Cuándo preparaste tu primer plato, Fernande?

—Con mi amiga Hélène, por aquella época. Un potaje de legumbres a las que eché medio kilo de mantequilla, en su ausencia... «¡Eres tan inútil para la cocina como para el amor!», me gritó al volver Hélène.

Todos los comensales rieron el énfasis final que Fernande le puso a sus revelaciones. Todos menos Pablo, que torció el gesto.

–Después, viviendo con Laurent, era él quien cocinaba –siguió narrando Fernande.

–Cariño, quizás has bebido demasiado vino. Calla ya –le recomendó Pablo.

–¿Qué pasa? ¿Eres tú el único que puedes relatar tu biografía sentimental? ¿No se ajustan mis palabras a un tema de conversación lo bastante artístico y elevado? –protestó Fernande.

–No es eso. Ocurre que Pablo lleva a gala lo de ser señorito andaluz y, por definición, celoso de cuantos hombres hayas conocido antes que a él... –metió cizaña Apollinaire, palmeando la espalda de su amigo pintor, para que encajara con deportividad y aire de broma el golpe bajo.

–Tú ponte de su parte. Di que sí... –exclamó Pablo.

–*Pax in terris* –declamó Max Jacob, que permanecía atento a la temperatura de la discusión–. Haya paz, señores.

–Cambiemos de tema, por favor –pidió Pablo, falsamente conciliador...

El pintor André Derain no vivía lejos de allí, en la Rue Tourloque, antes de tomar por esposa a la modelo Alice. Y tampoco Braque, otro artista al que Pablo comenzaba a tratar, alojado en la Rue d'Orsel. Cuando no se juntaban con el malagueño para arreglar el mundo, junto a Max Jacob y Apollinaire, lo hacían sus vecinos españoles del Bateau Lavoir... Una nómina de conspiradores que ya quisiera haber tenido de su parte cualquier logia, con o sin misterio del pañuelo codiciado de por medio. Ay, si llegan a saber sus maestres en qué corrala se reunían hasta el alba...

11

LA VIDA EN EL LIENZO COLOR DE ROSA

Apenas tenía la pareja para comer, pasaba frío y necesidades de todo tipo... Decir que la convivencia entre pintor y modelo fue color de rosa sería exagerar, de no ser porque hablamos de Pablo, que junto a Fernande hinchó su pecho con optimismo y alegría de vivir, hasta teñir de semejante tono los lienzos que antes pensaba en azul. Hacia 1905 se inició la época rosa de su pintura, con retratos de Fernande y personajes del circo que recordaba de su niñez y volvía a ver ahora, al pie de la Butte. Allí se había instalado la compañía Medrano, cuyos espectáculos frecuentaba Pablo varias veces por semana con los amigos, siempre que tenía dinero. Una *troupe* era la suya de malabaristas, saltimbanquis y arlequines, que para él simbolizaban la honestidad profesional del artista, por encima de lenguas y nacionalidades; la plástica del mejor museo viviente, el triunfo del trabajo arriesgado y constante. Titiriteros de la lengua con el santo y seña de la vida nómada, a un tiempo estigma y signo del elegido. Última frontera del contrato social con la civilización sedentaria... Malabaristas, saltimbanquis, arlequines ... Tipologías que, en muchos casos, usó Pablo para colar su propia cara en la piel y traje de aquellos a quienes consideraba espiritualmente sus iguales, sugiriendo que podía vivir otras biografías al menos sobre el papel, ese llamado lienzo. La época rosa supuso todo un signo de evolución en la pintura de Pablo, a partir del cuadro titulado *Familia de acróbatas con mono*, trabajo en *gouache*, acuarela, pastel y tinta china sobre cartón, que celebraba la maternidad en el contexto del circo ambulante. Y eso al poco de que su modelo Madeleine le hubiera abortado un hijo...

—Chico, ¿cómo te atreves a dibujar mamás con niños, con la que está cayendo? —preguntó Max Jacob a Pablo, a la vista de su *Familia de acróbatas* y otros lienzos de corte maternofilial que tenía avanzados.

—¿A qué te refieres, Max?

—¡Válgame Dios!, ¿no acaba de perder un hijo tuyo Madelaine? —exclamó el poeta, único amigo que estaba en el secreto del percance sufrido por la modelo.

—Vaya, no había pensado en ello.

—¿Cómo eres tan bruto a veces? ¿Sigues viendo a esa chica? Porque si la frecuentas aún, más te vale esconder estas telas a su vista. Podría enfurecerse, tomarlo como una burla a su desgracia.

—La verdad es que nunca me había planteado tener descendencia con ella.

—¿Y ella contigo?

—Dos no procrean, si uno no quiere.

—Tienes suerte de que te haya querido tanto como para no hacerte padre, sí o sí... ¿Qué hubiera pensado Fernande?

—Madeleine pasó a la historia. Y, para niño, ya estoy yo, en busca de la mujer que me lo dé todito todo, con abnegación de madre.

–Si no supiera que estás enamorado, te creería. Cuenta las lunas llenas que te quedan este año en el calendario, hasta junio del año que viene. A ver si te da para regalarle a Fernande un brazalete por su aniversario...Te partirías el pecho ahora mismo con quien fuera, caso de que la «belle Fernande» te lo pidiera como prueba de amor.

–Me lleva pidiendo meses el pañuelo que vio en el altar que le dedicamos –confesó Pablo a Max, que algo sabía sobre el origen de la prenda y las expectativas que levantaba.

–¿Y por qué no se lo das?

–Supersticioso que es uno... No me gusta regalar lo que a mí me regalaron. Y menos aún si el obsequio vino de manos femeninas.

–Me da que hay más, mucho más de lo que me has contado, detrás de ese pañuelo lleno de autógrafos. Anda, desembucha...

–Poco tengo que añadir a lo que te conté sobre él –mintió Pablo, temiendo explicarle más o menos de la cuenta a su amigo y romper con ello alguna promesa nunca hecha..., algún compromiso tácito sobre la discreción a que se obligaban quienes sabían del pañuelo, quienes estaban en el secreto del supuesto club vinculado a su tacto de seda.

–Al menos podías lucirlo alguna vez en público, anudado al cuello, por ejemplo. Tal vez alguien te lo vea y sepa decirte espontáneamente algo sobre sus propiedades.

–Ya me verás con él en algún momento, descuida. Por de pronto, no me lo pongo para no mancharlo. Trabajo todo el día como un proletario del arte. No otra cosa soy aquí y ahora.

Como para corroborar sus palabras, Pablo pintó un obrero parisino todavía en azul, tras el verano de 1905. Un opera-

rio con mono de trabajo y trazas de autorretrato, al que terminó coronando de rosas, un mes después de creer que ponía punto y final a su imagen. Semejante cuadro, sin la importancia de
otros en su obra, corroboró el comienzo efectivo de una nueva
época en su pintura. Ahora bien, si Pablo pretendió involucrar
sus rasgos faciales y estado de ánimo en algún lienzo, por aquellos días, fue al concebir *L'arlequin au verre*. Y es que no sólo
trasladó sus ojos, nariz y boca al personaje de la *comedia dell'arte* con que lo titulaba, sino que, además, invitó a saltar dentro
de su escena a una vieja amiga: Germaine. Y lo hizo con idea
de embutirla en el cuerpo de una *vedette*. Pablo se había acostumbrado a pagar con lienzos en las tabernas donde le fiaban
consumiciones, hasta engrosar una cuenta para la que nunca
tenía liquidez. Así que *L'arlequin au verre*, el cuadro que de tales
trasuntos resultó, vino a costear los débitos de comida y bebi-
da que había adquirido durante todo el año en el Lapin Agile,
el cabaré por el que entonces se dejaba caer a menudo. La tela
había comenzado a pintarla en 1904, pero no la terminó hasta el año siguiente, cuando la seguridad sentimental alcanzada
con Fernande, la mujer dueña de sí misma que tenía al lado, le
permitió recapacitar definitivamente sobre la insana relación
que aún mantenía en la distancia con Germaine. La veía de
forma fortuita, cuando coincidía con su marido Ramón Pichot
en alguna exposición o cantina. La saludaba y departía con ella,
pero en su fuero interno todavía no le había ajustado del todo
las cuentas. Y la manera que encontró de expulsar fuera de sí
esa mala sangre fue hacerla pública. Germaine acodada en la
barra del mismo cabaré donde se iba a colgar el cuadro, con el
arlequín que a él le representaba dándole la espalda en actitud
de desprecio o despecho... De cara a la galería, Pablo creía dejar
dicho así, para los restos, que no le perdonaba su responsabi-

lidad en el suicidio de Casagemas. Acaso consiguiera, con ello, que las lenguas redimieran cuanto aún le reconcomía por dentro el episodio. Comentarían por ahí que el pintor andaluz fue el mejor amigo de Carles Casagemas, aunque no pudiera evitar que abandonara el tren de la vida en marcha... Es más, Pablo quería recordar con su lienzo a Germaine algo no menos importante: que conservaba en su poder el pañuelo de los milagros pendientes. Una prenda que a ella no le había servido para ser feliz mientras la tuvo, ni al pasarla de manos... Porque con Ramón Pichot no iba a lograr la unión que despreció con Carles. Faltaría más...

El arlequín de Pablo llevaba, efectivamente, un pañuelo al cuello, en primer plano, aunque la *vedette* pintada también no le prestase atención... Y, al fondo de la escena, el entonces cantinero del Lapin Agile, otrora ubicado en el cabaré Zut, Fréde para los amigos, ponía banda sonora a la secuencia con su guitarra. Un retablo de tasca, donde parecía servirse barra libre a los sentimientos más arrastrados y agrios. Cualquier espectador estaba invitado a compartir el mohín y motivos de disgusto expresados hacia Germaine. El arlequín pagaba las copas, en tanto Fréde cantaba los motivos del cuadro para los no avisados...

Por otra parte, Pablo demostraba en semejante óleo arrepentirse del trato carnal con Germaine. Y sugería, claro está, su consternación hacia la eventualidad de haber contraído la sífilis... Una duda que aún le comía las entrañas. No en vano, *L'arlequin au verre* mostraba a Germaine con el gorro distintivo observado por Pablo a las infectadas de la prisión hospital de Saint-Lazare.

Pablo sostienía, además, un vaso en el cuadro... ¿Brindaba Pablo así por la salud perdida? «Ésta es parte de mi familia, para bien y para mal», parecía decir, en último término, con su pintura ya expuesta en el frontal izquierdo del cabaré. Y si persistía en recrear el fantasma de la sífilis cerca, era porque su educación cristiana le incitaba a creer que en el pecado se lleva siempre la penitencia.

Estaban sobre el tapete los sentimientos que Germaine despertaba en Pablo. Pero... ¿quién era Fréde? ¿Cuándo y dónde había adquirido el derecho a testificar aquella escena? Fréderic Gerard, «Fréde», figuraba en ella por derecho propio, convertido ya en el barman confidente de bebedores que necesitaba el Lapin Agile.

«Si se me permitiera seguir rasgando la guitarra, cantaría que por entonces la vida era dura, distinta y feliz. Que en este cabaré artístico siempre hubo libertad para predicar o mendigar, a despecho de las *starlettes* que bailaban cancán para el Moulin Rouge. Vivimos como si nada mejor pudiéramos hacer y, sin darnos cuenta, la vida se nos volvió historia del arte en do mayor. Nos reíamos de todo y nuestra risa aguantó el tipo, incluso el día en que Picasso me dejó clavado en su cuadro como mariposa de coleccionista.» Las paredes siempre oyeron y acaso podían contar, ya entonces, en el Lapin Agile, lo que sabían, encontrando bocas con las que hacerlo. Bocas como la de Fréde, que quedó inmortalizado en la prolongación de la estancia cabaretera que proponía el cuadro de Pablo... Así se hubiera expresado en ese momento Fréderic Gerard, caso de haberle preguntado alguien. Fréde, que murió, años después, llevándose consigo a la tumba secretos propios de tabernero con plaza en mando y oficio añadido de párroco. Tanto alcohol quitapenas se escanciaba en su café cantante, regado con el vino de las últimas viñas que resistían y aún resisten en la Butte de Montmartre. Alcoholes entre los que maceraba el tradicional licor de cereza, con que la casa daba y sigue dando la bienvenida a sus clientes: «L'eau de la vie», que llaman. Cuánta gente no se le confesó al bien barbado Fréde, apoyada en la barra del bar, a la que antaño daba la puerta principal del Lapin Agile, en la Rue du Saules.

Bala perdida a quien todos conocían en la Butte, reían las gracias y borracheras, Fréde ejercía la cátedra «honoris causa» de la *bohéme montmartroise*. Venía a ser el patrón honorario del Lapin Agile, aunque la gestión real del local la llevase Paolo, su hijo. Aristide Bruant se la había confiado a él y no a su padre, pese a la amistad de juergas y canción satírica que les unía. Así lo había decidido, cuando en 1902 compró el local *in extremis,* salvándolo de la piqueta especuladora que seguía causando estragos en el amable paisaje rural de Montmartre. Tan apetecible era su inmueble bajo y solar, como atalaya de París. Tan incapaz parecía Fréde de sobrellevar la risa como negocio, el negocio de la risa que acababa en larga carcajada frente a toda moral victoriana, entre los artistas de París que heredaban la resaca impresionista...

–Cuéntanos, Fréde, lo que no han visto estas paredes mohosas –le pidió una madrugada Pablo, de tertulia con él en la trastienda del cabaré y sin ganas de irse a dormir–. ¡Qué no habrán oído desde que aquí se empezó a servir vino de cerezas! ¡Qué no les quedará por oír!

–Yo era un chiquillo cuando abrió como taberna rural y canalla en 1860, bajo la peor de las reputaciones. Entonces el Lapin Agile se llamaba Rendez-vous des voleurs, imagínate...

–¿«Cita de ladrones»? ¿Por qué? ¿Se juntaban aquí todos los carteristas de París a contar sus botines? –quiso saber Pablo.

–Ya era dudosa su feligresía. Pero lo fue más luego, cuando pasó a rebautizarse el local como «cabaré de los asesinos», a razón de la refriega entre mafiosos que conoció en aquella década.

–En plan cantina del oeste, supongo –intervino André Salmon, también presente en la reunión.

–O, mejor, en plan noche de lobos. ¡Auuuuh! –aulló Pablo con las mejillas coloradas, a razón del licor que llevaba tomado a esas horas.

–Las crónicas aseguraban que a nadie habían asesinado todavía aquí dentro. A nadie que no pudiera conocer forma distinta de muerte violenta en otra parte... –matizó Fréde, despertando una carcajada en cuantos le rodeaban.

–Debió de ser antes de que la bailarina Adèle Decertz lo llamara «A ma campagne», ¿no? ¡Menudo cambio de imagen! De cueva de Alí Babá a bucólico merendero campestre... –recordó y razonó Salmon.

–Así se convirtió en retiro de aquella buena señora y sus admiradores, hasta que, hace treinta años, el humorista André Gil pintó al fresco para su fachada la cazuela con el conejo que aún luce. Y del término Lapin à Gill al de Lapin Agile, sólo hubo un ligero cambio de grafía en su rótulo, pero apenas fonológico, dos años atrás. El conejo ágil, frente al conejo a la cazuela...

–Bueno, resucitasteis al bicho que andaba ya cocinado, ¿te parece poco? –argumentó Pablo.

–Conejo, conejo, lo que son conejos, hay pocos aquí. Se ven más en el Moulin Rouge –bromeó Salmon.

–¡Qué animal eres!, André. Será que la banda de Pablo en la que estás no tiene suficiente gancho para las chicas. Bastante hago yo con que bebáis en mi local de balde, la mitad de las veces. Pero ni así...

–¡Oh, museo viviente del ingenio y la mayor tragicomedia conocida por el arte moderno! –enfatizó Apollinaire, que hasta el momento había permanecido oyendo a sus compañeros de farra–. ¡Lapin Agile que nos convocas, expones telas del maestro Utrillo, en tanto viven al filo de la navaja quienes finalmente harán historia de la pintura con mayúsculas! Quien tenga oídos, que oiga... Ahí queda esta declamación.

«Si se me permitiera seguir cantando... –podría haber desvelado Fréde desde el cuadro, aquella noche que parecía no acabarse nunca–. Si se me permitiera seguir cantando, sabrían ustedes que el juego del pañuelo fue desde siempre un juego peligroso, pasando de mano en mano a través de *chambres* de hotel *particulaire* y años de amorío clandestino. Y eso por más que artistas como Picasso desafiaran su ligereza, lo quisieran para sí como eterno amuleto, pintándolo en su lienzo cuando creía no poderlo retener ya por más tiempo. Picasso no siempre fue célebre en París. Entró con buen pie a sus salones, nada más llegar, pero conoció también la penuria, antes de que su pintura alcanzara reconocimiento. Y siete años de verdadera bohemia, que recordaría a lo largo de las siete mujeres que le aguantaron, incluida en la lista Fernande, su gran amor, el primero, aquel que tuvo viviendo en París con sus cinco sentidos, con hambre de amigos, *bistró* y éxito.» ¿Qué sabía Fréde sobre el pañuelo de la samaritana? Lo bastante sobre quien lo buscaba. Pero nada le dijo a Pablo sobre el particular, ya que tampoco se lo preguntó...

El cuadro desde el que podría hablar Fréde presidiría la *joie de vivre* en el Lapin Agile hasta 1912, pese a la displicencia y disgusto que daban a entender sus personajes. Suya era la escena cabaretera inicial que veían los clientes según entraban por la puerta... ¿Y por qué Pablo decidió autorretratarse en él con el pañuelo de la samaritana al cuello? ¿Trataba de perpetuarse como su dueño y señor, por lo que pudiera pasar en adelante con su destino? ¿Quería probar el efecto que causaría en un arlequín de suerte siempre incierta?

–¿Qué va a ser, jefe? –preguntó Fréde, según la costumbre, al cliente tempranero que doce horas después ocupó banco de madera en su local. Carraspeaba el cantinero esa tarde de 1905, recuperándose aún de la serenata corrida la noche anterior...

–Un licor de cerezas para empezar, *of course*. ¿No es la especialidad de la casa? ¿Qué menú de artistas tenemos hoy? –preguntó el desconocido, un tipo con bastón y tocado por la incipiente moda de los sombreros *cantonnier*. Parecía un cazatalentos, impecablemente vestido de traje claro a rayas.

–Canción bufa. Pero tendrá que esperar hasta las diez de la noche. Acabamos de abrir.

El desconocido decidió hacer tiempo mirando distraídamente los manuscritos de poeta, aguafuertes y recortes de revista ilustrada que decoraban las paredes del local, hasta reparar en *L'arlequin au verre*.

–¿Cuándo llegó este cuadro hasta aquí? Creo recordar que no estaba antes... –le preguntó y comentó a Fréde.

–Hace poco que lo hemos colgado. Nos lo regaló un cliente habitual. ¿Le gusta? –respondió el cantinero.

–Mucho. Me apetecería conocer a su autor. ¿Cómo se llama? –dijo el desconocido acercándose a mirar su firma.

–Pablo Picasso. Se trata de un pintor español afincado en París. Un buen chico.

–¿Suele venir a menudo por aquí?

–A cada tanto, pero más tarde. Aquí se cita entre amigos.

–Será un tipo famoso... Pinta realmente bien.

–Qué va. Anda siempre a la cuarta pregunta, como todos los artistas jóvenes del nuevo siglo.

–Es el signo de los tiempos. Nadie tiene lo que se merece... –sentenció el desconocido, apurando de un trago el licor servido, incorporándose y descubriéndose el sombrero para decir adiós, guiñando un ojo a Fréde–. Volveré en otro momento. Gracias, *monsieur*.

Aquel día hubo risas y risotadas en el Lapin Agile con el número de *chansonnier* subido de tono que lo animó, pero Pablo no dio señales de vida. Estaba fumando opio.

El desconocido que lo buscaba volvió al poco por el cabaré y entonces sí le identificó y se dirigió a él, sin que nadie le anunciara. Una señal inequívoca desde la barra del cabaré le llevó a no equivocarse de hombre y abrir con él conversación a «tiro hecho»...

–Buenas noches, amigo. Permítame que me presente. Soy el doctor Faustroll y hace algún tiempo quería conocerle.

–Bonito nombre para un *gentleman* como su señoría... –bromeó Pablo, sintiéndose rey de la escena, entre André Salmon y Apollinaire, siempre compinches de taberna canalla–. ¿Qué se le ofrece?

–Me he fijado en el cuadro que cuelga con su firma de aquella pared y creo reconocer a un amigo en el arlequín que ha pintado. Hace mucho que le perdí la pista. ¿Podría indicarme dónde encontrarlo?

Pablo miró a sus amigos literatos, pactando tácitamente con ellos no revelar la identidad del arlequín, a las primeras de cambio. Si es que el desconocido era incapaz de adivinar que se trataba de su autorretrato. A ver dónde conducía aquella charla...

–El circo Medrano, cerca de aquí, abunda en personajes de la *comedia dell'arte* como éste. No recuerdo el nombre de aquel que posó para mí, pero vaya y pregunte.

–Es una pena que no pueda darme más datos sobre el particular, porque tiene algo que a mí me interesa y por ello podría pagar bastante: más dinero del que ustedes imaginan –lamentó el doctor sacudiendo la cabeza, en tanto deslizaba con disimulo cinco billetes de cien francos al bolsillo de la americana que vestía Pablo–. En fin, estimado pintor, si por un azar le viene a la memoria algún dato más sobre tal personaje, no dude en ponerse en contacto conmigo: Rue Rivoli, 38. Señores... ha sido un placer hablar con ustedes.

Boquiabiertos se quedaron los interpelados, cuando el desconocido se marchó a grandes zancadas, tras descubrirse lenta y ceremoniosamente el sombrero.

–¡Quinientos francos, Pablo! ¡Te acaba de dar quinientos francos y te promete más para que te inventes al personaje que desea conocer! –enfatizó Apollinaire, fuera de sí.

–¿Crees que no se ha percatado de que el arlequín soy yo? –le preguntó Pablo.

–Sólo hay una manera de averiguarlo –intervino Salmon–: yendo a visitarle y jugando de farol, contándole una milonga a ver si suelta más dinero tan alegremente...

–Bien, entre tanto... ¡Pon otra ronda, Fréde! –pidió a voces Pablo–. Hagamos buen uso de la dádiva que acaba de bendecirnos.

Dicho y hecho. El doctor Faustroll esperaba a Pablo y el pintor no se hizo esperar más que cuarenta y ocho horas. Invirtió parte de la propina que le había largado en hacerse su primer traje de sastre parisino, pasó por el barbero y se encaminó a la dirección en la Rue Rivoli que se le había indicado, no lejos del Louvre, encontrándose finalmente ante un gran portalón de rejas, que daba acceso a un patio. «Buena casa ésta», pensó Pablo mientras lo atravesaba. Otro portón de forja hubo de abrir para seguir indagando y, a falta de lebreles o *concierges* a los que preguntar, llamó a la única puerta de bufete que le salió al paso, cuyo título rezaba sucintamente «consulta del doctor». ¿Quién sería el tipo en cuestión?

–Gracias por venir a verme, *monsieur*. Sabía que teníamos más que hablar usted y yo –le dijo el desconocido al recibirle y estrecharle la mano–. Tome asiento, por favor. ¿Un brandy?

–No, gracias. En realidad, no sé muy bien para qué he venido. Supongo que puedo aportarle algunos datos más sobre la persona a la que busca, aunque no sé si son los que precisa.

–Soy todo oídos, joven. No escatime detalle al contarme. Le aseguro de antemano que será generosamente recompensado por las molestias...

–¿Por qué está usted tan interesado en mi arlequín? Permítame esta pregunta.

–Se me olvidó decirle, *monsieur*, que aquí quien pregunta soy yo. ¿O es que está usted dispuesto a recompensarme, también, por la información que por mi parte le suministre?

–Bien, vayamos entonces al grano. El arlequín que me sirvió de modelo trabaja por libre y...

–Seré más concreto, ya que estamos de acuerdo en ir al grano –propuso el doctor, sin dejar seguir hablando a Pablo–. Le hago una oferta por el pañuelo que luce su personaje en el cuadro...

–Se la tendrá que hacer a él, ¿no? Era su atrezo...

–Es un decir, ¿verdad? Disculpe, un momento. –El doctor abrió en ese instante un cajón de su buró y sacó un paquete que puso al alcance del pintor, antes de continuar con su propuesta–. Le voy a pedir, si no tiene inconveniente, que se pruebe estos ropajes que creo son de su talla, para seguir dialogando. Estoy seguro de que al ponérselos nos entenderemos mejor...

Pablo desembaló el paquete, para descubrir en él la casulla ajedrezada que él mismo le había pintado al arlequín. No pudo evitar entonces su estupor y sólo alcanzó a decir:

–Perdone... No está en venta el pañuelo del que me habla.

–No es más que un pañuelo. Estoy dispuesto a pagar mucho por él, a comprarle si es preciso un tercio de los cuadros que tiene en su *atelier*. ¿Tanto significa para usted esa prenda?

–¿Cómo sabe los cuadros que puedo tener en mi taller?

–No importa el número. Y, si me apura, le diré que tampoco voy a discutir mucho el valor en francos que usted les atribuya.

Confuso y tentado frente a tan dispendiosa oferta, Pablo tragó saliva, se mordió una uña cabizbajo y, al final, levantó la cabeza como si hubiera tomado una resolución que el doctor se vería incapaz de rechazar.

–Me ofrezco a pintarle un retrato con el pañuelo por una módica suma. ¿Le vale con eso?

–Lástima que no lleguemos a entendernos, Pablo. Pensaba yo que lo suyo era el arte y el bienestar en París. Imagine las cosas que podía hacer con cinco mil francos en su bolsillo... Cinco mil.

Si el doctor ofrecía tamaña cifra, es que el pañuelo tenía un incalculable valor. Por tanto, Pablo creyó necesario pensarse y consultar con los amigos su decisión definitiva.

–Deme tiempo para estudiar el negocio que me propone. Sabrá de mí pronto. Un saludo, doctor.

–Si no sé de usted, sabrá usted de mí... No suelo olvidar a los prohombres que conozco, con un apretón de manos; sobre todo, si tienen su talento en ellas, como usted. Adiós –dijo por su parte el doctor, cuando Pablo ya le había dado la espalda dirigiéndose a la salida del despacho. Entonces el pintor se paró en seco, antes de proseguir su camino sin mirar atrás... ¿Le estaba amenazando por ventura? Ya en la calle, se miró las manos, imaginándoselas cercenadas por un par de matones a sueldo... ¡Qué estúpido había sido tratando de engañar a un desconocido tan observador sobre la identidad del arlequín! A partir de ahora, tendría que disimular más sus autorretratos...

Hasta cumplir los seis meses de convivencia con Fernande, en marzo de 1906, Pablo sostuvo la economía doméstica de la pareja viviendo prácticamente del aire, sin vender apenas un cuadro. Por tanto, la propina del doctor fue providencial para rehacer sus maltrechas finanzas, frente a las que mantenían el tipo pintor y modelo, cohabitando en treinta metros cuadrados de estudio. Y es que mantener el tipo significaba también adelgazar, verse el uno al otro más apetecible corporalmente... Aparte de los días de frío en que la chica se negaba a levantarse del catre, Fernande y Pablo casi nunca aceptaban invitaciones de extraños para cenar fuera, por más que supusieran ahorro en su exiguo presupuesto parcheado de préstamos. Para qué, si además Max Jacob y Apollinaire les visitaban a diario, manteniéndoles informados de cuanto se cocía en el ambiente artístico de la Butte y proponiendo chirigotas, canciones, imitaciones cómicas con que divertirse... El mundo exterior parecía sobrar, mientras la felicidad estuvo invitada a la mesa de Pablo y Fernande, por mucho que supusiera una boca más que alimentar. Un bendito *menage à trois*, a juicio de Max Jacob...

«Eres lo que más quiero en este mundo, después de Dios y los santos, que te miran ya como a uno de ellos. El mundo ignora tu bondad y virtudes, pero yo las conozco y Dios también», le había escrito Max a Pablo, por otra parte, sin que Fernande se lo tomara a mal, ni mucho menos. Sabía Fernande del aprecio que el dinámico, vitalista y divertido Max profesaba por su compañero, pero también de sus escrúpulos, como homosexual cristiano que se reconocía... Por eso, tenía en alta estima Fernande la pureza de sus sentimientos. «Amor admirable es lo que te tengo. Homenaje rendido a Dios por su Creación lograda contigo», rezaba otra de las misivas enviadas por Max, demostrando cuánto veneraba anatómicamente a Pablo, que se le mostraba pintando cada dos por tres con el torso desnudo en el estudio. «La belleza de sus miembros no es ningún secreto para nadie», le había comentado Max a Fernande, en privado, hablando de su figura pequeña, pero extraordinariamente proporcionada y musculosa.

Max Jacob trabó amistad con Apollinaire, por empatía hacia Pablo, en el bar inglés del restaurante Austen, próximo a la estación de Saint-Lazare. En aquella oportunidad, Apollinaire disertaba sobre Nerón y Petronio, pipa en mano, ante un auditorio compuesto por viajantes y corredores de comercio. Una parroquia que había oído campanas sobre sus incendiarias charlas y le miraba perpleja, teniendo en cuenta además la esclava en su muñeca, su reloj de platino y el rubí en el anillo, detalles que le hacían refulgir, todo él, bajo el tupé rizado que también lucía. No ahorraba escenificación el poeta para encandilar a su público...Y, por si fuera poco, los ojos avellana de Apollinaire, terribles y brillantes, ponían el alma en cuanto su boca de pimiento pronunciaba, silabeaba y bisbiseaba en plan encantador de serpientes, bajo un sempiterno sombrero de paja. De ahí que a Max le pareciera como mínimo un gran comediante, si no un auténtico y documentado orador, el gran comunicador de masas que necesitaba la vanguardia artística de París.

Será que pocos intelectuales de la época podían presumir de cosmopolitas como Guillaume, cuya ascendencia en materia de apellidos conocía media docena de países europeos: Wilhelm Wladimir Alexandre Apollinaire de Kostrowitzki... Guillaume se decía emparentado con Napoleón y, sobre todo, hijo natural de un importante eclesiástico del Vaticano, dato que a Pablo le llevó a caricaturizarle con tiara y a Fernande animó a desvelar en público más información sobre sus propios orígenes. Ya que Guillaume presumía de bastardo, era buen momento también para soltar lastre sobre su vergonzante pasado...

–Yo también tengo un padre no identificado, como tú, Guillaume. Ya somos dos –se precipitó a revelar Fernande, encontrándose arropada para desvelarle a Pablo cuanto no sabía aún de ella.

–¿Y eso?

–Es largo de contar, pero te diré que me dejaron al cuidado de unos tíos carnales, con la dote de mi casamiento y algún dinero más para manutención y estudios –relató Fernande–. Mi tía acusaba a mi tío de atenderme más que a su propia hija, con lo que descargó sus iras sobre mí para compensarlo... Al final, en aquella casa se vendía cara cualquier palabra amable y caricia hacia mi persona. Y pronto se me acusó de «mujer emancipada», por el solo hecho de buscar por ahí quien me quisiera un poquito más... Los amigos me visitaron en casa una vez y, delante de ellos, mi tía me amonestó, dio a entender que allí vivía de prestado, hija de la caridad, sin ningún derecho a invitar por mi cuenta a nadie. «Dios sabe cómo y dónde acabará esta chica», exclamó la muy bruja aquella tarde...

–Pues mira dónde y con quién has acabado. Si quieres, se lo hacemos saber a tu tía... –propuso Apollinaire.

–No hace falta ya. Si mi tío hubiera estado viudo, acaso seguiría viviendo con él... No sé, el hombre me hacía el caso que podía, a espaldas de su señora. Tal vez me venga de entonces la debilidad que luego tuve hacia los hombres mayores...

–A ver, a ver, ¿cómo es eso? –pegó la oreja Max Jacob.

–Fernande ha querido decir que le dan pena los ancianos, desde aquel episodio... –interpretó sesgadamente Pablo.

–Lo mío viene de familia –apuntó Guillaume–. Olga, mi madre, ya era hija natural de un coronel de la guardia pontificia y por eso nací en Roma, llamado a las filas del lumpen más aristocrático. Fui educado en Montecarlo, gracias a las comisiones que mi madre ganaba en los restaurantes y *boîtes* donde actuaba como cabaretera. Pisé los salones de París, a cuenta de las ganancias que daba la casa de juego montada por mamá en Vésinet, a las afueras de la capital, desterrada como estaba de Bélgica por «jornalera» de casino. No en vano, tenía un amante judío, el famoso jugador profesional Jules Weil. En fin... Lo mínimo que podía salir uno era intelectual.

–Pues la verdad es que sí –comentó Fernande, convertida en la interlocutora más interesada del poeta.

–Mi madre nos presentaba a sus amantes a título de tíos carnales, dada la edad que solían sacarle. Un industrial de Lyon, ya entrado en canas, nos acogió en su casa por algún tiempo y en ella me familiaricé yo con los libros –continuó explayándose Guillaume.

–Suerte que caíste en casa de un amante materno ilustrado.

–Mi madre también lo era. Vaya si lo era... Cuando nos presentaba en sociedad a mí y Albert, mi hermanastro, nos calificaba como su noble descendencia nórdica. Se supone que éramos la reencarnación de no sé qué héroes legendarios. Y, por las mismas, nos amonestaba, si veía que nos codeábamos con chicos de familias para ella consideradas indignas de nuestro trato... Así de chula era.

–¡Vaya con tu madre! Un caso claro de sobrecompensación psicológica –terció Pablo, que acababa de leer el concepto en un manual de psicología caído en sus manos.

–Si te digo que yo también tengo una hermanastra, parecerá que copio mi ralea de la tuya, ¿no? Pues la tengo. De todas formas, yo conocí mundo gracias al hijo de puta que me inició sexualmente. No me regaló ni una caricia la tía a quien encomendaron criarme. Confió todas ellas al chupatintas que tenía por contable. Un tipo seboso, llamado Paul, que se tomó al pie de la letra el ofrecimiento.

–No sigas, cariño –la interrumpió Pablo, temiéndose oír barbaridades por boca de Fernande.

–Eso fue sólo el principio. Recuerdo el día en que...

–Te he pedido, por favor, que no sigas contando –insistió Pablo, elevando la voz–. No quiero enterarme en público de lo que me costaría oír en privado.

–Pero estamos entre íntimos, ¿no? –razonó Fernande.

–Me ganas, Fernande –terció Guillaume para quitarle hierro al asunto entre Pablo y la chica–. Seguro que me ganas por goleada, porque mi relación genealógica acaba en la casa ilegal de juego que montó mi madre con su compañero judío. Llegado a la adolescencia, me abandonaron, perseguidos por la gendarmería.

Cada vez que abría la boca Guillaume para hablar de su estirpe, sorprendía a propios y extraños. Parecía un pozo sin fondo de anécdotas e historias de familia, a cual más folletinesca, truculenta y extravagante. Sin embargo, hasta bien entrada su amistad con Pablo, el poeta se calló que trabajaba en un banco para ganarse la vida. Y que si sugería quedar a menudo en el restaurante Austen, es porque desde Saint-Lazare tomaba el tren a Vésinet, donde también con frecuencia su madre le esperaba en un lamentable estado: borracha, encolerizada y proclive a golpearle, todo lo grande que era, a la menor excusa. Es más, una vez que fue a verla con André Salmon, mamá Olga los recibió con las salutaciones que siguen:

–Buen mozo traes por acompañante, Guillaume. ¿Quién de los dos ha corrompido a quién?

Fernande aprovechó más de una vez el pie escénico que Apollinaire le daba para ir poco a poco contando, acerca de quién era y de dónde venía. Lo hacía con cautela no exenta de entusiasmo, pues por fin tenía amigos en los que confiar. Lo hacía a sabiendas de que Pablo quería y a la vez temía desentrañar los secretos, miserias y escándalos de su pasado. Si supiera cuánto le quedaba aún por desvelar...

Guillaume Apollinaire era capaz de meterse entre pecho y espalda varios almuerzos seguidos a la vez. Carecía de mesura tanto al nutrirse como al hablar con grandilocuencia. Por la naturalidad con que repetía primeros y segundos platos, como si tal cosa, se diría que llevaba una doble vida, que comía y cenaba al menos dos veces por día, con esposas y niños de familias distintas... Sin embargo, Pablo conocía su soltería. Y su sacrosanto apartamento, pulcro y limpio como ningún ama de casa podría tenerlo. De hecho, no hacía el amor con mujer alguna sino en el sillón, para evitar que nadie tocara su cama. Un tálamo destinado únicamente al reposo, impoluto, sin un pliegue en la colcha, a la hora de verle sumirse en brazos de Morfeo. Apollinaire tenía que satisfacer regularmente sus necesidades básicas, antes de dar de sí cuanto podía como conversador, anfitrión afable y enfático. Su fama de flatulento quizás respondiera a que se alimentaba también de vanidad, egoísta por naturaleza como era con cuanto le pertenecía y no estaba dispuesto a dejar que le sustrajesen o tomaran prestado... En todo caso, con Pablo compartía similares contradicciones en la vida. De ahí que al pintor su amistad le reconfortase tanto como le aguijoneaba. Y, desde luego, le resultaba estimulante cuando convertía en magisterio el desorden de su formación intelectual, edificada a base de lecturas a salto de mata y apetito del espíritu sólo comparable al que presentaba su boca, al deglutir y hablar. Estimulante para Pablo fue, por ejemplo, que Guillaume le descubriera las excelencias literarias del siempre transgresor y furibundo marqués de Sade, que a la postre vino a espantar los miedos sostenidos por el pintor hacia sus pulsiones más animales...

–¿No te pesa el cuerpo de llevar tanto libro en los bolsillos? –le preguntó Pablo a Guillaume en cierta ocasión.

–La joya que porto encima hoy me hace más bien levitar.

–Me lo explique... ¿Humor negro del que tanto te gusta, tal vez?

–El mismísimo marqués de Sade, más allá del bien y el mal. El espíritu más libre y lúcido que existió nunca, hermano.

–Si eres capaz de resumirme lo que cuenta, te escucho.

–Lo suyo es puro sexo, salvaje y primitivo.

–Eso ya me lo enseñan los perros y gatos que copulan en cualquier esquina.

–El arte es, para él, subversión inmoral perpetua frente al orden establecido...

–Por ahí vas mejor... Sigue contándome.

–Volvamos, pues, al sexo... Sade estaba en contra de cualquier tipo de propiedad privada. Ni el propio cuerpo sentía que le perteneciera a nadie. Por eso va más allá de la libertad en materia de relaciones sociales. Piensa que cada cual tiene tanto derecho a servirse de un cuerpo ajeno como quien lo habita.

–¿Y qué hacemos con los violadores, sin ir más lejos? ¿Les catequizamos para que difundan esa teoría?

–Están destinados a probar de su propia medicina... ¿Y qué hacemos con los asesinos?, te preguntarás a continuación. Pues, de entrada, el marqués recomienda desconfiar de los amigos que diga tener un muerto. Perdón, de aquellos que se dicen sus amigos.

–Me estás liando.

–Ahí quería yo llegar. La anarquía que predica el marqués es compatible con cierto concepto natural y nudista de la monarquía que pondría orden en todo este carnaval.

–La magia empieza donde termina pudriéndose la lógica. Es la primavera que llega tras el otoño de las civilizaciones y fríos cálculos invernales –sentenció Pablo, como recitando de carrerilla la cita memorizada de algún pensador.

–Así se habla... Si no pintas lo que acabas de decir, es que sólo llegas a poeta –discurrió con solemnidad Apollinaire, para ponerle guinda a la conversación.

A Pablo le iban intelectos audaces como el de Guillaume, lo mismo que la gracia de buscavidas como Manolo Hugué. Pero quien verdaderamente divertía a su banda, en noches de pipa de opio y risas, era Max Jacob, consumado comediante, *chanteur* de ocasión y mimo, cuando se trataba de montarla en el *atelier* de Pablo. Entonces, aparte de Apollinaire y Hugué, a cada tanto Ricard Canals y Benedetta, André Salmon, Paco Durrio, Van Dongen y Maurice Princet se apuntaban a la fiesta, aplaudiendo cómo Max interpretaba *squetches* con los pantalones remangados y la camisa abierta. No tenía reparo Max en mostrar el vello o en calarse sombreros de mujer a la hora de provocar hilaridad...

–¡Fantástico! Guillaume saca pecho con sus excentricidades. Tú nos enseñas además el vello... –comentó Pablo una de aquellas noches festivas en su taller.

–Vellocino de oro... Acaba la frase, Pablito, que a ti te va Max. No lo niegues –señaló al punto Manolo Hugué, empujando a Pablo hacia el poeta judío.

–Tú lo que quieres es que te deje libre a Fernande, bribón...
¡No pasáis hambre ni nada, compañeros! Aquí faltan mujeres
–replicó Pablo.

–¡Eso, que Fernande traiga amigas la próxima vez! –propuso André Derain, que también se había sumado aquella vez
a la reunión.

–A ti no te hace falta, que ya rondas a la bella Alice –recordó Guillaume.

–¡Tú qué sabrás! Está casada y es una mujer respetable...
–quiso dejar claro el aludido.

–Háblanos, en ese caso, del libro erótico que estás ilustrando.
Y pasa ya la pipa de opio, que la desgastas –planteó Apollinaire–.
¿Quién lo escribe?

–Vlaminck –señaló Derain, mirando hacia atrás para ver
por dónde andaba su compañero, también invitado a la fiesta–. Se titula *De una cama a otra*, él compone sus excesos verbales, excelsos textos, en tanto yo le pongo imágenes. Un trabajillo sólo para sacar dinero...

–Ya, ya... ¡No os lo pasáis poco bien imaginando cochinadas! –apuntó Apollinaire.

–No se pinta para ganar dinero. Se pinta como se hace el amor.
Por eso mi amigo sólo me ilustra... –apuntó Vlamink–. Y en cuanto a mi trabajo..., qué puedo decirte. Un artista como yo, partidario de los colores puros, tal como salen del tubo de pintura, ni siquiera va a los museos para inspirarse en los desnudos de los clásicos. Ya sabéis que a mí los museos me parecen cementerios.

–Hablas únicamente por experiencia propia en el libro, ¿no?
–quiso saber Fernande con aire socarrón.

–Claro que sí.

–Pues yo no renunciaría en el libro a las grandes pasiones
de los griegos. Lesbos, Afrodita, Medea... –terció Apollinaire.

–Ya están contadas. Lo nuestro es sexo moderno. Lo tuyo, Guillaume, es pasear cultura libresca que huele a cadáver... La necrofilia no vende ahora –razonó Vlaminck.

–Mira el listo...

–Guillaume sabe lo que no está escrito, habla lenguas, tiene talento de poeta... Yo le envidio –informó a la concurrencia Pablo.

–Y yo –intervino Max, que tanto había hecho en los últimos meses por buscarle alojamiento, hasta dar con el apartamento que ahora ocupaba.

–Si Guillaume sabe lo que no está escrito... –razonó André–, ¿cómo puede comprobarse que su sapiencia tiene fundamento?

–¿Cuánto os pagan por el trabajo, André? –se interesó en conocer Guillaume–. Yo, por dinero y un título nobiliario, hago casi cualquier cosa. Incluso oír lo que os van a pagar.

–Quédate de momento con este dato: la tinta y el papel para presentar un libro es más barata que el lienzo donde dibujar...

–Guillaume, ¿tú no despreciabas el mundanal ruido burgués? –preguntó Vlaminck.

–Sí, pero no me gusta que se me excluya de su círculo por principio. Me duele en banderillas.

–Canta, por favor, Max. Cansados, cansinos estamos ya de las opiniones, vida y milagros de este poeta cosmopolita y grandullón que nos ha caído encima –pidió Derain.

Ah, soberbia Pandora,
tú a la que mi corazón adora,
si resistes todavía mi amor por ti,
te lo digo, créeme, será necesario
finalmente,
que me lleves dentro.
Sobre la orilla del Adour,

allí vivía un pastor,
libre, feliz, exento de vicios,
que pescaba cangrejos.

Max no se hacía de rogar cuando alguien le pedía razón de
sus dotes musicales, con o sin piano a mano. Apollinaire, a raíz
de sus *shows*, también se lanzaba a recitar y en aquella ocasión
se lo planteó en términos de justa poética.

–¿Necesitábamos mujeres para esta fiesta? Pues aquí están
las musas, de nuestra parte: «Saltimbanquis» –anunció Apollinaire como título de su primera rapsodia:

En la llanura los juglares
se alejan a lo largo de jardines,
frente a puertas de albergues grises,
por pueblos sin iglesias.

Los niños van delante,
los otros siguen a su paso,
cada árbol frutal se resigna,
cuando les hacen señas desde lejos.

Tienen pesos redondos o cuadrados
de tambores con aros dorados.
El oso y el mono, animales consejeros,
buscan cuidados a su paso.

El silencio siguió a la última estrofa enfatizada por el poeta, antes de que su gente rompiera en aplausos. Y sobre ellos
cabalgó la voz de Max Jacob en funciones de soprano, aflautada como nunca.

Somos la banda de Mirliton,
nuestro saludo es esta canción.

–«Crepúsculo» es la nueva parada y fonda de nuestros saltimbanquis –tomó de nuevo la palabra Apollinaire–. Crepuscu-
lario de versos que así reza:

Sobre el escenario el arlequín pálido
saluda antes de nada a los espectadores,
brujos llegados de Bohemia,
algunas hadas y los encantadores.

Habiendo descolgado una estrella
la maneja el arlequín a su antojo,

mientras con los pies
hace sonar a medida los platillos.

El ciego mece a un bello niño,
la cierva pasa con sus cervatillos,
el enano mira con aire triste
crecer al arlequín trimegisto.

Una caracterización con paso de cancán, a cargo de Max,
hizo a continuación las delicias del cenáculo, que tenía aún pendiente saber cómo resolvía Apollinaire su poema, uno de los
muchos que pergeñó a finales de 1905 sobre el mismo *leitmo-
tiv* que trabajaba plásticamente Pablo. Su estructura métrica
esta vez llevó por antetítulo «El zíngaro»...

El amor pesado como un oso
danza de pie cuando nos requiere.

El pájaro perdió sus plumas
y el mendigo su ave...

No alargó más su composición Apollinaire, dejando a sus amigos pensativos sobre los puntos suspensivos con que la resolvió. Los efluvios del opio que los envolvía harían aquella madrugada el resto, sugiriendo a unos y a otros caprichosas interpretaciones y peregrinas asociaciones de ideas, ante tanta lírica desgranada. Sin embargo, antes de que la reunión se disolviera por agotamiento y bostezo de sus participantes, Max Jacob quiso dejar la última declamación en el aire, tomándole prestada una letrilla a Maurice Princet y haciendo gala de las maldades que, en ocasiones, le dictaba su sexualidad reprimida:

Esposada la madre de Apollinaire,
la madre de Apollinaire,
¿a quién se parecería?

Y es que Maurice sabía por Salmon sobre la ira de la señora, a propósito de lo cual había comentado a Max: «Guillaume tiene tanto miedo del vicio que no osa mirar a su madre». Por su parte, a Guillaume, bromista consumado, le faltaba cintura para encajar las bromas de las que era blanco. Así que noche tan fraternal como la descrita terminó con un poeta persiguiendo a otro, por el taller de Pablo. Resultado: todo quedó patas arriba, por si no lo estaba ya.

Tan delirantes eran a veces las excentricidades con que Apollinaire obsequiaba a los suyos que resultaba imposible no burlarse de ellas y buscarle las cosquillas. Sin ir más lejos, cuando firmaba aparatosamente cualquier pequeña nota escrita. «La mano amiga de Guillaume Apollinaire nos hace llegar algunas letras», solía informar entonces Max Jacob, con mofa y befa, curándose en salud frente a los celos que sentía por la influencia cada vez mayor que parecía tener sobre Pablo. Volviendo a casa, una tarde de invierno, André Salmon vio atascado su picaporte con un bloque de hielo, dentro del cual se podía leer «snow glove», «guante nevado», firmada la nota por «la mano sangrante de Guillaume Apollinaire». De tal guisa se las gastaba el poeta italiano, que al reincidir en la *boutade* acabó creando escuela... Pronto Pablo, Salmon y el mismo Max siguieron su ejemplo, mandándose mensajes manuscritos entre sí, con ese final para las firmas: «La mano amiga de...». La mano amiga de Pablo enviaba ocurrencias a Salmon, dos horas después de haber comido con él, en tanto Max hacía lo propio con el pintor, poco antes de verle para tomar café... En definitiva, los amigos de Montmartre parecían echarse de menos hasta cuando estaban juntos, puesto que en esos momentos se informaban de qué harían y dónde en las horas siguientes.

12

MECENAS Y COLECCIONISTAS

Me llevo este cuadro, quedándome además con ganas de que me embale ese otro –decidió por boca de mujer la pareja de compradores que curioseaba una *boutique* de maletas y somieres en la Rue Lafitte, tras haber pasado antes por la galería Vollard.

–Alabo su buen gusto, señora. Ha dado usted con dos artistas españoles que irradian luz –comentó solícito Sagot, su propietario.

–¿Cómo se llama el segundo de ellos, el autor del lienzo que no me llevo?

–Pablo Ruiz Picasso.

–Más adelante me gustaría coincidir con él en algún lugar –pensó en voz alta la dama.

–Descuide. Acérquese de mi parte a casa del marchante Pierre Soulié, que sabrá sobre su paradero. Aquí le apunto la dirección –resolvió Sagot–. Dígame, por favor, a qué domicilio les mando el cuadro que adquieren.

–No se preocupe, déjelo apartado –intervino Leo Stein, que costeaba el buen ojo clínico de aquella mujer en materia de arte–. Ya mandaremos nosotros a un propio que nos lo traiga al hotel.

–Una pregunta, antes de irnos. Si no es indiscreción... ¿cómo vende usted cuadros entre tanta maleta de viaje? –formuló ella.

–Caprichos que de vez en cuando me permito –respondió Sagot.

–Con Dios, señor –dijo Leo.

–Buen día, señores.

Rara vez la pareja Stein daba su dirección allí donde compraba, para evitar que los artistas en busca de mecenas les visitasen inoportunamente. Preferían moverse de incógnito por Montmartre y el barrio latino, aunque su billetera americana no pasase ni mucho menos desapercibida para Soulié, luego, que les pidió por cualquier Picasso disponible en su almacén lo mismo que pagaba el clan Stein a Vollard por un Cezanne: mil quinientos francos.

–¡Qué barbaridad!, amigo marchante. ¿Puedo tutearle? –protestó Leo Stein.

–Por supuesto, *monsieur* –concedió Pierre Soulié frotándose las manos.

–Nos interesa el joven Picasso, pero no tanto como para invertir en él esa fortuna.

–Les aseguro que es un buen negocio. *Business is business.* ¿No dicen ustedes algo parecido a cada tanto?

–Sí, sí, pero... déjenos comentar entre nosotros el precio, buen hombre.

–Claro. Aquí me tienen, a su disposición, para cuando quieran volver a por alguno de los cuadros que les he enseñado. Estoy seguro de que uno de ellos les estaba esperando –se despidió sonriente el marchante, seguro de haber leído en la mirada de la pareja un interés inequívoco por el pintor español.

Pensaba Sagot que el marchante Soulié se dejaría cegar por la avaricia y buscaría sacar los ojos a semejantes clientes por un Picasso, con lo que pronto tendría a los Stein de vuelta en la *boutique*... De todas formas, aparte de mantenerse al quite de lo que Soulié pudiera o no cerrar con ellos, el gran negocio con Pablo Picasso lo había hecho ya Sagot, un mes antes. Estando sin un franco en la faltriquera, decidido, pues, a vender cuadros, con todo el dolor de su alma, Pablo le había visitado con material nuevo. Y, por su parte, Sagot se había fijado en tres estudios del pintor, por los que le ofreció setecientos francos. «Para nada», le contestó Pablo, en aquel momento; se dio la vuelta y se marchó tan digno como ofendido por la oferta, sin oír a sus espaldas que el tendero subiera su puja... A los dos días, acuciado por la necesidad, Pablo volvió a la *boutique* para tomar los setecientos francos por lo ofrecido, pero entonces Sagot se negó a pagarle más de quinientos. «Han perdido frescura, se les ha secado la pintura... Lo siento, chico, a nuevo día de mercado, nueva oferta», le razonó el tendero, ante lo cual Pablo le miró con inquina y se volvió a su taller con los estudios. Se resistía a pensar que el hambre le hiciera regresar por tercera vez a la *boutique*, para comprobar que Sagot no quería darle ya sino trescientos francos por el lote, cifra que al final terminó cogiendo, antes de que su cotización siguiera bajando. «¡Eres un miserable, Sagot! Te aprovechas de que necesito el dinero con la urgencia de los *clochards*. ¡No tienes escrúpulos!», amonestó Pablo a su explotador, más que irritado y furioso. «*Business is business*, que dicen los americanos, Pablo», recibió por respuesta... No había cuadro en el mundo por el que Sagot no tuviera algo que dar... En realidad, sólo competía con él Pierre Soulié a la hora de tender la mano y socorrer a los pintores de Montmartre, en los términos más usureros que quepa imaginar.

Pensaba Sagot que los hermanos Stein volverían por su local, como así fue. Él, con aire de profesor astuto, calvo y reflejos rojos en la barba; curiosidad tras la montura dorada de sus gafas y gestos resumidos. Ella, de corta estatura, trazos nobles en su busto, timbre masculino de voz y cierta clarividencia en los ojos. Ambos ataviados con trajes de pana a medida para la ocasión, una oportunidad en la que Sagot lo tenía todo previsto...

—¿Lograron conocer personalmente a Pablo? —les preguntó sonriente, al verlos llegar.

—No, todavía no —respondió Leo.

—¿Y qué tal el cuadro suyo que mi colega Soulié les mostró?

—Caro, muy caro.

—Está por llegar en pocas semanas un nuevo trabajo del excelente Picasso, que saldrá a buen, muy buen precio. Si no les gusta el que tengo colgado en la *boutique*, les aconsejo que no le pierdan la pista al siguiente.

—¿Y eso?

—Oportunidades que se presentan de Pascuas a Ramos...

—Le tomamos la palabra, señor Sagot. No falte a ella, lo mismo que nosotros tampoco faltaremos a la nuestra. Nos vemos pronto —anunciaron los Stein por iniciativa de Leo.

En efecto, cumpliendo lo pactado, a las dos semanas visitó la pareja nuevamente la *boutique*, donde ya Sagot les tenía preparado *La niña desnuda con cesta de flores*.

—Lo tenía apartado para ustedes, según acordamos. De todas formas, no están obligados a llevárselo si no les gusta.

—¿Qué precio tiene?

—Vale únicamente mil francos y es de gran formato. ¿No resulta una ganga? —dijo Sagot, que conocía el precio pedido por Soulié a la pareja por los Picassos que en su almacén guardaba. ¿Cómo lo había averiguado? El propio marchante se lo había confesado, a cambio de cobrar una comisión, si Sagot lograba vender otro cuadro del malagueño a los americanos...

–No merece tanto, Leo –comentó la hermana al hermano.

–Observe los finos trazos de la niña que ocupa el lienzo, sus cabellos negros, su aire rebelde. Desnuda como Dios la trajo al mundo, a excepción del pequeño collar y la cinta que lleva. ¿No es bellísima?

–No me convence –opinó la mujer americana–. Demasiado rosa todo. Y, además, la chica del cuadro mira con desgana a quienes la contemplamos.

–La chica pisa un suelo *fauve* de moda. Y qué me dicen de su hermosa cesta de flores rojas como destellos...

–La verdad: los pies y las piernas de la chica me parecen repulsivos, ahora que me fijo mejor en ellos –siguió a lo suyo la posible clienta.

–Veamos –terció Leo Stein–. ¿Está en condiciones, *monsieur* Sagot, de bajar su precio? Si lo hace, tal vez lleguemos a un acuerdo.

–Pero, Leo...

–Déjame a mí. ¿Qué dice, *monsieur*?

–Puedo redondear el precio en ochocientos francos.

–Y añadir al paquete la dirección exacta donde encontrar a Pablo Picasso –aprovechó para pedir Leo.

–Eso revaloriza a la niña del lienzo hasta su precio original... –replicó el tendero.

–Si esta vez salimos de aquí sin un Picasso, mi querido Sagot, ya no volveremos a por él. Estamos de paso en la ciudad –mintió el americano.

–Hecho. No se hable más. Se llevan el cuadro por ochocientos francos y una dirección... Pueden encontrar a Picasso en el Bateau Lavoir, que no queda lejos de aquí. Le reconocerán por el acento del sur de España que le caracteriza. Habla muy mal el francés.

Quien llevaba siempre la voz cantante en aquella pareja de coleccionistas se llamaba Gertrude Stein, aunque en esta ocasión hubiera cargado con un Picasso no especialmente deseado. Un cuadro que colocar discretamente, entre los Cezanne, Gaugin y Matisse presentes en su *living room*. En todo caso, testaruda ella, gracias al regateo de su hermano iba a dar con el pintor andaluz, ya sin intermediarios que lo encarecieran. Así se lo hizo saber a Leo:

—¿Crees que merece lo que pagaste ese cuadro? —se quejó de entrada Gertrude.

—Podrás amortizarlo tomando del taller de Pablo cuantos quieras a precio de coste. Seguro que allí te fascinan varios que no podríamos comprar en manos de marchantes.

Los miembros de la banda de Pablo se mandaban recados entre sí; pero, a finales de septiembre de 1905, lo recibió el pintor del acento sureño firmado por los hermanos Stein. Era la segunda vez en poco tiempo que le requerían desconocidos y a él llegaron, en esta oportunidad, a través de un plumilla local. Llegaron los Stein a la misma guarida sacrosanta de Pablo, para gastarse otros ochocientos francos en sus cuadros, comprados casi al peso... Nada que ver el interés que mostraban por su pintura con los veinte francos que le acababa de pagar Pierre Soulié por diez dibujos, ni con el mensaje de vuelta que Ambroise Vollard le había mandado, cuando por medio de Max Jacob le envió Pablo sus últimos lienzos. «Tu amigo se ha vuelto loco. Cambia constantemente de estilo.» No se podía creer Pablo tan buena disposición en un par de coleccionistas americanos, cuando los recibió con el taller patas arriba, cascos de botella desperdigados, ojeras, tos de tísico y los bolsillos vacíos. Los quinientos francos del doctor Faustroll sólo le habían servido para estar de fiesta una noche, pasar por el sastre y pagar deudas acuciantes que le otorgaran más crédito...

–Perdonen, señores. No tengo una maldita botella de champán que descorchar en honor a su visita –se excusó Pablo, carraspeando, frente a los Stein–. Por no tener, a mano, no me queda ni vino peleón.

–No se preocupe. No queríamos molestar, ni ser inoportunos. Enseguida nos vamos –resolvió Gertrude.

–¡De ningún modo! Acomódense donde gusten o donde puedan... Y digo donde puedan, porque tampoco tengo sillas que ofrecerles...

Menos mal que no hacía precisamente calor por aquellos días en París, con lo que tampoco los Stein vieron a Pablo en calzoncillos, semidesnudo como solía recibir a sus visitantes, fueran quienes fueran, sin mayor pudor... Pablo se había permitido días antes decir «no» al encargo de la revista humorística *L'asiette du beurre*, que le pedía viñetas por valor de otros ochocientos francos... Quizás porque el encargo le desviaba de su trabajo orgánico, quizás porque, en realidad, le venía a través de Kee van Dongen, que no podía dibujar para la revista en aquellas fechas. Pablo dudó antes de responder a la oferta, pero consultó con la mirada a Fernande cuando le pidieron las ilustraciones y un gesto desaprobatorio de su compañera, en presencia de quien se las ofrecía, reforzó su decisión. Y qué si tocaba pasar hambre otra temporada... Caso de acometer las viñetas, Fernande sospechaba que lo haría por ella, aunque de mala gana, lo que al final le agriaría el estado de ánimo. Así que mejor dejarlas pasar de largo.

–¡Este par de locos se han gastado ocho de los grandes en mis cuadros! –le dijo Pablo a su chica, cuando los hermanos Stein se despidieron de ellos–. ¡Bajo a la calle y subo champán para brindar por el color del dólar!

–Cómprame primero zapatos para poder pisar yo también las aceras. Con las sandalias de verano que tengo me hielo –advirtió Fernande.

–Ni que decir tiene, cariño... Pero conste que ni en las épocas de mayor carestía te faltaron perfumes...

–Sí, ya sé que me das cuanto tienes siempre. Incluidos tus celos enfermizos... No creas que con unos zapatos aprovecharé para ponerte los cuernos. Puedes estar tranquilo... En realidad, con un perfume y polvo de arroz que llevarme al cutis, libros, té y tu ternura, tengo para vivir. Si no fuera por tus celos...

–Ya que mencionas el tema, te diré que Van Dongen te ha sacado muy seductora en el retrato que te hizo tres meses atrás, cuando ya vivíamos juntos tú y yo.

–Podíamos habérselo ofrecido también a los americanos, si crees que estoy más guapa cada día.

–Creo que en ninguno de los retratos que yo te he hecho capté la cara felina que le mostraste a él.

–Será que antaño le atraía sexualmente, pero no veía en mí sino a una sucia zorra... Seguro que le da morbo que esté contigo y por eso me ve como una gatita en celo. Ya ves: tú estás celoso y yo en celo.

–Deja de decir sandeces, por favor. Ese pintor holandés es más mujeriego que Casanova...

–Puede que yo lograra retirarle del oficio... ¿Te imaginas?

–¿Quieres estropear la celebración que nos espera?

–Era una broma, guapo. Sabes que para mí no hay más hombre que tú en el mundo...

–Un hombre al que le obligan a devolver novecientos francos de muebles que compró fiados, porque llegado el vencimiento de su deuda no puede pagarlos. Si el pago de los Stein hubiera llegado antes, podíamos haber salvado literalmente los muebles...

–También es verdad...

–¿No te pareció demasiado arrogante el señor Leo Stein? –preguntó Pablo a su compañera.

–Estaba encantado de escucharse a sí mismo hablar y, en el fondo, nos despreciaba.

–Parecían los hermanos Stein de origen judío, ¿no?

–Tenían toda la pinta, pero me pareció escucharles algún que otro comentario de tufo antisemita.

–A veces los judíos se los permiten... No sé si para ocultar su origen o para ver cómo reaccionan sus contertulios: si sienten o no simpatía por su Antiguo Testamento.

–Puede que por ambas razones.

–Debe de ser insoportable cuando no se muestre tan cómico como lo fue al contarnos lo de Bernard Brenson. No dice el tío que Bernard se inició en el coleccionismo de pintura vanguardista, porque le vio mismamente a él con ganas y aptitudes de pintor, pero perezoso para ponerse manos a la obra... Nunca oí pretexto más estúpido en un diletante. Nadie tiene por qué justificar los cuadros que no pinta, entre quienes sí le dan al pincel. ¿Quién se lo pide? A mí no se me ocurriría presumir del buen fontanero que podría ser y no soy.

–Necesitaba sentirse importante frente a ti, a toda costa –razonó Fernande–. Medirse contigo en tu propio terreno, para dignificar su buen gusto plástico y olfato de cazatalentos.

–No pasa de impostor quien pretende dar clases magistrales sobre pintura, sin pintar más que la mona. Fíjate en la defi-

nición de arte que nos ha restregado por los morros: «La naturaleza vista a la luz de su significado. Su forma significante».
Casi nada...

–Ella parece menos inteligente que él, pero más dotada para
la observación y las relaciones sociales.

–¿Inteligente él? Demasiado a menudo las mujeres os dejáis
deslumbrar por los charlatanes. Lo tengo comprobado. Cuando
uno se vale de palabras con más de tres sílabas, para engatusar,
sus posibilidades de seductor aumentan.

–Mucho nos subestimas tú.

–Es la verdad.

–¿Verdad que nos subestimas o que los charlatanes se-
ducen?

–Hummm..., déjame pensar.

–A ti te pasa como a Leo, en el fondo: que no admites más
opinión que la tuya, sobre cualquier cosa.

No acabó ahí el ten con ten que Pablo y Fernande tuvieron aquella tarde. Horas después, bebiéndose su buena fortuna a la salud de los Stein, en el Lapin Agile, el pintor hizo
notar a su amiga que coqueteaba con un cliente dos mesas más
allá.

–¿Qué te pasa, Pablo? Bebe, pásalo bien y olvídate de tonterías. ¡Hoy es un día grande!

–Fernande, por favor, deja de mirar a ese tipo, que ya es
todo sonrisas hacia ti.

–¿Y qué debo decirte yo, cuando te sorprendo con alguna
amiga en las rodillas? ¡Cuánta familiaridad! ¿Me estoy perdiendo algo? –protestó Fernande.

A medianoche salieron aquel día del cabaré y, de regreso a
casa, Pablo reiteró sus exigencias de compañero celoso.

–Desde ahora, te prohíbo que vayas sola al Lapin Agile.

–¡Pues vale!

–Vale ¿qué?

–Que ahí te quedas con tu bastón de mando. ¡Yo me largo! –exclamó Fernande. Y, acto seguido, echó a correr llorando de rabia, Rue Lepic abajo, sin saber dónde refugiarse. Corrió Fernande hasta perder el aliento, paró en el Boulevard Clichy y, a los pocos segundos, se notó asida por el brazo con rudeza. Era Pablo que le daba alcance, también sin resuello, para hacerla entrar en razón, a su manera...

–¿Dónde vas? ¡Volvamos al *atelier*, por favor!

–¡Ni muerta!

–¿Qué vas a hacer sola por la calle a estas horas?

–¡Olvidarme de ti!

–Ni pensarlo, Fernande. Tú te vienes conmigo –gruñó en tono resuelto su compañero, mientras trataba de enderezar el rumbo de Fernande, empujándola en dirección a la Place Ravignan.

–¡Déjame, animal, que me haces daño!

–¡Ven conmigo, coño! –repitió Pablo.

–Otros antes que tú intentaron tomarme por la fuerza y se quedaron en la cuneta. ¿Quién te has creído que eres? –le recriminó Fernande, forcejeando con él.

–Dime quién no pudo con tus rabietas...

–El bruto de Percheron, aquel chupatintas que me liberó de mis tíos, pensando que pasaba a ser su posesión.

–¡Qué dices! ¿Un chupatintas en tu vida?

–¡También él me quería encerrada en casa, el muy desgraciado! ¡Y me pegaba, igual que estás tú a punto de hacer ahora!

No llegó Pablo a las manos con ella. Se paró en seco, tras las revelaciones de Fernande, fruto sin duda de la desinhibición verbal a la que se abandonaba cada vez más. ¿Así que comparaba el trato que por su parte le daba con el de cierto chupatintas que existió en su vida? Eso sí que le movía a la vergüenza... ¡Se estaba comportando con ella lo mismo que el hombre de porvenir más mediocre!

¿Cuántas confidencias le quedaban aún por oír de Fernande? Soltando el brazo a Fernande, cabizbajo, Pablo le dio la espalda para dirigirse hacia el taller. Ella no supo qué hacer y, al mudar su cólera en desesperación, permaneció mirándole antes de decidirse a seguirle como ánima en pena. «Más vale lo malo conocido que lo bueno por conocer», se decía a sí misma, para consolarse...

Con el Bateau Lavoir a la vista, Pablo advirtió la presencia de la chica a su lado y subió silencioso hasta el estudio. «¡Vivo demasiado estrecha entre estas cuatro paredes!», le hizo observar Fernande, ya bajo techo. Sin embargo, el pintor dejó pasar el tiempo sin despegar los labios para replicarle o formular propósitos de enmienda. Y viendo que se situaba frente a su caballete, para trabajar, Fernande optó por acostarse sin beso de buenas noches. Pasaron las horas y su cuerpo entre las sábanas sólo sintió la cercanía de Pablo al alba, cayendo en la cuenta de ello, al despertarse, por el hueco en el colchón que el pintor había dejado. Por lo demás, en absoluto recordaba caricias que hubieran arreglado nada, mientras pudo tener a Pablo en horizontal. «Debe de ser que los hombres no siempre buscan solucionar sus problemas diurnos de pareja en la cama», se dijo Fernande. «Y que las mujeres tampoco insisten en hablarles con el mismo propósito, puesto que yo me quedé anoche dormida a pierna suelta»...

No estaba Pablo en el hogar para darle los buenos días, lo cual la puso a pensar en lo peor. ¿Se habría marchado para siempre? Reparó entonces Fernande sobre la puesta en escena que la rodeaba, un cuadro a medio acabar en el caballete, el pote de té sobre la mesa camilla y el gato de la casa devolviéndole la mirada... «¿Dónde está tu amo?», preguntó Fernande al felino. «¿Verdad que volverá?» El gato ladeó la cabeza por toda respuesta y Fernande se dio media vuelta en la cama, dispuesta a seguir durmiendo para olvidar. Así que no despertó, bendita ella, hasta sentir que la cerradura se movía y Pablo regresaba a casa, ni se sabe de dónde, pero con algo en las manos. Fernande se mantenía adormilada de cara a la pared, pero reconoció el aliento del pintor en su mejilla, justo antes de musitarle a la oreja: «¿Me quieres aún?». Fernande sonrió con los ojos aún cerrados, se giró hacia él y alzó las manos hasta colgársele del cuello y atraerlo hacia sí: «¡Querido, mi queridísimo Pablo! ¡Eres real como la vida misma!». Entonces Pablo, que permanecía con las manos a la espalda, la instó a elegir entre la izquierda y la derecha, para desvelarle el regalo que le traía.

—¡La derecha, Pablo! Seguro que está en ella lo que me quieres dar.

En esa mano sostenía el pintor cuantos billetes le quedaban de lo pagado por los Stein, hechos ramillete floral...

—Tómalo todo para ti, para que compres con ello lo que necesite tu felicidad doméstica. Lo que cuesta en francos la supervivencia en París viene a ser la mano derecha de cualquier relación amorosa que se precie.

—¿Y si hubiera elegido la mano izquierda? —preguntó Fernande sin poder disimular, entre tanto, cómo le chispeaban los ojos frente al dinero.

—Mano izquierda es lo que necesitamos para llevarnos bien, hasta en tiempos de opulencia. No se te olvide que el dinero hay

que perfumarlo para *savoir vivre, mademoiselle...* –Y a continuación abrió Pablo su puño cerrado, dejando ver un frasqui-
to de perfume–. Toma, échaselo a los billetes para que huelan
a lirios...

Detalles como ésos, con aderezo poético, hacían que Fernande
perdonara cualquier cosa a Pablo. Tuvo París luna llena de lobos
por el Día de Todos los Santos y a la hora de las brujas, que a
Pablo movió a dibujar escenas de sexo, propias del marqués de
Sade, con independencia de la ternura que le inspiraba Fernande.
Avanzó noviembre del año 1905 y, por aquellas fechas, Pablo
fue invitado a la residencia de Gertrude Stein en la Rue des
Fleures, ubicada a la orilla derecha del Sena.

–Joven, dígame por qué no expone en el Salón de Otoño,
como otros artistas –le preguntó la coleccionista americana–.
Tiene usted talento de sobra para hacerlo...

–Prefiero tratar directamente con marchantes e incluso con
clientes –contestó Pablo sin titubear, pero torpe para llevarse
a la boca un bizcocho mojado en té, sin poder evitar que se le
partiera a mitad de camino, cayera de nuevo en la taza y cha-
poteara poniéndolo todo perdido–. ¡Oh, perdón, señora!

–No se preocupe, que ahora lo limpia todo el servicio –le
tranquilizó Gertrude–. Le comentaba que, si usted expusiera en
el Salón de Otoño, es un suponer, sería más fácil saber sobre su
pintura. Sólo por casualidad, pasando por una *boutique*, hemos
acertado con uno de sus cuadros.

–Ya le digo: el tiempo que pierdo embalando, transportan-
do y colgando los cuadros en los salones lo puedo emplear más
provechosamente –señaló Pablo, mientras la doncella de la casa
limpiaba en torno a él.

–¿Tampoco se deja ver por el Salón de los Independientes?
Creo que le ayudaría...

–Tampoco, señora. No quiero dejarme influir por lo que veo que pintan mis colegas. Cuando se acude a una exposición, se puede saber si los cuadros ajenos son malos sin excusa posible; sencillamente, carecen de calidad. Pero con los cuadros propios se conocen las razones por las que flaquean. De ahí que a uno no le resulten malos del todo. Por lo demás, hay pocas personas que sepan comprender la pintura elaborada, aunque puedan admirar a quien la cultiva.

–Leo, mi hermano, quiere dedicarse a la pintura. ¿Qué le aconseja usted?

–Lo mismo que a Fernande, mi compañera: que se divierta pintando. Haga lo que haga, que sea por sí mismo. Siempre será más interesante que lo hecho bajo la tutela de otros.

–Pero veo que, por su parte, no se sustrae a la influencia de la escultura griega, arcaica o clásica, en las últimas pinturas. Es más, detecto también la influencia del arte egipcio... ¿Estoy en lo cierto? Muchas horas se ha pasado en el Louvre, ¿no?

–Tantas que incluso me interesa la escultura, a la luz de las maravillas allí vistas. Hace cinco años que comencé a tentar ese palo artístico, esculpiendo una mujer sentada. Luego, llegaron mis primeras máscaras tan alargadas como expresivas: un picador de nariz cascada y un cantante ciego en sintonía con los lienzos sobre invidentes que pintaba por entonces. Lo más reciente que modelé, esta temporada...

–¡Pare el carro, joven! –le interrumpió Leon Stein, que hasta entonces observaba mudo la inclinación del pintor a dialogar sólo con su hermana–. Pare, que para enumeraciones de obra tan extensa están los catálogos.

–Perdón –reculó verbalmente Pablo, todo contrito, arrellanándose de nuevo en la silla que ocupaba.

—No se deje intimidar por Leo, querido amigo. Prosiga con lo que nos contaba –corrigió Gertrude semejante llamada al orden.

—Decía que este año modelé bustos de Fernande y el de la modelo Alice Derain, más arquetipos de peluqueras y locos. *Le fou* llamé a la masa en greda con que una tarde, a la vuelta del circo Medrano, reproducía originalmente las facciones de mi amigo Max Jacob. De ellas, sin embargo, no queda ya sino la barbilla, puesto que al día siguiente seguí retocándola por el mero gusto de mantener mis manos en contacto con la madre tierra de la Creación. Es más, finalmente, coroné la cabeza modelada con un bonete de tres picos, para sumarla a mi familia plástica de comediantes.

—Le gusta hablar de su plástica... ¿Tolera que otros artistas le pormenoricen la suya? –quiso saber la anfitriona.

—Apenas me relaciono con pintores, *mademoiselle*.

—Me lo figuraba... Supongo que para no dejarse influir por lo que hagan o dejen de hacer. Ojos que no ven...

—Le preocupa a usted mucho la imitación. Más que a mí... ¿Sabe que los monos sólo imitan al hombre por divertirse, no por aprender? Es más, le diré que la originalidad sólo es una exigencia artística desde el romanticismo. Antes, la máxima distinción estaba en emular a los clásicos –informó Pablo a Gertrude, con ojos desafiantes para Leo durante su parlamento.

—Así no hubiéramos avanzado mucho en la historia del arte –repuso el americano.

—Puede. Importa más saber cómo Oscar Wilde llegó a la conclusión de que la naturaleza imita al arte...

—Y el arte, entonces, ¿en qué se inspira? –quiso saber Gertrude, más interesada en dejar que Pablo se expresara con libertad y confianza que en polemizar con él.

–Se alimenta también de arte. En el principio fue el arte, puede leerse en el Génesis de las almas sensibles... –deliró Pablo, dispuesto a ponerse más que solemne–. Después de verme «atrapado en azul», los colores cálidos que hace algún tiempo incorporo a mis telas han dejado atrás deformaciones expresivas de origen románico y gótico, para atacar consideraciones estéticas sobre acróbatas y polichinelas. De la mano del arlequín, dueño de la risa a lo largo de nuestra civilización, recorro y asumo la historia del arte que me ha precedido, en el menor tiempo posible. Y por eso pinto *La mujer del abanico* y *La mujer en camisa*, con la estilización del arte egipcio llevándome a simplificar los gestos femeninos, a pertrecharme frente a la vida que cobran en el cuadro...

–¿Le inquieta el sexo opuesto, querido Pablo?

–Me reclama, para bien y para mal. Así que debo blandir mi espada a la manera del pincel, para defenderme de él, si llega el caso.

–¿Y qué me dice de los chicos desnudos que últimamente también pinta? –le planteó Leo Stein.

–Pecan de lo mismo. Si pecan de algo, pecan de proporciones clásicas... Cada cual tiene su arcadia perdida. La mía sabe a epopeya y a escena bucólica, cuando no a seres que retozan por principal entretenimiento, en un mundo sin telones de fondo que les distraigan.

–¿*El caballista desnudo*, que también me mostró en su taller, va camino de ello? –siguió preguntando Leo.

–Sí. Forma parte del estudio de muchachos y caballos que titulo *El abrevadero*, en *gouache*.

–Y a mí que quiero escribir, Pablo... ¿qué me recomienda? Tengo entendido que sus amigos son ante todo poetas... –terció Gertrude de nuevo.

—Mi colega Guillaume Apollinaire, lírico de la modernidad donde los haya, le respondería con más autoridad que yo. De todas formas, puede aplicar en su caso el mismo razonamiento que me merecen los aspirantes a pintor.

—Deberá usted presentarme a Guillaume Apollinaire. He oído hablar de él.

—Sin duda, *mademoiselle* Stein. Es un sabio que nunca pisó la universidad.

—Yo estudié allí medicina, igual que Leo. Pero, desde entonces, detesto la especulación, cuanto no puede verse y disfrutarse. Soy mundana, maestra de ceremonias por naturaleza. Nada que ver con el talante profundo y teórico de mi hermano.

—Estamos destinados a entendernos a las mil maravillas, señorita. Lo presiento... Usted detesta la profundidad de campo, todo cuanto no se manifieste ampuloso y suficiente. Yo no quiero hablar de profundidades abisales en mi pintura, porque las temo. No quiero saber lo que se oculta tras ella, por mucho que me lo sugieran.

—No alcanzo a comprenderle bien.

—Eso es lo bueno...

Pablo había aprendido en París a desarrollar la diplomacia con gentes que pudieran beneficiar su carrera, pero a costa de aumentar sus cortocircuitos con Fernande. A Pablo le empezó a pesar la incapacidad que la chica demostraba para ser otra cosa que diletante en cuestiones de arte mayor. Aunque en la intimidad se colmasen de gestos afables y amasen con la pasión del primer día, su vida social en pareja soltaba chispas, comenzando a descarrilar... Y, por algún motivo, el Lapin Agile se postulaba como centro de sus disputas, hubiera o no en él clientes que cortejasen a Fernande. Allí Pablo le desautorizaba a menudo cualquier opinión a la ligera sobre pintura, no importaba que sus bruscos modales la pusieran públicamente en evidencia: «¡Calla, Fernande, que tú de eso no entiendes!».

La siguiente bronca entre ambos tuvo lugar por causas bien distintas. Surgió al enterarse cada cual por su lado de que un cliente desaprensivo había herido de bala a Fréde, su tabernero mayor. Contraviniendo la orden de no pisar el local a solas, orden nunca levantada por Pablo, Fernande se acercó por allí para saber qué tal estaba. Y lo propio hizo Pablo, después, sin conocer la iniciativa de su compañera. Así que, cuando la encontró en el cabaré, montó nuevamente en cólera y su reprimenda acabó con bofetada, golpe que a Fernande le dolió, sobre todo, considerando que lo había recibido a ojos vistas de los curiosos que merodeaban por la terraza del local.

–Una y no más santo Tomás –le advirtió entonces Fernande conteniendo las lágrimas con rabia–. Te juro que la próxima vez que me pongas la mano encima no me ves más el pelo. ¿Quién te has creído que eres?

–Alguien que se fía de ti tanto como de sí mismo. El buey suelto bien se lame –contestó Pablo, arrepentido de su acceso violento, pero sin palabras a mano para repararlo.

–¡Eres una fiera corrupia!

–¿No tienes bastantes libros en casa? ¿Tienes que buscar emociones por ahí? ¿Has hecho ya las compras del día para comer? ¡Es lo único que se te pide! Desde hoy, te quedas sin llaves del taller. ¿Crees que puedes salir y entrar de él a tu antojo? –contraatacó Pablo, tratando de sacar pecho varonil, frente al qué dirán de quienes les observaban.

No acabaron ahí los enfrentamientos otoñales entre Fernande y Pablo. Porque, semanas más tarde, se declaró un incendio en el Bateau Lavoir, a partir de la lámpara de alcohol de un vecino, que prendió en su estructura de madera. Se le incendió un ala al edificio y su conserje dio la voz de alarma, recorriendo las galerías, voceando que se imponía evacuar el edificio, que cada cual cogiera sus pertenencias a toda prisa y abandonara su residencia, escaleras abajo. Pablo no estaba y Fernande, que lo oyó, se puso sobre aviso: tomó cuatro cosas en una maleta, se vistió y cuando se dispuso a salir, comprobó que no podía, que Pablo había echado doble llave en la cerradura del taller antes de irse: vamos, que la tenía encerrada y, por tanto, ahora en peligro de muerte, con las llamas avanzando hacia ella...

–¡Socorro! ¡Mi puerta se atrancó y estoy encerrada! –gritó Fernande, a quien pudiera oírla, bien por la ventana, bien a través de los golpes en la puerta con que daba rienda suelta a su nerviosismo.

La sirena de los bomberos se hizo notar y ahogó cualquier grito en el Bateau Lavoir, en la algarabía que trajo consigo su despliegue de escaleras, mangas de agua y hachazos. Nadie acudía en su auxilio y Fernande, lúcida un instante antes de la histeria, recordó entonces el consejo que alguna vez le dieron para siniestros como el que la acorralaba, echándose una toalla húmeda a la cara, mientras el humo invadía su pieza por las rendijas de la puerta. Y así fue como repentinamente recobró cierta calma... Sentía vergüenza en su fuero interno por los gritos proferidos, se hubiera dejado morir ese día con tal de no llamar la atención... Afortunadamente, el fuego se sofocó, con lo que nadie reparó en que Fernande había sido la única en no desalojar el edificio. Eso sí, Pablo se enteró a la vuelta de todo y no hizo falta que su compañera le contara palabra de lo sucedido. Apareció en el taller con llaves para ella, antes de estrecharla contra sí y sugerirle en silencio todo cuanto quería oír: su alegría de encontrarla sana y salva, así como lo arrepentido que estaba de haberla encerrado. En adelante, mejor sería exponerla a los piropos que a más incendios...

Fernande aprovechó la «licencia» conquistada para frecuentar a Gertrude Stein por su cuenta, a fin de medir fuerzas femeninas. Buscaba indagar con qué clase de mujer se jugaba los cuartos su pintor y sabía que, para conjurar cualquier amago de amartelamiento entre ellos, lo mejor era hacerse íntima de la millonaria americana. Por su trato con Sunyer, conocía bien las tragaderas que el artista bohemio podía desarrollar con caprichosas damas de alto copete, con tal de comer a diario y vestir como un *gentleman*... Por tanto, si Gertrude sólo pretendía proteger a Pablo como artista, aceptaría de buen grado su camaradería, vería natural ganárselo a través de su compañera sentimental.

Pablo y Fernande celebraron la Nochevieja de 1905 vigilándose mutuamente movimientos sospechosos... Pablo jugando a menudo con Gusie, la hija de Kees van Dongen, por si a lo tonto podía desentrañar las dudosas simpatías que mantenía relacionada a Fernande con el pintor holandés. «¡Qué tierno! Si yo pudiera tener hijos con Pablo...», pensaba Fernande al verle campar con la niña. Y, por su lado, queda dicho que la modelo se dio a pasear con Gertrude Stein, para satisfacción de su pintor, que así la creía protegida al salir a la calle.

Fernande, sin embargo, no sólo hizo migas con Gertrude para saber sobre su interés por Pablo, sino además contenta de poder hilar con ella conversaciones sobre sombreros y perfumes, que rara vez podía disfrutar en el entorno masculino que dominaba la bohemia de Montmartre.

–«¡Ole con ole! ¡Bravo! ¡La luna y el sol del brazo por la Butte! –rompió a gritar un picapedrero, emigrante cordobés para más señas, al ver que pasaban a su lado las dos mujeres: Fernande con una aparatosa pamela amarilla y Gertrude tocada por un gorro azul más discreto...

–¿Ve, *madame* Stein? ¡Un éxito, estos modelazos que acabamos de comprar! Si un sombrero no llama la atención de los viandantes hasta arrancarles exclamaciones, flaco favor nos hace –comentó Fernande, a quien el éxito social importaba mucho, por desconocido hasta la fecha.

–¿Me darás clases, Fernande, para mejorar mi pronunciación francesa?

–Lo que usted me diga, *madame*. Creo que llegaremos a ser buenas amigas.

Poco burgués se mostraba Pablo a la hora de valorar con admiración los signos de elegancia, distinción y alegría de vivir mundanos. Con todo, tampoco era cierto que le irritaran sobremanera, pese a manifestarlo públicamente. Mentía al asegurar que no le importaba el reconocimiento en los salones, aunque fuera capaz de disimulárselo a todos por pura pose; incluso a sí mismo... Y, a la hora de cultivar el orgullo de los desclasados, dejaba ver su caldo de cultivo bohemio, según a quién... De hecho, no se atrevió a citar a lady Stein en su astroso taller, como hubiera sido lo lógico, cuando le ofreció su buena mano para el retrato. No lo hizo, decidido a embarcarse en las ochenta sesiones que calculaba le costaría, de finales de 1905 a la primavera de 1906. Hasta dejarla familiarizarse con su madriguera, donde el azúcar para el café se servía a puñados y cada mañana barría latas vacías de sardinas y cascarones de mejillón, el pintor quedó con Gertrude en la trastienda que Sagot tenía en su *boutique*. Cosa distinta a que le echara un vistazo, considerándolo exótico, era comprobar lo incómodo y penoso que se le hacía su estudio a cualquiera...

¿Por qué hacían falta tantas sesiones para caracterizar a la millonaria americana sobre el lienzo? Es más, ¿a cuento de qué Pablo volvía a trabajar con modelo, cuando lo llevaba sin hacer desde que arlequines y saltimbanquis poblaran su universo pictórico, sin haber puesto el pie en su taller? Acusado de contribuir al desempleo de las modelos por algunos colegas..., ¿por qué requería Pablo los servicios de alguien que no necesitaba precisamente dinero? El malagueño pretendía confraternizar sin duda con la que ya consideraba madrina de su arte. Y para ello no ahorró prolegómenos... Incluso pidió a Fernande que leyera cuentos de La Fontaine a *mademoiselle* Stein, mientras posaba, pegando por su parte la nariz contra la tela, al borde de la silla donde se sentaba y sostenía en la mano una paleta impregnada de coloración gris marronácea. A juicio de Gertrude, Fernande tenía una «voz deliciosa y un francés elegante, fruto quizás de la institutriz que debió de educarla...».

Tan excéntrica como espontánea y natural a la hora de no ocultar o exagerar lo que sentía a cada paso, Gertrude Stein parecía una criatura del más allá, a ojos de Pablo. El instinto le decía que allí estaba su esfinge, quien poseía las llaves del inmediato futuro artístico que le esperaba. Un ser que los hados le enviaban, además, con claves capaces de resolver ciertas contradicciones de su existencia. Por ejemplo, la tesitura entre la creación libre y la salida comercial que requería su pintura. Y la disyuntiva entre su aspiración a pisar moqueta en los salones y el ideal de la vida libertaria que llevaba, sórdida también como nunca hubiera imaginado. Y la percepción de su propia masculinidad, acogotada frente al eterno femenino que se le asomaba a los cuadros desde su época azul: su masculinidad de volumen físicamente inferior al de Fernande, que le llevaba a ventilar los trabajos domésticos en el taller, mientras ella holgazaneaba en la cama. Se sentía por momentos como un zángano que asumía labores no de procreación, sino de abeja obrera, en torno a la reina de la colmena...

Con Fernande había descubierto el pintor hasta qué punto la unión de los sexos deriva en tomas de conciencia andrógina. Copulando con ella sentía su vagina parte del propio cuerpo, a través del pene. Su falo dentro de ella era más consciente de la vagina que de sí mismo... Estaba claro que la sexualidad transformaba contornos, hasta confundir el género de quienes la protagonizaban. Por eso Pablo se veía después obligado a comulgar con la indolencia de su compañera. Y se sorprendía con tics de su lenguaje coloquial. Y miraba a través de sus ojos, no sólo cuando ojeaba por encima de su hombro el libro de turno con el que pasaba horas muertas, convencida Fernande de que, por naturaleza, nunca podría apasionarse y profundizar en nada concreto.

Por otro lado, en el colmo de tales revelaciones, Gertrude le parecía a Pablo la encarnación de lo andrógino, con sus maneras resueltas, su iniciativa y su tono de voz varonil. Una mujer a la que descubría como su igual, en cuanto a percepciones y ambición. Lo había comprobado departiendo con ella, según progresaban las sesiones en las que la tenía frente al caballete. Sesiones en las que a menudo equivocaba rasgos femeninos, reproduciendo sin querer en el lienzo la fisonomía que mejor tenía mecanizada: pintando de memoria a Fernande. Porque, aparte de colorear *El caballista desnudo*, uno de los mejores y últimos cuadros de su época rosa, Pablo trazaba por aquellos días retratos de Fernande sin descanso. Retratos en los que comprobaba estupefacto parecidos involuntarios con *mademoiselle* Stein. A Fernande le dotaba en el lienzo de masa semejante a la que su amiga americana lucía al natural en la tez. A la señorita Stein le alargaba los rasgos, característica facial de Fernande... ¿Sería porque a principios de 1906 Pablo consumía por lo regular dos veces por semana opio? «Deben de existir formas de amor no carnales, como la que profeso por lady Stein», discurrió Pablo...

Una atracción mística existía entre españoles y norteamericanos al entender de Gertrude Stein, que pronto empezó a reconocerse en el lienzo que Pablo le pintaba. Sin embargo, que su boceto avanzado «se le diera un aire cada vez más exacto», según comentaba la modelo, no satisfacía en absoluto al artista. Es más, ni un daguerrotipo de *mademoiselle* Stein pegado al lienzo le hubiera valido como arte final, en aquellos momentos, porque lo que Pablo pretendía era sacarle el alma por los ojos... Su retrato avanzaba a trompicones para lo que se esperaba del joven Picasso, hasta el día en que acabó de pintar bruscamente la cabeza, como quien entra a matar en el ruedo. Entonces, exclamó con una irritación desconocida para su amiga americana: «¡Ya no la veo, cuando la miro, *mademoiselle* Stein! ¡Tengo que dejar reposar el retrato, mis ojos, su paciencia!».

Los hermanos Stein proyectaban como cada año viajar en primavera a Italia y Pablo no veía la última estocada de pincel a su retrato. Así que borró la cabeza de Gertrude con idéntica compulsión a la usada para pintarla, pidiendo a la mujer que acometiera su viaje anual, aunque su retrato quedara a medio terminar. «Pierda cuidado en ausentarse, señorita. Ya lo acabaremos a su vuelta.» ¿Por qué se mostraba tan nervioso? Nunca hasta la fecha había trabajado tan lento e inseguro quien a menudo se enorgullecía de lo contrario.

—¿Cómo tardas tanto en pintar a lady Stein, Pablo? ¿Cuándo terminarás su retrato? —le preguntó Fernande, viendo que se eternizaba en la tarea y encima pensaba aparcarla.

—Te respondo lo mismo que respondió Miguel Ángel al papa que le preguntó por el tiempo excesivo que empleaba en los frescos de la Capilla Sixtina: «Terminaré cuando termine».

—Alicia me ha hecho saber que Gertrude no manifiesta prisa alguna para ver su retrato acabado. O a esa mujer le sobra el tiempo y se aburre sola o busca algo más que un retrato en tus manos. Tú me dirás, Pablo...

—Se marcha una temporada a Italia. Además, ¿no te has fijado en sus pintas lésbicas? Si alguien ha de tener cuidado con ella, eres tú, cariño...

—Bien, supongamos que pretende estar sólo entretenida contigo... A ti no te sobra el tiempo. ¿A cuánto le vas a cobrar el trabajo?

—Se lo voy a regalar.

—¡No!

—Toda una inversión, Fernande. La diferencia entre vender y regalar cuadros es mínima, en los tiempos que corren.

Gertrude siguió posando placenteramente frente a Pablo, hasta que el pintor dio carpetazo a su inspiración con modelo delante, que no al retrato. Entonces, sin mostrar decepción alguna, la dama americana hizo las maletas y se marchó de París, dejando al pintor sumido en la duda acerca del bloqueo que sufría. Eso sí, procuró Gertrude Stein que se quedara, no obstante, con dinero en el bolsillo, fruto de la compra de dibujos que un compatriota amigo suyo le hizo. Así se permitió Pablo adquirir dos billetes de tren a Barcelona, aparte del material de pintura imprescindible para no matar las horas, sin más, frente a los paisajes montaraces de Cataluña que nuevamente le llamaban ahora. Y Fernande, por su parte, compró una falda, sombrero, perfumes y el hornillo de aceite para cocinar que todo francés llevaba consigo saliendo al extranjero.

El verano de 1906 optó la pareja por pasarlo en España, gastando el mínimo tiempo posible en visitar a la familia, rumbo a la soledad rural del Pirineo norte catalán. Quería Pablo impresionar con sus imágenes agrestes a Fernande. Con todo, no pudo pasar por alto las presentaciones formales en casa, donde estaban deseando que el hijo pródigo sentara la cabeza, se casara, tuviera hijos y decidiera sacar partido académico de sus dotes para la pintura. Esas ideas fijas mantenían sus padres, durante los dos años que el chico había estado ausente de España...

«¿De dónde es usted, señorita? ¿Le gusta la escalibada? ¿A que en los restaurantes de París no la preparan como mi mujer? *¿Que* se le da bien cocinar? ¿Tienen ya planes usted y Pablo para casarse? ¿Hay fecha de boda? Dios sabe que nos darían una gran alegría a su madre y a mí»... Durante los días que permaneció bajo sus dominios, fue inevitable que don José abrumase a Fernande con preguntas que no acertaba a responder, sobre todo porque apenas entendía español y menos aún bajo musicalidad charnega. Don José aplicaba entusiasmado el tercer grado a su futura nuera, Fernande le sonreía bajando los ojos, miraba a Pablo y Pablo contestaba por ella con evasivas, hasta que don José cogió a su hijo en un aparte para pedirle explicaciones directas.

—A ver, Pablo, no me andes con medias palabras. ¿Vas en serio con esta chica?

–¿Por qué quieres saber tanto, papá? Déjalo estar todo...

–Me preocupo por ti, hijo. *Que* no ves que te haces mayor y no tienes todavía ni oficio ni beneficio?

–¿Te gusta esta chica para mí, papá?

–No sé si es muy mujer de su casa. Pero lo habrás comprobado tú ya, si estás viviendo con ella...

–No te digo ni que sí, ni que no...

–Pídele matrimonio, por lo que pueda pasar después... Si te sale mal, siempre tendrás tiempo de volver a España y empezar una vida nueva. Te estaríamos esperando con los brazos abiertos, en ese caso, Pablo. Sabes que nunca te faltará un plato de sopa mientras yo viva.

–Para el carro, papá. No adelantemos acontecimientos, que sólo estamos de visita. Prometo invitarte a la boda, cuando le pongamos fecha.

–¿Tan lejos la ves?

–Papá, la verdad: alguna vez se lo he propuesto medio en broma, medio de veras y ha cambiado de tema.

–Insiste, hijo, que a las mujeres hay que insistirles, que les gusta hacerse de rogar.

–Lo tendré en cuenta. Palabra que a mí no me faltan las ganas de casarme con ella. Habrá boda, papá, ya verás...

–Dios te oiga, hijo.

Pero Dios estaba lejos de oír a Pablo, que aguardó a pedir de nuevo matrimonio a Fernande en el ambiente más romántico que sus entendederas le hicieron concebir: un atardecer, en plena naturaleza pirenaica. Refractaria a tratar el asunto cara a cara se había mostrado Fernande, hasta entonces. Pero, en aquella ocasión, viéndose acorralada, pensó que Pablo merecía una respuesta razonada a su proposición. Durante aquel crepúsculo alpino, entre la floresta de Gosol, no se vio con derecho a ocultar más el penúltimo secreto que podía revelar a su pintor de cabecera.

—Amor mío, ¿no te fascinan las montañas que nos rodean? Si hubiera cura a mano, aquí mismo me gustaría casarme contigo —le dijo Pablo a la luz de una hoguera.

—Sería bonito hacerlo, claro que sí, Pablo —contestó Fernande—. Pero no puedo.

—¿Por qué? ¿Sigues queriendo tiempo para pensártelo? No tienes por qué decidirlo ahora...

—Pablo, ya estoy casada... No sabía cómo decírtelo antes. Siento haber tardado tanto en contártelo.

—¿Cómo que ya estás casada? ¿Qué dices?

—Que sí, Pablo, que lo estoy.

Tragó saliva Pablo, enmudeció y se notó palidecer. No, no podía ser posible lo que oía...

—Huelgan excusas de esa índole, Fernande. Tampoco hace falta pasar por la vicaría para seguir queriéndonos, ¿no? ¿Por qué te produce rechazo el matrimonio? Eres la primera mujer que conozco a la que le ocurre.

—Pablo, te estoy hablando en serio. Yo ya tengo marido.

Su hombre se quedó fijamente mirándola, volvió sobre las chanzas para mostrar su incredulidad y, sin embargo, por la manera en que su compañera bajaba la cabeza, comprendió enseguida que debía dejarla seguir contando, que acaso se imponía agarrarse al árbol en el que apoyaba su cabeza, a modo de mástil, porque parecía a punto de desatarse una tempestad con las revelaciones que le reservaba. A fin de cuentas, los dos estaban en el mismo barco, desde hacía ya tiempo.

—De esto hace mucho, Pablo. Yo era una niña y aún no te conocía. Ni imaginaba que existías...

—Cuéntame sin miedo, Fernande. Podemos, debemos ser sinceros el uno con el otro. Nadie nos oye...

—Te he contado que me crié con mi tía, ¿no?

—Sí. Y que manejaba una asignación de tus padres para ocuparse de tu educación.

—Por aquel tiempo tenía una amiga llamada Hélène, cuyo hermano de veintiocho años me escribía cartas halagadoras y enviaba regalos, tratando de conquistarme. Nunca llegué a conocer, sin embargo, su aspecto. Porque se cruzó en mi camino alguien todavía más mayor, abordando las necesidades de cariño que yo demostraba.

—¿Qué edad tenías tú entonces?

—Bastante menos de veinte años. Mi tía se empleó en regañarme largo y tendido, porque una vez, delante de su contable, se me ocurrió decir que jamás tomaría por esposo a un viejo chupatintas. Paul se llamaba aquel hombre y, mira tú por dónde, se me hizo el encontradizo a los pocos días, llegando a la iglesia de Saint Sulpice donde solía oír misa... Nunca se me olvidarán sus grandes ojos negros. Ojos extraviados que le ponían signos de admiración al aire ordinario que, rechoncho él, se gastaba.

—No te recrees en poesías. Sigue contando.

—Aquel día me esperó hasta terminar el oficio, según pude comprobar tras la bendición del párroco, y no supe cómo decirle que prefería volver con mi tía a solas. Me indicó que llevaba mi misma dirección, nos encaminamos juntos hacia el tranvía y quiso la mala suerte que un cochero nos saliera al paso, momento que Paul aprovechó para ofrecerse a llevarme en landó a casa, tan acomodada como nunca había soñado.

—Parecía un tipo galante, ¿no?

–Sí, tanto como para darse a besarme y manosearme con frenesí, una vez dentro del coche...

–¿Y qué hiciste? –quiso saber Pablo, alarmado–. ¿No te forzaría más allá?

–No en ese instante, viendo que me ponía a gritar como una posesa. Se apartó de mí, recompuso su figura y comenzó a prometer por su vida que me amaba locamente, que no pensaba sino en mí, desde la primera vez que me vio.

–Levantabas pasiones ya desde jovencita, encanto –bromeó Pablo, creyendo concluido el relato de aquel incidente.

–Mi error fue encontrar gentiles sus declaraciones de amor, maldita sea. Pasamos en coche por el ayuntamiento de Chatelet y le dije a Paul que allí debía bajarme para resolver ciertos papeleos, ya que andaba con tiempo. Nada me hacía suponer que me esperaría a las puertas del *hôtel de la ville*, para proponerme un chocolate en el Bosque de Bolonia.

–Insistía. Quería cobrarse el precio de la carrera en taxi...

–La tentación de dejarme invitar a chocolate era muy fuerte. Nadie me lo había ofrecido hasta entonces en mi vida, fíjate tú. Le dije, pues, que sí, a condición de estar de vuelta en casa antes de las seis de la tarde, para que mi tía no se enfadara. Así que, bajo promesa de caballero, se empleó en tratarme como a una reina, atento a cuanto capricho de pastel y trufa le pedí allí, dando rienda suelta a todo lo golosa que puedo ser. Masticaba a dos carrillos, sintiendo no obstante vergüenza por lo mal arreglada que me veía para la ocasión. El caso es que por primera vez me mimaban, me sentía importante y no pensé para nada en que se me hacía tarde, muy tarde... Así que, al mirar el reloj, me aterré: ¡las 6.45!

–¿Y qué? Te retrasabas apenas tres cuartos de hora sobre el horario previsto para estar en casa.

–Suficiente, pensaba yo, para que mi tía me mandara a un correccional o, con suerte, a un convento. Eso por regresar a tan altas horas de la noche...

–¿Bromeas?

–Mi tía me la tenía jurada. Me puse a llorar, por tanto, desconsoladamente, circunstancia que aprovechó aquel chupatintas para atusarme el pelo sin oposición y musitarme al oído que no me preocupara, que esa noche me daría él alojamiento y que, a la mañana siguiente, pediría mi mano al tío.

–¡Qué dices! ¡Habrase visto capullo tal!

–Paul Dufour, que así se llamaba el sujeto, se las prometía felices. Cuando quise reaccionar, me había llevado a una zona oscura, entre los árboles, decidido a besarme de nuevo frenéticamente y a tomarme por el talle con fuerza hasta asfixiarme. Te puedes imaginar mi confusión, mi agobio... «Es necesario que aprendáis a besar, ahora que sois una mujer», me dijo el muy hijo de puta mientras trataba de quitármelo de encima a regañadientes y manotazos, chillando como una muñeca desbrozada. «¡No así!», acerté a responder, sintiendo en último término la irritación de sus labios en mi cuello. Pero lo cierto es que, al verle romper en risotadas, acabé yo también por reírme, entre lágrimas, supongo que de pura desesperación. Recuerdo su figura deplorable y divertida a un tiempo...

–¡Y se tenía que llamar Pablo, como yo!

–Pues sí. Mira por dónde, no había reparado en ello hasta hoy...

–Una niña con cuerpo de mujer... Eso es lo que ya eras...

–Una niña sin más opción que la de seguirle. Aquel pedófilo sabía cómo tratar a las niñas grandes... Ya no podía volver donde mi tía, que me pillaría en falta. Por tanto, cuando me ofreció cenar en un restaurante, privilegio del que hasta la fecha tampoco había gozado nunca, sentí no sé qué forma de consuelo. También por primera vez iba a pedir de comer a todo un camarero: *foie gras* y pollo, regado con vino y con brandy a los postres... Se comprende, pues, que saliera del restaurante más que alegre y que la euforia me durase durante el concierto al que luego me llevó Paul, con lo que finalmente aprovechó en su casa para propasarse. Vivía en un sexto piso del parque Montsouris y allí marcó mi vida con siete eyaculaciones que me quemaron el alma como lava incandescente.

—¿Te violó? ¿De veras que lo hizo?

—Puede llamarse así, porque yo no consentí, hasta que las fuerzas para resistirme a su peso me abandonaron. Entonces, me dejé hacer ya, esperando que el agotamiento le hiciera darme de lado. Creo que en ésas pasé a no sentir mi cuerpo, llegando a imaginar que me había vuelto invisible para siempre... Otras mujeres a las que también avasallaron sexualmente alguna vez me dicen que lo peor es el asco y la pena que te das a ti misma en semejantes circunstancias. Y la culpabilidad que, encima, sientes. En mi caso, noté que el alma y el cuerpo se me separaban, que no podía pensar en mi cuerpo sin tenerlo por un despojo.

Pablo no salía de su asombro ante las revelaciones de Fernande. Se tapó la cara con las manos para no imaginarse las escenas que le contaba y la dejó continuar:

—La noche siguiente, en casa de Paul, también la pasé siendo horrorosamente «amada». Ni palabra oí ese día sobre la intención de pedir mi mano que el chupatintas había formulado el día anterior. Y, cuando el señor contable regresó de despachar con mi tía esa tarde, hacia las seis, tampoco me dijo si ella me echaba o no de menos. Únicamente torció el gesto al encontrarme en su casa sin peinar, mal vestida, medio atontada... Aun así, tras una cena improvisada, prosiguió con sus acometidas de bestia en celo. «¿Por qué no se contentará con que durmamos tranquilamente el uno junto al otro?», me preguntaba yo, antes de abrirme de piernas otra vez, con tal de que acabara lo antes posible su faena. «Eres como una bella estatua de mármol a la que resulta difícil reanimar», me dijo aquella noche. Debo confesarte que le tenía ya miedo, mucho miedo.

–Si estás aquí, es porque superaste más o menos aquel trago. ¡Vaya manera de descubrir el sexo! –logró comentar finalmente Pablo, por decir algo, tras el largo silencio doliente que siguió a las últimas confidencias de su amiga. Y no bien hubo acabado de hablar, se sintió más que torpe al haber dicho lo dicho.

–Es curioso que nunca me dejara contagiar por el frenesí pasional que le poseía... –razonó para sí Fernande, con la mirada perdida, mezcla de melancolía y suficiencia, al hablar–. Lo que hubiera dado porque sólo me acariciara, todo lo feo que era ese desgraciado. Aunque no, para nada: en aquel entonces prefería morirme a compartir estremecimiento alguno con ese mamut. Fíjate que me llegó a preguntar si tenía dote, a lo que yo le respondí con tremenda inocencia que no, que mi padre sólo había previsto mis estudios y manutención. «¡No importa. De una u otra forma, te amaré!», concluyó entonces, vociferando y volviendo a echarse sobre mí. En fin... Mi tía averiguó dónde me ocultaba Paul, no me preguntes cómo, y se presentó en su casa con mi madrina y un gendarme. Las fuerzas vivas del Estado, representadas por aquel bigotudo gendarme, no impidieron que aquella bruja a la que Dios no tenga en su gloria la emprendiera conmigo a arañazos, nada más verme. Y adivina qué quiso saber justo después, interrogándome en ese pérfido tono falso, diabólicamente meloso, del que se servía cuando se sulfuraba.

–Ni idea. No quiero ni imaginármelo.

–«¿Por qué me hiciste creer que no querías casarte con Mr. Dufour? Así no se hacen las cosas, nena. No puede darse una al desenfreno por mucho que le atraiga alguien con la planta de tu respetable prometido. Hay tiempo para todo, cuando las cosas se hacen como Dios manda. Piensa, niña, que yo nunca me hubiera opuesto a tus pretensiones. ¿Quién soy yo para hacerlo?», exclamó mi tía con impostado aire de disgusto. «¿Mi prometido? ¡Si yo no quiero casarme con él!», protesté saliendo enseguida de mi estupefacción. «¡Señor gendarme, el hombre que tiene usted delante me ha raptado y se aprovechó de mí!», pude gritar todavía, antes de sentir un malestar general en el cuerpo que me obligó a pedir permiso para retirarme a la cama.

–¿Y no intervino de inmediato el policía poniendo a cada cual en su sitio? –planteó Pablo.

–El gendarme dijo textualmente que yo era inocente y mi secuestrador, un cabronazo. Y que esperaba una denuncia en toda regla. Pero, en vez de pensar en atestados, la tía se puso a negociar con mi madrina y Paul lo que hacer para reparar la pérdida de mi honra; vamos, las condiciones del traspaso de poderes sobre mi persona, mediante casorio de urgencia. «Me ha confesado la chica que no tiene dote. No importa. Yo la amo», pude escuchar que explicaba Paul. «Ni hablar –repuso mi tía–. Faltaría más. Esta chica saldrá de mi casa con la cabeza bien alta: mil francos le esperan a usted, Mr. Dufour, si la desposa.» «¡No quiero casarme con él!», gritaba yo desde la cama, pataleando. «¡Calla, perdida! –me respondía la tía, como si Mr. Dufour y el gendarme no la estuvieran escu-

chando–. Es necesario casarte ya mismo.» «¡No quiero!», continuaba protestando yo. «¡Calla, que te mando al correccional!», replicaba ella. «¡Mejor al convento!», pedía yo. «¡Las
monjas no quieren golfas!», zanjó aquella charla a distancia
mi pariente.

–¿Y te casaste con él enseguida?

–No. Antes hube de curar unas fiebres que padecí, a base
del vino azucarado que me dio mi amiga Hélène, entre vómito
y temblores. Tanta fiebre tenía que el doctor reprendió a Paul
por no dejarme descansar sexualmente ni enferma...

–¡Qué bruto!

–Dos días me dejó dormir a solas Paul, mientras me resta-
blecía, no fuera que me muriese allí mismo. Dos días en los
que, además, me trajo libros de Anatole France y Gabrielo
D'Annunzio, para distraerme, aparte de gladiolos rosas y amarillos.

–¿Todavía recuerdas su color?

–Sí, porque desde entonces simbolizan para mí la paz en el
hogar. Esos días llegué a pensar que acaso pudiera amarle,
liberada de la tortura que traía consigo su peso sobre mí. ¡Con
qué poco me conformaba ya en la vida!... Ahora bien, en cuanto vio que recuperaba el color en las mejillas, volvió Paul a poseer-
me como un fauno, sin hallar resistencia por mi parte. «Déjame
dormir, por favor», le pedía yo. Y él se precipitaba de nuevo
sobre mí. Debe de ser que le excitaba verme la cara de miedo
que le ponía, según adivinaba sus intenciones. «¡Te haré cambiar y amarme!», mascullaba entre jadeos, con su aliento en mi
oreja. «¡Dios mío, a pesar de mis faltas y de mi indignidad, pro-
tégeme y hazme morir!», rezaba yo como una mártir, mientras
me galopaba.

–¿No se cansaba jamás de asediarte ese sátiro?

—A veces se levantaba por la mañana pidiéndome perdón por ser tan impulsivo, me acariciaba dulcemente y respetaba mi sueño por una noche. Supongo que también le enternecían mis lágrimas... Pero, en cuanto bajaba la guardia por mi parte y reía alguna de sus ocurrencias, volvía a las andadas y se me abalanzaba. «¿Así es el amor?», me preguntaba a mí misma.

—¿Qué pasó con la dote prometida para ti? —preguntó Pablo, temiéndose lo peor...

—Mi tía mandó un baúl con ropa y los mil francos anunciados a la dirección de Paul. El dinero sirvió para mudarnos del suburbio donde vivíamos a Fontenay, en la periferia de París, en cuanto nos casamos. Fue aquélla una ceremonia celebrada en la más estricta intimidad, casi en secreto. A partir de ese momento, supongo que Paul esperaba de mí que fuera buena ama de casa, que la ciencia infusa me asistiera a la hora de barrerle, plancharle, cocinarle... Por eso, al volver de trabajar el primer día de matrimonio y encontrarme leyendo, para mi mal, la emprendió a gritos conmigo: «¡No vales para nada!». Se enfadó, rompió un vaso y me pegó hasta decidir que ya estaba lo bastante inerte como para penetrarme, sin bajar el tono de su violencia. Sin embargo, quien quedó machacado un minuto después fue él. Imagino que pasar de la tensión máxima a la distensión en un golpe de coito no debe de ser bueno...

—Creo que por hoy ya tengo bastante. No quiero saber más —decidió Pablo, incorporándose camino de la casa de piedra donde se alojaban.

A Gosol había llegado la pareja a lomos de mula, por caminos de contrabandista y guardabosques dispuestos a contar prodigios de estrella fugaz, urogallos y eremitas. Sólo faltaba en aquel escenario el gitano sobrenatural que, años antes, había conocido con Manuel Pallarés en Horta de San Juan. Sin embargo, en aquel momento, Pablo no podía vislumbrar nada tan primitivo y mitológico como el cataclismo con que Fernande había despertado a la sexualidad, según le acababa de referir. No existían colores de duelo capaces de reflejar en un lienzo tanta iniquidad. Rojo carmesí para la pérdida más dolorosa de la virginidad. Malva, moratón en el rostro de la mujer golpeada. Blanco de sábanas entre las que a una niña se le impedía cerrar los ojos para dormir en paz, sin cuentos que echarse al oído, ni besos de buenas noches a la mejilla. ¡Maldita sea la lujuria de los hombres convertidos en fieras! «¿Acaso no hizo lo propio él con Germaine?», se sorprendió a sí mismo preguntándose. «¡No era comparable la situación!... ¡Germaine ya era toda una mujer!», le dijo una voz en su interior, a la que se aferró para tranquilizarse y refrenar el asco que empezaba a sentir de sus propias pulsiones.

De tener un billete de tren a mano, Pablo se hubiera ido lejos, muy lejos, para gemir hasta comprender por qué: si por el estigma de Fernande, por el suyo al tenerla de compañera o por los remordimientos de conciencia que le traía el lance con Germaine. Pero, estando como estaba allí, aislado, sin dirección para huir hacia adelante, no podía sino abrazar a Fernande y jurarle amor eterno por los caminos del azar y la fortuna. De todas formas, al poco se declaró una epidemia de fiebres tifoideas en la comarca y, viéndose acechada por ella, la pareja decidió interrumpir sus vacaciones, antes de lo previsto, no fuera a contraerlas sin los médicos de París a mano. Quedaron atrás, pues, las doce casas que se apiñaban ateridas en torno a la plaza de Gosol, cinceladas a golpe de nevada, ventisca y resoles, sobre tierra roja para la horticultura a la sombra del monte Cadí. Y se disipó el olor a romero, ciprés y aceite que Pablo saboreaba cerca de Andorra, preferible a ninguna fragancia de campiña francesa con champiñones. Y se borraron las rocas abruptas de un paisaje en el que cualquiera alcanzaba el estatus de buen salvaje, como en Horta de San Juan, si descubría el tamtan del eco a su alrededor. En todo caso, Pablo había sido feliz, muy feliz vagando por los Pirineos en suelo español, contemporizando con los paisanos a sus anchas... Fernande le reconoció, entonces, más afable, animoso y expansivo de carácter que nunca. Y, por si fuera poco, de Gosol se traía un buen número de telas pintadas con nuevo brío.

Pablo temía la vuelta al Bateau Lavoir, porque sabía que allí le esperaba el óleo inconcluso de Gertrude. Pero, al llegar frente a él, un impulso invisible y enfebrecido le llevó a pintar de memoria la cara que aún le faltaba, dotándola de unos ojos almendrados que pondrían fin a su época rosa y asombrarían a sus íntimos. André Salmon comentó al verlo que aquella faz parecía una máscara, enigmática en cuanto a los pensamientos que revelaba y no revelaba. Apollinaire calificó el rostro de cínico y teatral. Y hubo, por supuesto, quien aseguró que en poco se asemejaba al de Gertrude, a lo que Pablo contestó que ya se le parecería...

–Simula una máscara, como dice André. Pero una máscara estupefacta. Sus ojos no miran hacia fuera, sino hacia adentro, sugiriendo fuerza de carácter y determinación –sentenció Max Jacob, por su parte–. ¿Qué ven, Pablo?

–Miran hacia el futuro.

–¿Qué significa eso?

–Que esos ojos anuncian a la mujer que Gertrude será en algunos años.

–Una mujer impenetrable, según André.

–Gertrude es feliz en su propia piel y puede vivir el presente sin temer el futuro. Y casarse consigo misma, con la mujer que será en lo sucesivo. Está encantada de haberse conocido.

–Resulta inquietante.

–Pues espérate a ver el autorretrato que tengo entre manos, de la misma medida y bajo similar clave de ojos almendrados. Me diréis todos que también se trata de una máscara.

–Con tantas horas de sesión juntos, seguro que termináis pareciendo gemelos Gertrude y tú. Ya se sabe que las mascotas acaban con la misma cara que sus dueños...

–Todo se pega, incluida la hermosura.

–¿Por qué te tientan ahora los enigmas enmascarados?

–Noto que cambia mi manera de ver la anatomía.

En el autorretrato al que se refería, Pablo viste *maillot* blanco, paleta en mano y repeinado hacia atrás. Se diría que acaba de hacer su *toilette*, con los ojos muy abiertos y la frente despejada, al encuentro de ideas nuevas flotando en el viento. No en vano, las propuestas de *avant-garde* pictórica, frente al academicismo del Salón Oficial de Exposiciones, se sucedían a velocidad de vértigo. Se disparaban en aquel París de sombrero *canottier*, que en 1906 veía morir a Cezanne ya enaltecido por los fauvistas. El Salón de Otoño se había fundado en la Ville Lumière tres años antes, para protestar frente a los criterios conservadores que lo alentaban. Y su puesta en marcha corría por entonces a cargo de Maurice Denis, Bonnard, Vuillard y Sérusier, entre otros pintores *nabis*, dispuestos todos a celebrar la memoria del maestro Gaugin, muerto ese mismo año en las islas

Marquisas. El año siguiente, treinta y dos lienzos del pintor retirado a Polinesia se exponían en tal salón alternativo. Y diez más, nunca vistos, de 1905 a 1906. Ahora bien, si aquel mes de septiembre el gallinero de Montmartre andaba revuelto, se debía a *La alegría de vivir*, obra que Henri Matisse dejaba colgada meses antes en el Salón de los Independientes, que rivalizaba con el de Otoño a la hora de apostar por la vanguardia.

Aunque líder de los pintores fauvistas, con mano también en el Salón de Otoño, bajo la férula de Gaugin, Matisse había preferido recurrir a la competencia para mostrar sus últimas pinceladas de rompe y rasga. Un lienzo de colores luminosos que asustó por su osadía a los críticos, ejecutado la misma primavera en que Pablo porfiaba con el retrato oscuro de Gertrude Stein. Matisse lideraba un movimiento pictórico de cromatismo salvaje, con capacidad de atraer y escandalizar. Sin embargo, las puñaladas a su tela le llegaron por donde menos lo esperaba; en concreto de Signac, vicepresidente del Salón de los Independientes y afecto a las tesis puntillistas del también pintor Seurat. De traición imperdonable a la ortodoxia de la heterodoxia pictórica calificó Signac *La alegría de vivir* firmada por Matisse. Hete aquí, no obstante, que su cuadro fue adquirido de inmediato por los hermanos Stein a buen precio, con lo que cualquier discusión escolástica sobre su explosión de colores se disolvió como azucarillo en el agua. Gertrude Stein colgó enseguida *La jolie de vivre* en su *living room* y allí fue donde Pablo la contempló por primera vez, recién regresado de Gosol, antes de estrechar lazos personales con su autor en las tertulias de la mecenas. Tertulias en las que Matisse brillaba con luz propia tras sus gafas de lente gruesa, abrillantando sus pausadas reflexiones artísticas con la verbosidad del maestro en ciernes. Nada que ver con la timidez que mostraba Pablo cuando le tocaba

sentar cátedra en semejante compañía de marchantes, coleccionistas y *beautiful people.*

Si algún pintor creía Pablo que le hacía sombra en la Butte,
ése se llamaba Henri Matisse. Un artista afable, metódico y
organizado, lúcido, brillante, pausado y magistral, cuando tocaba hablar en público sobre su pintura. Con treinta y siete años,
frente a sus veinticinco, Matisse era el único creador plástico al
que Pablo respetaba y miraba de reojo, aquel que ahora le tomaba la delantera en materia de arte revolucionario. No cabía
duda, teniendo en cuenta lo que *La alegría de vivir* transmitía,
visto como lo había visto en la cámara principal de *madame*
Stein. Toda una apuesta por la euforia que a él, al gran Pablo,
le encontraba ensayando nueva sonrisa mundana ante el espejo. Se le imponía, por tanto, reaccionar enseguida, manteniendo a la vez el prurito de no exponer en ningún salón, por muy
alternativo que se llamara. En absoluto iba a cambiar sus hábitos, emulando a Matisse, que tanto gustaba de mostrar en las
galerías cada obra que firmaba, permitiéndose enjuiciar a la vez
las que tenía como vecinas. Bastaba, se decía Pablo, para tranquilizarse, con que los artistas de la Butte tuvieran a Henri
Matisse por su complementario más que por su rival... «¿Has
trabajado mucho últimamente?», solía preguntar Pablo a los
colegas de oficio que se cruzaba por la Place du Tertre. Rara vez
se le oía interesarse por lo que habían vendido o expuesto. Tan
seguro estaba de que todo trabajo concienzudo obtenía su recompensa, tarde o temprano...

Llegado el otoño de 1906, Pablo resolvió el retrato de
Gertrude en un santiamén, una vez retomado. Y lo hizo recu-
rriendo a la impronta que el arte románico y gótico catalán le
había dejado en la retina, al volver de Gosol, vía Barcelona,
donde además Miguel Utrillo terminaba de publicar su pri-

mera monografía sobre El Greco. Así se explica que se desentendiera de refinamientos en su rostro y apostase por la fuerza de rasgos arquetípicos con antecendentes ibéricos. Después,
tal como le había dicho a Fernande, Pablo se negó a cobrar
nada por el retrato a la retratada, reunido nuevamente con
ella en París. Un detalle que asombraría no poco a los amigos
millonarios de la mecenas, proclives a preguntarle enseguida
cuán caro había sido, al verlo situado en un lugar preeminente
de su residencia. Y es que el *living room* de Gertrude Stein reunía ya las tertulias más jugosas cada sábado por la tarde.
Jugosas, ya que ponían en contacto a compatriotas de paso
por París con jóvenes artistas del barrio latino y la Butte. Existía
al oto lado del Atlántico interés por la vanguardia europea y
Gertrude Stein, postulándose como *head-hunter*, ganaba predicamento entre los suyos. Lo ganaba, ejercía de intermedia-
ria en las transacciones y hacía valer su agenda de contactos.
No es de extrañar, pues, que también Pablo fuera invitado a
semejantes reuniones festivas, en las que unos se tomaban el
pulso intelectual, lúdico y mercantil a otros. Reuniones a las
que enseguida Pablo pasó a llegar acompañando a la lady americana, dueña de la casa, previamente invitado a cenar fuera
por ella. «Le encuentro repulsivo, pero romántico», comentó
la distinguida Etta Cone a Gertrude sobre Pablo, en cierta ocasión. «Parece envejecido prematuramente, para la edad que
tiene», le dijo al oído otra «señora de» a su esposo, viéndole
desenvolverse con forzada caballerosidad entre gentes de mundo. Y es que, cuando se olvidaba de cómo coger el tenedor en
la mesa o ceder el asiento, dejándose llevar por la espontaneidad, Pablo ponía en evidencia carencias mayores... De hecho,
cenando la primera vez a la derecha de Gertrude, vio cómo le
tomaba su pan por equivocación y no pudo reprimir una excla-

mación, al tiempo que le sujetaba la mano al vuelo: «¡Es mi pan, señora!»...

Pablo trataba a Gertrude de señora o señorita, de tú o de usted, indistintamente, sin conseguir habituarse a usar con ella una única fórmula de cortesía. Lejos de incomodarla, sin embargo, pormenores tales hacían gracia a *mademoiselle* Stein, que disfrutaba, además, los gestos ávidos con que Pablo devoraba mentalmente cuanto veía en el orbe nuevo que se le abría de par en par: signos para reconocer el mobiliario Luis XV o citas literarias en boca del buen conversador. Los ojos de Pablo, según la millonaria americana, parecían dotados de una extraña facultad para inquirir y abrirse absorbiéndolo todo, como si sus cinco sentidos percibieran a través de ellos. Sus ojos siempre abiertos, al margen de la torpeza mitad *snob*, mitad *gipsy*, con la que se conducía bajo lámparas de araña, sobre la moqueta...

No le faltaba razón al sexto sentido con que Gertrude percibía los cinco en acción de Pablo. Porque, para contrarrestar el efecto Matisse en la nueva pintura del momento, Pablo se fijó con perspicacia en lo que podían dar de sí las intuiciones de un compatriota y colega de oficio, llamado Juan Gris. Recién llegado al Bateau Lavoir, aquel frágil madrileño de diecinueve años no podía responder más fehacientemente a su apellido. Aunque Pablo le echaba una mano, facilitándole relaciones en su círculo de amigos, parecía destinado a pasar desapercibido en el ambiente artístico, buscavidas y competitivo de la colina. Sin embargo, sus cuadros mejoraban los volúmenes de Cezanne, los hacían evolucionar, anunciaban una estética verdaderamente inédita que aún nadie denominaba cubismo...

El retrato de *mademoiselle* Stein suponía un paso adelante en la pintura de Pablo, en tanto en cuanto cerraba temporada y media de cenicienta y relajada época rosa. Suponía un alto en el camino para quien no aspiraba a ser conocido por inmortalizar a saltimbanquis, encantadores y bizarros, pero crepusculares, por más que revelaran su talento de pintor. Más adelante, también se emplearía Pablo en la semblanza de Leo Stein, bien barbado, con anteojos y aire terriblemente magistral, para evitar envidias hacia la relación que le unía a su hermana. Halagaría la vanidad de quien se deshacía en elogios hacia Matisse, en su opinión el artista joven más vanguardista e importante del momento... A fin de complacer a Leo, incluso fingió Pablo interés por la biblioteca de incunables, primeras ediciones y rarezas apergaminadas que engrosaba en su residencia, a base de explorar librerías de viejo a orillas del Sena. Distaba mucho de sintonizar con aquel americano impasible y pagado de sí mismo, que teorizaba sobre arte sin cesar, necesitado siempre de audiencias con la boca abierta. ¿Qué sabía él lo que transmitían Gaugin y Cezanne a los pintores veinteañeros de París?

–Querido Pablo, acabas de dibujar la máscara más cara de todas. Estás a punto de llevarte a Gertrude al huerto. Bebe los vientos por ti. Besa por donde pisas. Sólo te falta compartir el lecho con ella –le advirtió Apollinaire al pintor malagueño, acabando el año 1906.

–Pues de ti dice otras lindezas. Mientras considera que André Salmon tiene el talento en su debilidad y pocas maneras para mostrarlo, sobre tu persona opina lo contrario: que posees la debilidad en tu talento y que tus maneras aparatosas te redimen. Así que pierde la esperanza de envolverla en sábanas para ti –le respondió Pablo, estirando las piernas en el restaurante Austen.

–La competencia entre artistas y poetas es la amante más bonita de la ciudad –contraatacó Apollinaire.

–No me creo nada. Y menos que Gertrude tenga interés en acostarse con Pablo –intervino Fernande–. ¡Pero si es lesbiana!

–¿Lo sabes de buena tinta? ¿La has probado en carne propia? –atacó Pablo.

–Estaba ocupada dejándome retratar por Van Dongen. En el último que me hizo a la vuelta del verano, mientras tú cenabas con lady Stein, sí que me sacó seductora.

–Ya me contarás... Ardo en deseos de saber lo que os traéis entre manos... Por mí, como si te lo comes con patatas –dejó caer su compañero sentimental, con displicencia.

–Eso ya me lo dirás en privado... –le desafió Fernande.

–Es curioso que Gertrude intentara hacer migas con tu chica para atraerte hacia sí, querido Pablo, en tanto Fernande buscaba las mismas migas con la Stein, para lograr lo contrario. ¡Cómo son las mujeres! –reflexionó en voz alta Apollinaire–. ¡Ay, este Montmartre de nuestras intrigas! ¡Más nos valdría llamarle Montmerde!

–Recuperemos las formas, amigos míos, que el mundo con vida inteligente se mira en nosotros, como en un espejo. ¡Qué van a decir los siglos venideros sobre nuestras mezquindades domésticas! –solemnizó Pablo–. Guillaume, este discurso hubiera sido más propio de ti que de mí. Me estás contagiando tu labia ampulosa.

–«¡Cuán torero sois!», amigo Pablo, al frente de vuestra cuadrilla. ¡Sálvese quien pueda del apetito de Guillaume! Sírvase quien pueda –resolvió Apollinaire, tomando a saco buena parte de los dulces que el camarero les traía en ese momento.

–Eres tan goloso como yo –terció Fernande, dirigiéndose al poeta y recuperando su buen humor, a la vista de la *pâtisserie*.

–Camarero, por favor, otra ración de postre, que con lo servido no tienen ni para empezar mi chica y mi mejor amigo –pidió Pablo, a cuyos bolsillos daban ya solvencia los contactos con Gertrude Stein y sus amigos. Más solvencia de la que habitualmente disponía el resto de su cuadrilla.

–¡Así se habla, torero! –aplaudió Guillaume–. Eres mi pintor, mi brujo y cazador primitivo preferido.

13

LA DANZA DEL PAÑUELO

Apollinaire, Jacob y Salmon compartían por aquella época la influencia de la filosofía patafísica según Alfred Jarry, su sumo sacerdote literario. Los surrealistas y dadás aún no asomaban la cabeza, cuando Guillaume y sus compañeros comenzaron a saber de la patafísica, en las tertulias que la revista *Pel y Ploma* montaba bajo soportal de café en la plaza de Saint-Michel. Pablo tampoco tenía conocimientos al respecto y tuvo que esperar a que Apollinaire le instruyera en sus principios, perdida la ocasión ya de visitar a Alfred Jarry. En 1906, Jarry vivía en cama la cuenta atrás de una enfermedad terminal que se le llevaría de este mundo al año siguiente. La misma cama donde escribía boca abajo, en el tercer piso y medio de un inmueble castigado por la última guerra franco-prusiana. Sí, Alfred Jarry residía en el piso tercero y medio de una casa con techos altos, cuyos niveles su propietario había desdoblado en dos para sacar mayor rendimiento de ella. Así que todo en su apartamento tenía proporciones liliputienses. Los muebles, los dinteles, el buró... Todo, menos el enorme falo de talla japonesa que decoraba un chinero en el salón de Jarry, motivo de escándalo para la dama cultivada que en una oportunidad le visitó.

–¡Qué barbaridad!, *monsieur* Jarry. ¿Es una talla vaciada o es maciza? –buscó informarse la dama.

–Poco importa eso, *mademoiselle*. Le interesa más saber que se trata de una reducción, como todo en esta casa. Imagínese el original... –contestó Jarry. Y esa misma tarde, sacando fuerzas de flaqueza, pasó por el Lapin Agile, donde se enteró de la barrabasada perpetrada por Pablo con el revólver que en su día le había hecho llegar para defenderse de Laurent. Resulta que tres alemanes habían ido al Bateau Lavoir para saber de su obra y Pablo había terminado bebiendo con ellos en el cabaré, donde ni el alcohol hizo que los jóvenes dejaran de atosigarle con interrogantes sobre sus teorías estéticas. De ahí que, tras mostrarles *L'arlequin au verre* como prueba fehaciente de su proyección mediática, diera por finalizada la audiencia a tiros, espantando no sólo a los alemanes, sino a la mitad de la concurrencia que en ese momento trasegaba en el local.

–¡Tranquilos, que sólo son balas de fogueo! –advirtió Pablo aquella vez.

–¡Cuidado, que tira a matar ese demente! ¡Pongámonos a cubierto! –dio la voz de alarma un amigo al que André Salmon había llevado al Lapin para conocer al pintor malagueño, supuestamente genial...

–¡Todos bajo la mesas! ¡Pronto! –gritó otro parroquiano.

–¡Pero si sólo disparo al aire! –quiso tranquilizar a propios y extraños Pablo.

–¡Insensato! ¿No ves que disparando al cielo raso provocas que se caigan lámparas y cascotes sobre los clientes? –razonó Fréde, que salía en ese instante de la cocina.

Más balazos del mismo arma usó Pablo, tiempo después, viajando con Manolo en taxi compartido con un pasajero también alemán. Alguien que les reconoció como artistas de vanguardia e insistió en recitarles interminables poemas propios, pasando por alto lo que significaba en boca de Pablo la cortesía que reza: «No se moleste usted por mí»... Esta vez los disparos de protesta agujerearon el techo del vehículo, a raíz de lo cual los dos españoles salieron por piernas de él, cada uno por una portezuela, dejando al rubicundo poeta encargado de explicar al cochero lo increíblemente acontecido y dudando si dar parte a la policía.

Pablo conservaba el revólver de Jarry, esperando la ocasión para devolvérselo personalmente. Y no sería la última vez que lo usaría mostrando tanto su alegría como su enojo, para satisfacción de Alfred Jarry... Sí, para alegría de quien consideraba a Pablo personaje en busca de autor. El patafísico tenía que escribir en tres actos la tragicomedia que vivía Pablo en Montmartre. Un generoso editor se lo había encargado, con promesa de representarla sobre el escenario cuando las peripecias del pintor tocaran «espontáneamente» a su fin, en tiempo real... Y, para ello, nada mejor que poner un arma en las manos nerviosas de Pablo, con vistas a desencadenar la acción en torno suyo. Cualquier refriega en una discusión de taberna canalla se lo podía llevar de este mundo con los pies por delante, si no se cruzaba antes balazos con el escultor Laurent... Y eso que, durante su mocedad, el pintor nunca había pedido prestada el arma que llevaba su amigo Casagemas para jugar con ella.

—Te hemos elegido a ti, sumo autor de la patafísica, esperando que des buena cuenta dramática del moderno Prometeo —le habían dejado dicho a Jarry, en su día y a puerta cerrada—. Queremos que consagres tu pluma, haciendo de Pablo Picasso un protagonista teatral huido del proscenio. Tarea tuya es recuperarlo para el arte mayor sobre las tablas.

–¿Qué ganaré yo con ello? Tengo imaginación para concebir personajes con más empaque –razonó el dramaturgo.

–Amigo mío, se trata del mayor experimento teatral jamás llevado a cabo. Puro invento de laboratorio. Arte y vida de la mano... Pablo es tu verdadero personaje.

El activismo de Alfred Jarry había tocado a su fin, cuando se vio postrado en cama. También sus posibilidades de seguir en el anonimato la pista a Pablo, para combatir su enfermedad escribiendo, avanzando en la resolución de su tragicomedia. Ay, si Pablo se hubiera sabido entonces personaje en manos del autor vivo más irreverente que París conocía... Seguramente habría querido que se lo presentasen, dispuesto a retorcerle el cuello. Pero de Alfred Jarry tenía sólo datos que cazaba al vuelo, en las conversaciones literarias que sostenían sus amigos poetas. Así que llegó el momento en que no pudo seguir conviviendo por más tiempo con la ignorancia...

–Dime qué diablos es y cuándo empezó la patafísica de la que tanto habláis, Guillaume –pidió Pablo a su poeta asesor, harto ya de oír el término intuyendo su significado, pero sin saber a ciencia cierta sobre él.

–La patafísica ha existido siempre, mi buen amigo, desde que el hombre se rascó la cabeza por primera vez, para estimular el pensamiento reflexivo.

–¿Por qué entonces yo no había oído hablar hasta hace poco de ella?

–Tú sabrás, *mon ami*. La patafísica vale para explorar el mundo, para demostrar la existencia de Dios matemáticamente, para crear alambiques complicadísimos, cuya función final sólo sea clavar un clavo. Es la celebración creativa del absurdo que gobierna el cosmos con leyes exactas. No sabemos crear de la nada, como hace Dios, pero podemos hacerlo a partir del caos, si lo organizamos virtualmente, de forma distinta a cómo nos lo presenta la realidad. Quédate con ese cabo suelto...

–¿Quién formuló la patafísica tal como me la cuentas?

–En 1898, Alfred Jarry atribuyó al Père Urbi la invención de la ciencia de las ciencias, la patafísica. ¿Recuerdas que en 1896 Jarry triunfó en el teatro L'Oeuvre de París con el drama *Ubu rey* y que *Ubu encadenado* se estrenó en 1900?

–No andaba yo por París todavía.

–Aunque concebido inicialmente como teatro de marionetas, *Ubu rey* acabó en parodia dramática del teatro heroico, atentando contra los poderes codiciosos de este mundo. Sin embargo, patafísica, patafísica, fue lo formulado en 1898 por el libro *Gestes et opinions du docteur Faustroll*. París entonces sólo se estremecía con lo programado en el teatro Elysée-Montmartre, que de 1880 a 1889 tuvo su apogeo.

Pablo tragó saliva oyendo nombrar al doctor Faustroll. Por tal nombre atendía el mismísimo desconocido interesado por su *Arlequin au verre* en el Lapin Agile.

–¿Existe semejante doctor? –preguntó a la carrera.

–Unos dicen que no y otros que tampoco, *my friend*...

–¿Quieres decir que se trata de un personaje inventado por el propio Alfred Jarry?

–Es un suponer... Piensa que el apellido Faustroll parece un compuesto que remita, en definitiva, al recuerdo del doctor Fausto de Goethe y al duende denominado *troll* en el teatro de Ibsen...

Pablo había ocultado a Guillaume su encuentro con el doctor Faustroll, cuando tuvo lugar. Por tanto, debía seguir ocul-

tándoselo, tal como hizo al levantarse en silencio del banco frente al Sena donde conversaba con él. ¿Lo habría soñado? ¿Se las
había visto con un impostor? ¿Existiría alguien interesado en
dar crédito y vida a los delirios de Alfred Jarry? ¿El propio Alfred
Jarry, quizás? ¿Qué intenciones tenía ese loco para él? ¿Para qué
quería el pañuelo?

El año 1907 vino cargado de presagios y convulsiones en
la escena internacional. Los otomanos reclamaron más soberanía en los Balcanes, Gran Bretaña acorazó su poder naval y
se alió en la Triple Entente con Rusia y Francia, frente al des-
arrollo de la economía alemana, agitando el caldo de cultivo
que daría pie a la I Guerra Mundial... París, además, se despertó
con los ojos muy abiertos a nuevas retrospectivas de Gaugin.
Y, sobre todo, al escándalo de Colette en el mismísimo escenario del Moulin Rouge. La Guilbert, última gran *vedette* de la
casa, había emigrado a las Américas, intentando ponerle bro-
che a su carrera artística con una escuela de arte. Había dejado el pabellón bien alto, así que Colette, aspirante a nueva reina del cabaré, no tuvo más remedio que tirar de provocación
nunca vista para hacerse valer como nueva *starlette*. Un *strip-
tease* era insuficiente en el Moulin Rouge, por muy buen cuerpo que tuviera de joven quien luego se dedicó a la pluma. De
ahí que aceptase el papel principal del musical *El sueño de
Egipto*, que programó el Molino en 1907. Musical en el que
una momia retornaba a la vida, gracias al arqueólogo que le
quitaba las vendas, danzaba en torno a ella para seducirla y
finalmente la besaba.

De cualquier forma, por muy erótico que fuera el beso del
arqueólogo a la mujer momia, el escándalo no se desató en aquella velada sino porque, a la postre, quien besó resultó ser otra

mujer, vestida con traje ajustado de hombre, según se revelaba al final de la obra... Ni más ni menos que Matilde Mornay, marquesa de Belboeuf e hija del duque de Sesto, interpretaba al supuesto arqueólogo... Semanas de «¡ohhhhhs!» se oyeron en la platea del Molino Rojo, hasta que la policía intervino para quitar de la cartelera aquella inmoralidad lésbica. Pero, antes, una noche de febrero tuvo ocasión Pablo de presenciar medio hipnotizado tanto la escena reveladora como el vocerío que levantaba. Y de sus ensoñaciones le vino a sacar alguien a quien no distinguió a primera vista, obnubilado como estaba...

–¿Qué le parece la escena, señor Picasso?

–Buenas noches. ¿Nos han presentado, por ventura, *monsieur*?

–Nos vimos dos veces hace algún tiempo. Confiaba en que se acordara de mí...

En aquel momento Pablo reconoció en aquel sujeto impecablemente trajeado al doctor Faustroll, acusando con su presencia un efecto sorpresa mayor, mucho mayor que aquel que acababa de depararle el proscenio del Moulin Rouge.

–¿Qué hace usted aquí? –acertó a decirle Pablo, visiblemente confundido–. «¡Dios mío! ¿No debería estar también sobre un escenario, como Colette y la marquesa?», caviló para sí.

–Supongo que lo mismo que usted. Acudir a donde se anuncia la emoción fuerte, por principal licor para calentarme frente al frío parisino...

–Perdone, doctor. Disculpe que no le reconociera en un primer momento –reaccionó Pablo, tratando de recuperar la compostura.

–Guarde su capacidad de asombro para lo que voy a proponerle, amigo mío... A propósito, ¿sabe que falleció el gran dramaturgo Alfred Jarry?

–¿Qué? ¿Está seguro de lo que cuenta?

–Le conocía como si le hubiera parido. Perdón, en todo caso, habría sido al contrario... –bromeó el doctor, antes de volver también a sus exquisitos ademanes–. Disculpe usted, también, la broma de mal gusto que acabo de hacer.

–Presentaré mis condolencias a sus correligionarios.

–Seguro que las tendrán muy en cuenta. Se está convirtiendo usted en un artista más que cotizado.

–¿Usted cree?

–Por supuesto, *mon ami*. Como buen aficionado al arte, sigo su carrera, créame. No hablan de otra cosa los círculos de marchantes y mecenas, con *madame* Stein a la cabeza.

–¿Conoce a *madame* Stein, doctor?

–Y los cuadros suyos que tiene colgados en el *living*. Magníficos...

–Celebro que le gusten.

–Me tiene usted impresionado, más que cualquier impresionista y posimpresionista que lo intentara a estas alturas de revulsión en la historia del arte. Por eso, he decidido hacerle un encargo muy especial.

–Usted dirá.

–Cierto amigo suyo, al que Dios tenga en su gloria, dejó inacabado un retrato que en su día le encargué. Me gustaría que lo terminara usted. Estoy dispuesto a pagarle lo que desee por la tarea...

El recuerdo de Carles Casagemas volvió de inmediato a Pablo, estremeciéndole de pies a cabeza. Y con él se le refrescó en la memoria cuanto antaño le había dejado dicho Germaine acerca de cómo le conoció: a raíz de un encargo similar, propuesto por un tal barón de Hölstein, que suspiraba por Catalina la Grande. «¿Qué habrá sido de Germaine en su nueva etapa de mujer casada y respetable? hace tiempo que no la veo», se preguntó Pablo, desatendiendo por un momento a su interlocutor, que retomó la palabra para intentar cerrar el trato.

–No sé si me he expresado bien. ¿Comprende usted lo que le propongo, Pablo?

–Por supuesto, doctor. ¿Y de qué cifras y plazos hablamos? ¿Cuándo se supone que debería comenzar el trabajo? –quiso saber Pablo, más que intrigado.

–Cuanto antes, Pablo. Si puede ser la semana que viene, mejor que después. Y, en cuanto al pago de sus servicios, descuide. Le extiendo un pagaré por la cifra de cinco dígitos que usted considere.

–¿99.999 francos, por ejemplo?

–Ni uno más, pero tampoco menos. ¿Cuándo le envío a mis modelos seleccionados?

–¿A sus modelos? ¿Debo elegir entre varios?

–No. Se trata de un retrato a la manera cortesana. Un retablo de familia, digamos.

–¿Un retrato cortesano?

–Su buen amigo, en realidad, terminó el cuadro que se le propuso, pero yo, que lo compré, quisiera retocarlo.

–¿Retocarlo?

–Sí, añadir nuevo rostro a su figura femenina, porque el que tenía se me volvió viejo... Más viejo que aquel al que pretendía parecerse.

–Creo que usted se refiere al retrato que mi malogrado amigo Carles Casagemas hizo de la modelo Germaine, pretendiendo que se pareciera a Catalina la Grande. ¿Estoy en lo cierto?

–Correcto, amigo mío.

–No comprendo, sin embargo, que se le haya «vuelto viejo» su rostro.

—La modelo ha envejecido prematuramente y se diría que su rostro lo acusó en el cuadro. No me pregunte usted por qué. Quienes admiramos a Catalina la Grande tenemos memoria exacta de su eterna juventud y somos muy exigentes. Queremos para ella un retrato del futuro...

Pablo se quedó pensando en las consideraciones que el doctor le hacía, temiendo por la suerte que Germaine hubiera corrido, en contacto con gentes como él. Tal vez se había cargado de niños ya. Quizás tuviera verdaderamente la sífilis... En todo caso, la meditación estética del doctor tenía su miga y planteaba las cosas justo al revés de como él se las había planteado. Retratada Gertrude Stein, por su parte, había asegurado con suficiencia a quienes lo miraban extrañados que la modelo se parecería a su óleo, en un futuro. Por cierto... ¿Por qué esta vez no le había mencionado nada el doctor acerca del pañuelo? Raro era, teniendo en cuenta que le estaba hablando de personas vinculadas a su tránsito de mano en mano.

—Estoy muy interesado en que usted retoque el cuadro del que hablamos. Y no sólo su rostro principal, sino su fondo. Me apetece que a Catalina le acompañen en la escena un gitano titiritero y un mendigo. Ya sabe usted, arquetipos del paisanaje que viene componiendo usted desde hace unos años... Digamos que le estoy pidiendo un retrato de familia. ¿Me entiende ahora? Nada que no esté a su alcance con los ojos cerrados, *mon ami*.

Si cerraba los ojos, Pablo vería al gitano que un día conoció con Manuel Pallarés. Y al «mendigo del tiempo» que poco después le abordó en Barcelona, cierta Noche de Ánimas. Así que se resistió a la tentación de hacerlo. Carles Casagemas, Germaine, un gitano, el «mendigo del tiempo»... Demasiados fantasmas volverían a su encuentro, si aceptaba la propuesta del doctor. ¿Por qué se la hacía en aquellos términos? ¿Lo conocía todo de su vida y sus miedos? Pablo sintió vértigo ante la tarea encomendada y a punto estuvo de negarse en redondo a ella, para huir de aquel encuentro que seguramente no tenía nada de casual con el doctor. Un tipo que conseguía aumentar sus zozobras cada vez más. Y mira que había tratado con truhanes, fuleros, facinerosos y perdonavidas en su vida... Seguro que había gato encerrado en su solicitud. Con todo, pensó en el gran cuadro que tenía entre manos desde principios de año y en lo mucho que le quedaba para terminarlo, tiempo que no estaría nada mal tener resuelto económicamente. Cien mil francos por pintar un lienzo... Toda una tentación, que reducía a calderilla el mecenazgo con el que Gertrude Stein le podía favorecer. ¿Qué más podía pedir? No iba a dejar con la palabra en la boca al doctor...

—Es extraña su propuesta, doctor. Nunca he trabajado sobre el lienzo ya pintado de un amigo. No sé lo que pensaría Carles sobre el particular, si todavía viviera.

—Cosas más raras se han visto y se verán, se lo aseguro —trató de tranquilizarle el misterioso caballero—. La gente se turba con el beso que la momia recibe de Missy, la marquesa de Belboeuf. Si supiera que Colette se ha enamorado verdaderamente de ella y que pasea ya por París con un collar de perro que reza «J'appartiens à Missy» (pertenezco a Missy)... A ejemplo de la marquesa, la nueva *femme fatale* parisina viste de esmoquin y fuma en pitillera de plata. Corren nuevos tiempos, *mon ami*. Más que correr, vuelan.

—Bien, señor doctor. ¿Le parece que comience la semana que viene a pintar para usted?

—No se hable más. Supongo que un día le será suficiente para transformar una cara, a la vista de la modelo que le enviaré para la empresa. No es exactamente rusa, sino austriaca, pero de ascendencia eslava. De entrada, irá sola a su taller. Y una vez vea los resultados, le enviaré al resto de modelos que tengo a mano para la composición que le pido. ¿O prefiere crearlos usted mismo de memoria?

No había sugerencia o comentario del doctor que Pablo encajara sin escalofríos. Qué maquiavélicas se le antojaban sus palabras, frase a frase. Se diría que conocía al dedillo su pasado y sus debilidades, que jugaba con su capacidad de asombro, su turbación y ansiedad... Otro comentario capcioso y se despedía definitivamente a la francesa de él... Así que Pablo le tendió instintivamente la mano para cerrar el trato, antes de pensárselo dos veces y desestimarlo por peligroso, peligrosísimo...

–Hágame llegar el cuadro de Catalina al Bateau Lavoir en un par de días y dedicaré veinticuatro horas seguidas a lo que me pide –resolvió finalmente Pablo, dispuesto a terminar con aquella intriga, antes de discurrir en cómo hincarle el diente artístico a semejante encargo. Ni a Fernande le pediría opinión sobre el embolado en que se metía, para no intranquilizarse más.

Alfred Jarry había recibido la extremaunción entrado el año 1906, en tanto Pablo comenzaba a pintar el lienzo llamado a marcar el mayor hito en su trayectoria, hasta ese momento. Una tela de textura más consistente y grande de lo habitual sobre el bastidor, aprovechando que tenía dinero para procurársela. La obra destinada a superar todo lo aprendido en arte hasta la fecha, bajo una óptica nueva y en formato de gran mural: 244 x 233 cm. La obra con la que dejaría constancia sobre sus últimos descubrimientos sobre la pincelada apolínea de El Greco, las nociones de escultura aplicada que Paco Durrio le había dado y el secreto de las tallas ibéricas, que junto al busto policromado de la Dama de Elche acababa de exponer el Museo del Louvre, tras comprar en 1903 bronces hallados en las excavaciones malagueñas de Osuna... De Gosol se había traído Pablo beneficios físicos y morales, a juicio de Fernande. Pero, además, estudios para la composición que requería. A finales de 1906, Sagot y Vollard, entre otros marchantes, daban salida más que airosa a las obras de Pablo, lo mismo bajo textura rosa que circense. Y su demanda prometía, iba en aumento. Gertrude Stein, por su parte, seguía comprándole lienzos para las paredes de su residencia, transformada en el mejor escaparate que el pintor malagueño podía soñar. Y, por si fuera poco, Pablo llevaba del brazo, ahora bien vestida, a la chica más guapa de Montmartre, pues disfrutaba la economía de bolsillo nunca imaginada por sus artistas bohemios. ¿Qué necesidad tenía, pues, de arriesgarse con saltos al vacío? Pero si aceptaba encargos de alto riesgo como el del doctor Faustroll, cómo no asumir aquellos retos que se imponía a sí mismo, el espectador más exigente de su propia obra...

—¿A qué viene tanta megalomanía, maestro? ¿Qué diablos quieres pintar en esta gran «sábana santa»? —le preguntó no sin cierta socarronería Guillaume, que fue el primer amigo al que descubrió su proyecto plástico de gran formato en marcha.

—Le devuelvo a la pintura lo que la pintura me da —contestó Pablo—. Tenía que invertir en metros de tela y colores el dinero fácil que me está llegando. Todavía no sabe el mundo lo que soy capaz de hacer...

—Trabajando en plan faraónico no vas a crear nunca estilo que puedan seguirte.

—Sabes de sobra que no me interesan ni las capillas, ni las escuelas pictóricas. Lo más que soporto es a poetas como tú, cuando se ponen estupendos a teorizar.

—Supongo que debo sentirme afortunado por gozar del privilegio que supone verte dar vida a un lienzo. Normalmente, sólo nos los enseñabas acabados.

—Ni lo dudes. Hasta ahora nunca te hubiera dejado ver mis obras a medio vestir.

—¿Y a qué se debe su cambio de actitud, excelencia?

—Esta vez mi gente verá cómo pinto, pero no el arte final que queda de ello. Experimento nuevas sensaciones, Guillaume.

—Está de moda el fauvismo, Pablo. No te digo más... Se lleva como nunca, esta temporada. Tú mismo... Piénsate muy en serio si merece la pena que te lo juegues todo a una carta, ahora que la fortuna empieza a sonreírte —terminó Apollinaire advirtiendo a Pablo.

«Se ha dicho de Picasso que sus obras manifiestan desencanto precoz. Yo pienso lo contrario. Todo su encanto y talento incontestable me parecen al servicio de una fantasía que mezcla justamente lo delicioso y lo horrible, lo abyecto y lo delicado (...). Bajo los oropeles resplandecientes de sus saltimbanquis esbeltos, se siente verdaderamente a la gente joven del pueblo, versátiles, astutos, hábiles, pobres y mentirosos», había escrito Apollinaire en el número de *Pel y Ploma* que vio la alternativa fauvista de Braque, Matisse, Dufy, Vlaminck, Rouault y Dearin en el Salón de Otoño, en 1905. Y si Pablo no participó en ella, como tampoco lo había hecho en el Salón de los Independientes de ese año, fue por principio y, desde luego, porque andaba escarmentado acerca de la opinión que los críticos al uso, opinión desinformada, frívola y mercenaria, podían dejar caer sobre sus cuadros. Prefería, en suma, que su amigo Apollinaire los

juzgara como profesional y amigo, antes de arriesgarse a que
su amor propio quedara tocado por los juicios de cualquier
indocumentado.

El fauvismo... esa cofradía al alcance de sabios y necios
por igual, predicando como predicaba el color puro sobre cualquier esquema de composición artística para el cuadro. ¿Cómo
podían demostrar sus acólitos que dominaban el grabado y el
dibujo, igual que él los dominaba? ¿A cuento de qué pretendía
Guillaume echarle sin más en brazos del fauvismo, testigo pri-
vilegiado como había sido de su fondo de armario impresionista, su devoción por Toulouse-Lautrec, sus formas plásticas
de época azul, su pirueta circense y su celebración de la pintura escultórica bajo preceptiva griega? A punto estuvo Pablo de
retirar la palabra a Guillaume, a vueltas con lo que podía espe-
rarse y no del fauvismo en materia de arte nuevo. Sin embargo, consideró que sus galones como crítico de arte merecían otra
oportunidad... Así que, a los tres días de aquella conversación
invernal por los jardines de Luxemburgo, lo citó en esta ocasión frente a dos tazas de té en el Bateau Lavoir.

–Mira, Guillaume, parece mentira que te las des de moderno y no veas que el mundo se mueve ya bajo coordenadas distintas a las conocidas durante siglos. Dimensiones que se dejan
sentir necesariamente en los conceptos de espacio y tiempo que
la obra artística ha de manejar.

–Sí, ya sé, Pablo. Me vas a recordar que a los inventos
que hicieron posible la revolución industrial se suman cada
día otros aún más llamativos. La luz eléctrica, la aerodinámi-
ca que ata en corto la velocidad... El canto al futuro es lo que
manda.

–No sólo eso, mi buen amigo. Lo importante está en saber
que el mundo asume una tensión cada vez mayor. Que avan-

za de igual modo hacia delante que hacia atrás. No es más determinante la invención del motor de explosión que el descubrimiento de las cuevas de Altamira con sus pinturas rupestres. Celebramos el triunfo del raciocinio científico, pero con él descubrimos los abismos del inconsciente irracional. Los cánones del buen gusto no pueden ser los mismos que manejábamos, desde que los viajeros del nuevo siglo han regresado con noticias sobre el arte ancestral practicado en Oceanía y África.

–¿A eso te refieres cuando hablas de alcanzar pintando algo así como la cuarta dimensión?

–Más o menos. Tampoco te creas que lo tengo tan claro... Me muevo por intuiciones.

Así como la incipiente relación con Fernande había terminado con el período azul de su pintura, el opio puso fin al rosa, con todas sus emulsiones de tono evocador, tierno y romántico. Y con los efluvios del narcótico, el contacto con la patafísica le vino a descubrir definitivamente a Pablo de qué manera los opuestos se tocan, conviven y llegan a fundirse por complementarios: hombre y mujer, luz y sombra, día y noche, blanco y negro, orden y caos, realidad y fantasía...

–Su estilo ya está maduro, amigo Pablo. Quiero que convoque a lo mejor de sus personajes en el lienzo, a modo de antología. Y, para empezar, aquí le traigo a esta belleza centroeuropea, dispuesta a posar para usted –empezó por decir el doctor Faustroll al pintor malagueño, presentándose en su taller a la hora y día convenidos. Con él traía a una modelo y un propio que acarreaba el cuadro de Casagemas sobre el que Pablo debía operar.

–Quiero que conozca a María, modelo de modelos –siguió hablando el doctor Faustroll–. A propósito... ¿decidió ya si trabajaría con ejemplos vivos de gitano y mendigo para las siguientes sesiones?

–Prefiero pintarlos a mi libre albedrío –contestó Pablo, planeando tomar el dinero del doctor y correr, no fuera a escapársele de las manos la situación... En absoluto le apetecía a Pablo encontrarse con aquel zíngaro que un día le tiró los tejos. Tampoco con el pordiosero que al poco le sermoneó, sin venir a cuento. ¿Y si andaban los dos a sueldo de aquel doctor, que en realidad no debía de existir en carne y hueso? ¿Por qué? ¿Para qué? ¿Alguien había en la sombra interesado tanto tiempo en espiarle? Tonterías, paranoias suyas... Había que pintar rápido, cobrar y en paz. Tenía cosas más importantes en que pensar.

–Yo me marcho, Pablo. Aquí les dejo a los dos, manos a la obra.

–¿No hay anticipo para este encargo, doctor Faustroll?

–¡Perdón!, señor artista. ¡Qué cabeza la mía! Si usted no me lo recuerda, ya se me olvidaba –se disculpó el coleccionista. Y, acto seguido, sacó de la billetera diez mil francos para Pablo–. ¿Basta con esto?

–Desde luego, doctor. Gracias y hasta la vista.

–Siempre es un placer trabajar con artistas ambiciosos, Pablo...

María se desprendió del abrigo que llevaba y buscó una silla donde sentarse, a la espera de las órdenes que Pablo tuviera que darle. A primera vista, sus movimientos simulaban timidez, pero pronto comprobó el pintor su empaque: se veía a la legua que estaba acostumbrada a moverse con agilidad en espacios reducidos, a conservar el aplomo en las distancias cortas y a resolver situaciones más o menos comprometidas.

–¿Le apetece tomar algo mientras preparo mis pinceles, señorita?

–Té con limón, por favor.

–¿Trabaja usted como modelo profesional?

–No, en realidad vengo de colaborar con los laboratorios de Ernest Duchesne, el físico francés que trata de matar bacterias con hongos desde el Servicio de Sanidad Militar de Lyon.

–Extraña desviación de oficio el suyo...

–El antibiótico que el físico contrasta y testa no sólo aniquilará el bacilo tifoideo, puede que incluso cure también venéreas como la terrible y mortal sífilis –explicó María.

–¡Caramba! –exclamó Pablo, tratando de disimular el sobrecogimiento que siempre le producía escuchar la palabra «sífilis».

–¿Le interesan a usted los avances médicos?

–Por supuesto.

–El antibiótico se sintetiza a partir de la *penicillium glaucum*. Pero todavía está a prueba y no sólo en animales, sino también en seres humanos.

–Soberbio experimento científico.

–Tan interesante como terrible. Su precio está siendo pagado por docenas de inocentes antes de salir al mercado. Por eso he decidido dejar de lado las barbaridades de la botica. Tendrá muchas muertes detrás, para cuando quiera empezar a salvar vidas.

Pablo puso cara circunspecta, al escuchar semejante discurso docto en boca de la joven belleza. Si en algún momento albergó deseos de seducirla, creyéndola una chica fácil... En fin, que no habían entablado conversación lo que se dice con buen pie para tales menesteres.

–Entiendo sus razones, señorita. ¿Y viene a ganarse la vida a París como modelo?

–Hasta nuevo aviso. Una no siempre será joven y bella.

Pablo se quedó mirando a María y le sonrió, antes de indicarle dónde debía recostarse y ocupar sitio frente al caballete. Siguieron cruzando comentarios pintor y modelo, mientras desaparecía la faz dibujada por Casagemas para Catalina la Grande, con derivados del aguarrás que Pablo tenía entre su utillaje. Luego, cara a cara frente a María, con el lienzo de por medio, Pablo calculó durante unos minutos de qué manera la encajaría en la silueta ajena a la que estaba destinada. Lástima que no pudiera pintar a María de cuerpo entero, porque la naturaleza le había dotado de proporciones magníficas. Pero, en fin, se trataba de acabar el encargo lo antes posible, no fuera a convertirse en una pesadilla.

Pasaron las horas, cayó la tarde en silencio y llegó un momento en que modelo y pintor sintieron la necesidad de desperezarse. Demasiada concentración exigía la tarea como para no tomarse un respiro.

–Podríamos hacer un alto en el trabajo, *mademoiselle*. ¿Tiene usted hambre?

–No especialmente, pero si quiere podemos relajar los músculos un rato. ¿Se le ocurre cómo?

–Se me ocurren muchas maneras...

–Probemos alguna de ellas.

María se acercó a su pintor y le besó en los párpados, hasta cerrárselos. También Pablo se dejó hacer, cuando la modelo le quitó el pincel de la mano derecha y la paleta de colores que sostenía con la otra, llevándole consigo al diván del taller, donde le invitó a recostarse. Allí sus oídos volvieron a oír la voz sugerente de María:

–Amigo mío, creo que me requiebra usted de amores, tratando de ponerle mi rostro a la princesa Catalina. Cosas que pasan...

–Debe de ser eso –respondió Pablo.

Y, a continuación, tomó la iniciativa muscular a la hora de amarla. Modelo y pintor retozaron, entonces, hasta no saber quién inventaba a quién en aquel receso. Y confundieron saliva y sudor. Y jadearon en el frenesí del coito, arrebatados, hasta quedar exhaustos, apenas sin haberse desvestido.

–La primera persona que dijo te quiero era un poeta –comentó Pablo al recuperar el aliento–. La segunda, un mercader. La tercera, aseguran que un mentiroso...

–No siga usted, Pablo –le interrumpió María–. No le ponga palabras a sus impulsos. Considérese afortunado, teniendo en cuenta que la práctica del sexo le renueva las fuerzas para seguir pintando. A otros hombres les relaja hasta dejarles dormidos como niños.

–María, una tarde inesperada a su vera bastó para saber que la había estado esperando toda la vida –suspiró el pintor acariciándole los hombros, ahora desnudos.

–Porque soy un ser del futuro y este encuentro nuestro nunca debió haber sucedido –resolvió la modelo levantándose del diván para ajustarse blusa y falda.

–¿Por qué se pone en pie?

–Es tarde y demasiado pronto a la vez, Pablo. Me esperan en otros mundos. Con las horas de sesión transcurridas ya tiene boceto para acabar el cuadro. Era lo pactado, ¿no?

–Pero no puede usted irse así, sin más, tan rápido.

–Soy una mujer equivocada de siglo. Ya nos veremos algún día, en algún lugar –le aventuró la modelo a Pablo, alcanzando la puerta.

–¡Aguarde! ¿Qué puedo hacer para que se quede un rato más? ¿Dónde podré volver a verla?

–Ya le digo... En absoluto está escrito que nos volvamos a encontrar.

–Su belleza me ha cegado. Por eso no pude terminar de pintarla y tuve que amarla, para tratar de recuperar la visión tocándola, oliéndola, gustándola; repartiendo juego, en una palabra, para el resto de mis sentidos.

–Por tanto, recuperó la vista, ¿no?

–¡Me ha dejado ciego de amor! –enfatizó Pablo.

–Si de verdad se ha enamorado usted de mí, debería darme algo en prueba de ello, ¿no cree?

–No la entiendo. Explíquese mejor –pidió Pablo.

–Digamos que espero de usted un detalle.

–¿Como por ejemplo?

–No sé, los amantes suelen darse entre sí prendas para no perderse la pista en los tiempos que corren...

–No tenía yo previsto este lance. Así que tampoco voy a estar a la altura de lo que me demanda. Lo siento. Escoja usted misma y llévese lo mejor que vea en ese baúl –propuso Pablo, señalándole un cajón de sastre donde guardaba retales, paños y bagatelas varias.

–Así lo haré, pero poniéndole más liturgia a este encuentro mágico –propuso María–. Si de verdad está ciego de amor por mí, se dejará vendar los ojos con el fular que llevo puesto, mientras indago en el baúl. Le iré informando de mis averiguaciones con besos, cada vez más cercanos a la boca. Sabrá que hallé lo que buscaba cuando le acabe por besar en los labios...

Pablo asintió, su modelo procedió a vendarle los ojos y, a continuación, en vez de buscar en el cajón de sastre indicado, se dirigió al altar que el pintor le tenía aún montado a Fernande, en la sagrada despensa de su taller. Había detectado de un vistazo, nada más pisar sus dominios, dónde podía estar lo que pretendía de Pablo... Con todo, enredó un poco alrededor antes de tomarlo, besando sucesivamente sus manos, sus hombros y su cuello. Después, María posó sus labios en los de Pablo y procedió a despedirse nueva y suavemente de él, prometiéndole volver a verle muy pronto, si mantenía sus ojos tapados hasta sentir que sus pasos se alejaban por el rellano del Bateau Lavoir. Pablo, sin embargo, rompió el pacto y se deshizo del fular sobre sus párpados, antes de que María desapareciera, alcanzando a ver cómo guardaba un pañuelo en su bolso: el pañuelo...

–¡Un momento, María! ¿Dónde encontró lo que se está guardando? –la increpó el pintor, alarmado.

–Donde usted me indicó, Pablo.

–No lo creo... Carecía usted de permiso para llevarse lo que se lleva.

–¿Va a negarme un pañuelo como prenda de amor?

–Devuélvame eso, por favor.

–¿Tanta importancia tiene para usted?

Tenía que haberse percatado antes del enredo y la encerrona. ¿Cómo no supuso que el doctor Faustroll seguiría porfiando por el pañuelo? Era de esperar. ¿De qué, si no, le llegó a ofrecer no importa cuánto dinero por él, en su momento? De un zarpazo arrebató Pablo el pañuelo a María, gesto violento al que la modelo respondió mirándole fijamente a los ojos...

–¿No necesitaba usted enamorarse perdidamente de alguien para hacer circular este pañuelo, que ya le quema entre las manos? ¿No debía entregárselo a quien le robe el corazón?

–¿Cómo sabe usted tanto de mi vida? ¿Con qué derecho? ¿Quién le ha contado nada sobre el pañuelo? ¡Dios santo!

–Tranquilo, no quiero importunarle. Considéreme su amiga, por favor. Le aseguro que puede confiar en mí, que no soy ninguna espía a sueldo.

–¡Pues tiene toda la pinta! ¿Qué diablos tiene ese pañuelo para interesarle? A ver... –quiso saber Pablo, confundido por la situación.

–La virtud de hacerle creer a cada cual en sí mismo y sus posibilidades. Fundamentalmente eso...

–Tiene que haber algo más. A mí no me engaña tan fácilmente, señorita.

–Se trata sólo de ponerle reglas al juego de la vida y la pasión, créame.

–¿Cómo supo dónde tenía yo el pañuelo?

–Debido a la afluencia de gente que visita su taller, no puede pasar siempre desapercibido... Hace tiempo que lo sabía por amigos comunes.

–¿Quién es usted realmente? ¿Qué relación tiene con el doctor Faustroll?

–Le dije que no soy su espía. En realidad, trabajo como doble agente –confesó María–. Tengo interés en que el pañuelo vuelva a la posesión de sus legítimos herederos, los desheredados del socialismo utópico que un día puede extenderse por el mundo. Usted ya le sacó partido suficiente, ¿no cree? Conoció a Gertrude Stein, que le ha sacado de pobre. Ya es un artista bien considerado y no veo que, en adelante, vaya a perder su tiempo solidarizándose con el infortunio de los pintores que aún esperan la ocasión de despuntar.

–¿Y para qué cree que quiere el pañuelo el doctor?

–Está interesado en rehacer el árbol genealógico del amor que propone, desde Catalina la Grande. Según él, hay que restituir su carácter de talismán para los elegidos.

—Yo ya tenía reservado el pañuelo para alguien, lo siento...

—Amigo mío, bien sabe que nunca se lo dará a Fernande, por más que la quiera, aunque forme parte todavía del altar que constituyó a su amor.

—Dígame por qué lo supone.

—No podría soportar que en una noche loca lo pasara a su vez de manos, como mandan los cánones. Los celos le comen las entrañas.

—Le agradecería que no me juzgara tan rápido. Y que no se metiera en mi vida. Sólo hemos intimado carnalmente, señorita. Nada más.

—De acuerdo, Pablo. No insistiré. Pero el pañuelo ha de seguir circulando, le guste o no. Es inevitable. Si no se lo robo yo con amor, se lo robarán por la fuerza otros a no tardar mucho. Decida usted mismo cómo quiere quedarse sin él. Al doctor Faustroll se le acaba la paciencia con usted.

—Tenía entendido que el doctor era una criatura inventada por Alfred Jarry... ¿Quién se esconde realmente tras su identidad?

—Averígüelo usted mismo... Sólo le digo que, a día de hoy, se ve usted atrapado entre la suerte que le promete el pañuelo y la obra de arte que le encargaron a Jarry hacer con su devenir como pintor. Es decir, más le valdría descubrir primero que sus andanzas como pintor, sus logros y conquistas, responden paso por paso al guión que el dramaturgo concibió para su porvenir. Después, cuando se reconozca también su personaje, podrá tratar de tú a tú con el doctor Faustroll.

—Explíquese mejor, señorita.

—Pablo, usted goza ya de cierto reconocimiento y acaso a nadie le convenga montar un escándalo borrándole del mapa.

Aún así, no confíe demasiado. Su suerte puede cambiar en cosa de poco, si el libretista así lo estima.

–Pero Alfred Jarry ha muerto.

–Ése es el problema. Quien debe poner fin a su tragicomedia, aquella que usted protagoniza sin saberlo, carece de escrúpulos y de formación literaria para llevarle a buen puerto, para darle una buena muerte, pongamos por caso...

Huelga decir que Pablo se quedó estupefacto y transido con las declaraciones de María. Y que, a partir de aquella tarde, tuvo más a mano que nunca el revólver que el mismo Alfred Jarry le había prestado, por si se hacía necesario usarlo para defenderse de sicarios. El pintor maldijo el día en que llegó el pañuelo a sus manos, esa prenda que tantas complicaciones empezaba a traerle... Si la mitad de las amenazas en boca de María se revelaban ciertas, siquiera con que lo fueran la mitad, de nada le serviría ya regalar el pañuelo a nadie. Así que lo mejor era hacerse a la idea de que tarde o temprano se lo arrebatarían: por las buenas o por las malas. Mandarían matones a su taller, se lo pondrían patas arriba hasta dar con él y adiós muy buenas. Ojalá ese día no le encontraran dentro, para no tener que defenderlo...

Pablo dejó bien visible el pañuelo, en el mismo altar del que lo había tomado María. Y lo hizo resignado prematuramente a perderlo. Con todo, a la par tomó una importante determinación: puestos a preservar el pañuelo, lo mejor era esconder su supuesto poder...Y qué mejor forma de hacerlo que llevárselo de cuadro en cuadro, pintándolo, por si de veras cumplía cuanto parecía prometer a los ojos ajenos. Que el pañuelo bendijera su suerte creativa y comercial en la pintura, dentro de ella. Había palos para hacerse con la prenda... Aunque sólo fuera por eso, valía la pena contemplar el pañuelo como posi-

ble talismán para quien de una u otra forma lo poseía. De su
cuello en el autorretrato del «Arlequín au verre» a la obra
magna que ahora le ocupaba... Así que desenrolló la gran tela
en la que llevaba trabajando meses y se dispuso a depositarlo
plásticamente, del modo más casual posible, en la mano de la
dama que aún le quedaba por dibujar. Demasiado obvio había
sido anudarlo a un polichinela de escena tabernaria. Poco, muy
poco le había costado al doctor Faustroll localizarlo e incluso
adivinar que lo tenía consigo. Por tanto, se imponía esta vez
camuflarlo, disimular su pertenencia cuanto le fuera posible,
despistar acerca de su localización... Y, para ello, nada como
dejarlo caer distraídamente hacia el final inferior de su cuadro,
orientando la atención de quien lo pudiera contemplar hacia
los rostros pergeñados en él. Porque si algo pretendía Pablo en
su gran tela, era lanzar las miradas de sus pobladoras en todas
direcciones. Lanzarlas vigilando tácitamente lo que empezaba
a ser, a raíz de cuánto parecía cotizarse su más preciada posesión: el pañuelo.

Cinco mujeres de la vida habitaban su enorme cuadro, tres
de las cuales ya habían sido totalmente pintadas antes de llegar
la primavera de 1907. Floreció mayo en París y, entonces, Pablo
se aplicó a los dos bustos que aún le quedaban pendientes. Y
es que su manera de concebir las formas, a la vuelta de Gosol,
se volvía escultórica por momentos, ensayada con desnudos en
pareja donde mandaba la simplicidad y el peso de las figuras,
suprimiendo todo detalle extrínseco a ellas. La pintura a Pablo
se le hacía cada vez más real. Parecía ganar tanto volumen como
para salirse de los cuadros... y a todo esto, Pablo se había des-
entendido asimismo de cánones clásicos, para sugerir plásticamente atmósferas donde las proporciones carecían de sentido...
Es más, su fascinación por las tallas africanas crecía también

por entonces, a la vista del departamento de etnografía descubierto sin querer no en sus paseos habituales por el Louvre, sino en el Museo del Trocadero: una sala de carácter más científico que artístico, donde al pintor malagueño se le reveló todo el poder de evocación nigromante, mágico, admonitorio e invocativo que traían consigo las tallas afro... Tres años atrás, Vlaminck le había enseñado las dos estatuillas africanas halladas casualmente entre la botillería de una taberna. También sabía que la afición a la compra de semejantes piezas rituales no sólo había poseído a Vlaminck, sino además al colega Derain, de dos años a esta parte. Pero no calculó lo que daba de sí su hechizo, hasta verse cara a cara con las cuencas vacías de sus máscaras... De ahí que dotara con ellas a las figuras femeninas que quedaban pendientes de concluir en su tela, por todo rostro, momento a partir del cual se percató del templo custodiado por sacerdotisas que acababa de pintar. Un atrio de vestales, en cuya figura de la izquierda además, al margen de caretas, podían rastrearse huellas faciales del bajorrelieve faraónico. Cancerberas del arte más primitivo parecían sus figuras, finalmente, escoltando a las siluetas netamente humanas que también sugería su gran lienzo. Cancerberas defendiendo la posesión distraída del pañuelo en manos de la figura con menor estatura del lienzo. «¡Que los genios del arte ibero, egipcio y abisinio, la tradición y el origen salvaje de la belleza me protejan!», se dijo entonces Pablo, encomendándose a ellos, al dar por terminado su descomunal lienzo. «¡Que las mujeres sagradas me libren de las profanas!» «¡Que la maldición de los dioses funerarios caiga sobre quien intente arrebatarme la prenda!» «Sólo Dios sabe si la samaritana seguirá viva para custodiarme el espíritu del pañuelo, mientras decido qué hacer con él.» Porque no otra era la mujer que había dibujado de

memoria sosteniéndolo. Al fin y al cabo, de ella lo había tomado... «¡Que la historia del arte me asista y haga justicia!», gritó Pablo a solas en su taller, decidiendo sobre la marcha el título de su obra. Se llamaría *El burdel d'Avinyó*, en honor al antro
del barrio chino donde la samaritana le había educado en un
evangelio propio. Nadie se hubiera atrevido, por aquella época, a tratar de «señoritas» a las damas que poblaban su gran
lienzo.

Gracias a los balcones parisinos del hotel Crillon, que me vieron empezar esta novela. Y a los amigos de la fabulosa Quinta do Rio Touro, paraíso de Sintra donde la acabé.